講談社文庫

将棋殺人事件

竹本健治

講談社

目次

将棋殺人事件

序　奏

一　怯《おび》え

声はなく、無限の夜にひらかれた沈黙だけがあった。彼女の耳の底に封印されていた闇の部分は、たちまちその深い沈黙に同調しようとしたが、それでもすべての神経をそこに張りめぐらせるには、その夜はあまりにも巨大すぎた。

虚空に向かって腕を突き出したように、彼女は重心を失っていた。支えはなく、そしてそれはこれからも永遠にそうなのだ。この墜落感。何度味わっても決して慣れることのない——。

けれども受話器を取りあげたときから、その予感はあったような気がする。はい、と応える声は咽《のど》の奥でねじ曲げられ、空まわりし、牛の鳴声めいた、何かいやらしい、ぞっとするような響きにしかならなかった。

　Rという文字をデザインした銀色の指輪。電話のコードを絡みこんで、彼女の長い指がきつく握りしめられる。それが蔓草《つるくさ》だったならば、その手は青い粘液に濡らされたことだろう。かつて癇《かん》の強い少女たちは、そうやってどれほど自分の掌を青臭い血にまみれさせてきたのだろうか。

　声は依然としてない。

　彼女はゆっくり受話器をおろした。

　手を離すと、自然、それはゆるゆると白い額に吸いつけられる。頭のなかの回線がうまく連動していない。誰なのかしら。いったい何のために、こんな。

　先程までの微睡《まどろみ》の気分はすっかり消し去られているにもかかわらず、神経系統の半分近くが水面下に澱《よど》んでいる。軽い眩暈《めまい》。こぎれいなキッチンにも、そのさざ波のような不安は仄暗くまとわりついている。薄青の地に淡い茶と萌黄《もえぎ》の縞のテーブルクロス。その上の花瓶には、昨日店でもとめた桔梗に、裏庭から切り取った撫子《なでしこ》があわせて差されていた。

　ソースや調味料の壜が並ぶなか、チェス駒のビショップに似たペッパー・ミルが横倒しになっているのに気づいて起こした。

それをきっかけに気を取りなおし、リビング・ルームのほうに向かう。そうよ、何でもないのよ。ちょっとした故障か、それでなければ、単なる悪戯《いたずら》電話——。

ここのところ、これで四度目だけど。

その言葉を打ち消すように首を振る。スリッパについた鈴の可愛らしい音も、ひとりしかいないという意識のもとでは、かえって虚《うつ》ろさばかりが残るようだ。

短い廊下を抜けてリビングにはいる。異常はその瞬間、彼女の眼にとびこんできた。

八畳ほどの落ち着いた洋間。その雰囲気を破る異常は窓にあった。サッシの大きな窓ガラスには、一瞬血糊にも見えた真っ赤な模様が映し出されていたのだ。

それは口紅だった。

窓ガラスいっぱいに口紅を使って描かれた落書き。幼児が描き殴ったような、稚拙な、意味のない、気違いじみた模様だった。絵でもなく、文字でもないそれは、ただ毒々しさだけを象徴するかのように、凶暴ともいえるタッチで塗り刻まれている。

襞《ひだ》深く垂れた濃いベージュのカーテンがふるふると揺れる。窓の外の闇。庭の植木も塀もすっぽりと呑みこまれて、人影はない。

誰なの！

けれどもそれは棒のように声にはならない。わずかに開かれた窓の隙間から、夜の冷気が膚《はだ》を絞めつけるように舞いこんでいる。

ひときわ大きくカーテンが揺れた。小さな突風だろう。サッシをびりびりと顫《ふる》わせて、それは女の悲鳴に似たカン高い音をたてた。「ヒー」というその音は、真紅の落書きが見せつける描き手の異常な精神に吸い寄せられていた彼女のありったけの拒絶の叫びとすり換わった。

ここ一週間ほど彼女を脅かし続けていた眼に見えないもの。それが一度に、こんな形で突きつけられるとは思いもよらなかった。彼女はあとずさり、玄関のほうへ小走りになる。

重い地響きのような音が耳の底で転がりはじめる。闇の貼りついた廊下。墜落感。支えを失ったまま、彼女の体は暴風雨に揉まれる船室でのように傾《かし》ぎ、前のめりになり、横倒しになろうとする。自分の鼓動の音なのだ。何？　あれは何なの？　何度かの無言の電話。白紙の手紙。冷たい視線。そして、口紅？　誰が、どうして、私を？　鉤《かぎ》になった廊下を折れると、玄関に出る。どうしようというのか。外に出て行くの？　恐いから。でも、どこへ？

三和土《たたき》の前で、彼女は金縛りにあったように立ち止まった。子供のように怯えて家の外にとび出ようとしたのを恥じたからではない。再び彼女は見たのだ。彼女につきまとい、脅かす、その何者かの異様な行為の形跡を。

不意に湧きあがる戦慄が幾度も体を貫いていくのにまかせながら、彼女は咽の奥から訳の分からない悲鳴を絞り出していた。

三和土の上に、つい一、二時間前にはきちんと揃えてあった彼女の靴が五、六足、今はことごとく裏返しにされて置かれていたのである。

二　恐怖の問題

「あれ。須堂《すどう》さん、何やってんの」

智久《ともひさ》はとびこんでくるなり、机に向かって頭を抱えこんでいる若き大脳生理学者に呼びかけた。

大脳生理学。換言するならば、脳髄を相手どった探偵学だろうか。——現代科学のあらゆる分野の最先端を武器として、人間にとっての最大の謎のひとつである大脳を覗きこみ、分け入り、その働きを細胞単位、分子単位にまで暴《あば》きたてようとする学問。けれどもそれは脳髄が脳髄を探偵しようとする構図であるからには、最初から呪われた学問なのかも知れない。

だからこそその名称はかえって、フラスコやレトルトの立ち並ぶ部屋に隠遁《いんとん》した老いた錬金術師にこそふさわしいだろう。

その意味で、この須堂信一郎《しんいちろう》という三十そこそこの男はすべての面での失格者だった。むき卵のようになま白い、のっぺり、のほほんとした顔。ひょろりと背が高く、声も平均男性のそれよりも確実に半オクターブは高い。須堂が大脳生理学者であることにもう智久もいちいちおかしさを感じなくなっていたが、それは違和感がなくなったというより、むしろ違和感そのものに慣れ親しんでしまった結果といったほうがいいだろう。

その須堂がゆっくり頭を持ちあげて振り返る。

「ああ、トム」

疲れたような顔をして、何やら口をもごもごさせると、

「たびたび顔を見せてくれるのは嬉しいけどさ。――そのう――ここは子供の遊び場じゃないんだよ」

六本木にあるF＊大学付属生理学研究所。壁には生々しい脳の解剖図や顕微鏡写真、書架には頭の痛くなりそうな題名の書物がずらりと並び、あとは床といわず机と

いわず、大小様ざまな機械類、書類、ファイル、スライド写真、ノート、ボードといったものがところ狭しと積み置かれている。そしてそんな須堂の研究室の窓からも、急ぎ足に深まりゆく秋がいつか知らず冬に移り変わろうとしている光景は見て取れた。まず中庭。そして向かいの棟のあちら側にも、濃い茶褐色に衣更えした木々の寒ざむしい姿が散立している。

智久が最初にここを訪れたのは初夏だった。知能指数208という超天才児として、その稀有《けう》な頭脳を須堂の研究材料に提供するために。けれどもその名目はいつしかどこかに消えてしまい、須堂の助手であり、智久の姉である牧場典子《まきばのりこ》を仲介として、三十代の学者とまだ十二歳の少年との奇妙に対等な友情関係だけが残っていた。

「分かったよう。で、何やってんの」

苦虫の頭脳を嚙み潰したていの須堂におかまいなく、智久は素速く机に近寄ると、その手もとを覗きこんだ。しかし須堂の手はそれよりも早く、その何物かを抽斗《ひきだし》に放りこんでしまった。いつもの彼に似あわず、驚くほどの俊敏さだった。

「何だよう。須堂さん、いつも変なとこで秘密主義者なんだから」

「ダメったら、ダメだよ」

机に体を押しあてて、須堂はそっぽを向く。

「何か、本でしょ」

「おや、そうかね」

「ちぇ。ケチ」

押し問答の途中で、白衣の典子が続きになった部屋から姿を見せた。

「こら、智久、ダメじゃない。先生の邪魔しちゃ」

「だって、見せてくれないんだもん」

「いいでしょ。そんなこと」

「見せてくれてもいいじゃん」

「そんなこと言ってると、もうここへ来させないわよ」

小生意気な智久としても、この姉にだけは分が悪そうだった。それでも頭の後ろに手をまわすと、

「変なの。最近、姉さん、須堂さんの肩ばっかり持って。へーんなの」

「何言ってんの。あんまりガチャガチャ言ってると、ニー・クラッシャー、レッグ・ブリーカーから、フィギュア・フォー・レッグ・ロックの連続技にかけちゃうからね」

「うう、暴力反対」

本当は典子には須堂が何を読んでいたのか分かっていた。最近須堂が凝りだしたものの。ひとりでこっそりやるんだからと、智久へは堅く口止めを頼みこまれていたのだが、実を言えば、典子はそれを了承する代わりにあることを須堂に対して黙っていたのだ。

——事を打ちあければ二人ともびっくりするわね。

智久のほうでも最近須堂が自分に隠れて何かをやっているとうすうす気づいているらしく、その点では典子は二人を手玉に取っている立場と言えそうだった。

「そういえば先生、最近六本木界隈で流行っている噂、知ってる?」

ふと思いついてそんな話題を投げかけたのも、世事に疎《うと》い須堂へのからかいのつもりだった。けれども須堂はあっさりその噂を知っていることを認めた。

「何それ」

こくんと首を傾げる智久に説明をはじめたのは須堂で、

「子供っぽい怪談だよ。『恐怖の問題』という」

「へえ、どういうの」

コワイ話に眼のない智久は途端に身を乗り出した。

「六本木には墓地があるんだよ。知ってるかな。マンションとかテレビ局のビルが立ち並ぶなかに、けっこう広い墓地があるというのも妙なものだけどね。——ある人がそこへ墓参りに行った。草をむしり、花を替え、水をやって、帰ろうとしていたところ、自分の家のお墓から少し離れた場所で、その人は一枚の紙が落ちているのを見つけたんだよ。何だろうと思って拾ってみると、それには謎々が書かれてあった」

「へえ」

「それはなかなか面白い謎々で、そしてそれを拾った人も、そういったものが大好きだったというんだね。家へ帰ってから、まわりの連中に出題してみせると、みんなえらく面白がる。その人は調子に乗っていろんな人にふっかけてまわった。……そうしてその頃から、その人の様子がだんだんおかしくなってきたんだ」

「というと」

「ひとりでぶつぶつ言うことが多くなった。どことなくうわの空な感じで、それでいて、いつも何かに怯えてるようなんだ。しかもどうやら夜になると、いつも寝床を抜け出して、どこかへ行っているらしい。心配した隣の人は、ある晩、いつもどこへ行くのかつきとめようと部屋の外で見張っていた。夜中になると、やはりその人はフラフラと夢遊病者のように部屋から出てきた……」

喋りながら、けっこう須堂も調子が出てきたようだ。

「あとをつけると、その人はそのまま共同トイレにはいっていく。隣の人は、なあんだ、と思ってね。でも、念のためにトイレのそばに近づいた。しばらくすると、トイレの窓がガラガラと開く音がする。それからまたしんと静かになる。隣の人は胸騒ぎがして、慌ててなかにはいってみた。案の定、蛻《もぬけ》の殻で、窓から抜け出したあとだ。急いで自分もとび出すと、ずいぶん先のほうに遠ざかっていく人影がある。それでどんどん追いかけていくと、たどりついたのは例の墓地なんだ」

「ふんふん」

「その人はあるお墓の前にうずくまるようにして、何か一生懸命やっているふうなんだね。隣の人は恐いのを我慢しながら、お墓の陰を伝ってゆっくり近づいていった。するとと驚いたことに、その人はお墓を掘り返していたんだ。必死の想いでなおも近づくと、その人はとうとうお墓の下から腐った屍体を引きずり出した……」

智久は何となくちらりと壁の写真に眼をやった。オレンジに近い赤錆色が主を占めるそれらの写真は、不思議な幻燈のように様ざまなイメージをかきたたせる。

「屍体は紙束を握りしめていた。そこには謎々がぎっしり書かれてあったんだ。その人は紙束をもぎ取ると、いきなりゲラゲラと笑いだした。隣の人はあまりのことに思わずあとずさった。ところがその拍子に近くの花差しを倒してしまったんだね。カラカランと音がして、むこうもハッと振り返った。眼と眼があう。その眼は血走り、髪はざんばらで、凄い形相だ。慌てて逃げようとしたんだが、むこうのほうが足が速い。たちまち追いつかれて、そのお墓までズルズルと引き戻されてしまった。グイグイ咽を絞めながら、その屍体といっしょに土のなかに押しこめようとするんだ。その人はもう死にもの狂いでそばにあった石をつかんで、相手の頭を殴りつけた。ガキーン、とね」

このあたり、身振り手振りよろしく、果たしてどれほど即興の潤色が加えられていたものか。

「我に還《かえ》ると、相手は血まみれになって穴の下に転がっていた。腐った屍体と折り重なってね。……頭が割れて、即死は明らかだ。恐ろしさに震えながら夢中で土をかぶせ、もと通りにすると、命からがら家に戻った。戻ってから気がつくと、手にはあの紙束が握られていたという」

「ふうん。……で、それから」

「うん。それからすっかりおかしくなってね、夜な夜なひとりで道を歩いている人をつかまえて、謎々を出すっていうんだ。そしてそれに答えられないと、相手の頭を石で叩き割るんだよ」

須堂はそこでひと息つき、意味ありげに笑って、

「さて、謎々。——墓場で頭を割られたのは、結局、最初の人だったのでしょうか。それともあとをつけていった人だったのでしょうか……？」

急に言われて咄嗟《とっさ》に返事もできず、ポカンとしている智久に向かって、須堂は再び不気味な笑顔を作ると、じりじり拳固を振りかざした。

「うふふ……。答えられないね」

呆気《あっけ》に取られたままの智久に、須堂は思いきり拳固を振りおろした。

「ガキーン！」

けれども、無論途中で勢いをゆるめた拳は、智久の頭へはコツンという程度だった。

そのとき机の上のブザーが鳴った。

「あ。実験室からのコールだ」

須堂はバネ仕掛けのように立ちあがった。今までの二人のやりとりをおかしそうに眺めていた典子も、

「智久。あんた、帰ってなさい」

言い残して、二人はあたふたと部屋を出ていった。

ぽつんと取り残されたていの智久は足音が遠ざかるのを聞きすますと、急に悪戯っ

ぽい笑みを浮かべた。

「へへん。変に秘密主義の割には、須堂さん、間が抜けてんだから」

そんなことを呟きながらそっと机の抽斗をあけると、目指すものの見当はすぐについた。夥《おびただ》しい書類やフィルム、ノートなどとはいかにも場違いな、安っぽい装幀の新書判の本。取り出してひっくり返すと、その題名は『初心者向き・楽しい詰《つめ》将棋』。

智久はしばらくそれを手に取って眺めていた。ややあって不意にその肩が揺れ、くすくすと笑いを嚙み殺していたかと思うと、アッハッハと大笑いになった。

「かーわいい、須堂さん」

なおもそうやって笑い続けていたが、どうしたわけか、突然それが真顔になった。笑いが通り抜けていくとき、心の襞のどこか奥に、かすかに残った小さなささくれのせいだった。何だろう。そんな疑問がしばらく脳裡にたゆたったが、しかしそれもふっとあちらに遠ざかった。

三　森がのたうつ

「久留島義太《くるしまよしひろ》が、ですか」

潮風に吹き煽られる細い髪を押さえながら、淡い朽葉色《くちばいろ》のかかった眼鏡の学生は江戸時代の三大和算家の一人の名を口にした。

「そうだよ。彼がもし数学というものに全く手をつけていなかったとしても、その名は後世に残っていただろう」

答えたのは五十過ぎのがっちりした体軀の男だった。額は迫《せ》りあがり、双鬢《そうびん》にも筆のかすれのように霜が降り積もってはいたが、彫り深い眼窩《がんか》におさまった濁りない瞳、弛《ゆる》みなく引きしめられた唇からは、強靱な意志を秘めた若々しさが感じ取れる。

「久留島という人物はかなりの変人だったらしいですね」

学生はそちらの方面には全く不案内らしく、そんなふうに話題をずらした。

「関孝和《せきたかかず》や建部賢弘《たけべかたひろ》などとはかなり毛並みが違うね。無欲恬淡《てんたん》な酒仙《しゅせん》で、算法指南の謝礼も全く貯えをせず、ことごとく酒に変えて呑んでしまう毎日だったとか。和算の業績も本人はうっちゃらかしていたので、『久氏弧背術』『久氏三白解』など夥しい書物は、ほとんどが友人や弟子がまとめたものだし」

男はふと後ろを振り返った。湾を抱きかかえるようにひろがる白い砂浜に、並んで歩く二人の足跡が枯木の林からうねうねと続いている。色のない空。鉛のように鈍く輝く海とのはざまから、風は眼に見えない鞣革《なめしがわ》となって、冷たく膚を突き抜けていく。

「君は将棋はやらんのかね」

「駒の動かし方を知ってる程度ですよ」

学生は頭の後ろに手をやった。

「藍原《あいはら》先生は四段でしたっけ。神様みたいなものですよ」

「それでもプロには飛車落ちで勝てんがね……。それはともかく、将棋が奥深いように詰《つめ》将棋も奥深い。詰将棋といえばすぐに、よく雑誌や週刊誌に載っている《十五分で解ければ初段》の類いのものを思い浮かべるが、あれは全く大衆向けの啓蒙的な作品で、本格的なものになると、これがよく人間のなし得る業《わざ》かと疑いたくなるような信じられぬ作品がごろごろしている。一般には読みの訓練のためのものくらいにしか思われていないが、最高水準のものは立派な芸術作品だと思うね」

「すると、久留島のものも――」

藍原と呼ばれた男は力をこめて頷いた。

「では、特別に詰将棋の講座といこうかね。……そもそも将棋は江戸時代の初期に家元制度が確立した。その最初の名人が初代大橋宗桂《おおはしそうけい》で、彼は名人就任に際し、自作の詰将棋五十番をまとめて幕府に献上したんだが、のちの家元もそれに倣《なら》い、この行事は伝統化していった。江戸時代の詰将棋はこの《献上図式》を主流とするんだ」

「図式って……？」

「詰将棋の別称だよ」

　藍原はその質問に満足そうな笑みを浮かべた。

「現存する最古の詰将棋はこの初代大橋宗桂の『象戯図式《しょうぎずしき》』五十番、俗称『将棋力草《ちからぐさ》』の作品だ。しかし現在の眼から見ると内容は未洗練だし、形式的にも手駒《てごま》余りを認めるなど、原始的なものだった」

「手駒余り？」

「詰上りにおいて、詰め方の持駒が余ってしまうことを言うんだよ。現在はこのような作品は詰将棋として認められていないんだ。……ついでだから詰将棋の条件を説明しておくと、まず解法の規則は次のようになる。

1　駒と盤に関する規則は指将棋《さししょうぎ》の規則を適用する。
2　詰め方の手番からはじめ、王手の連続によって詰めなければならない。
3　詰め方は最短手数になるように詰めなければならない。
4　王方は必ず王手をはずす形をとり、最長手数になるように応手しなければならない。

5　王方は残り駒すべてを合駒《あいごま》として使用することができる。ただし、手数をのばすためだけの無意味な合駒をしてはならない。

6　千日手《せんにちて》は詰め方の失敗とする。

そして詰将棋作品としての成立条件は次の通りだ。

1　詰が存在する。

2　詰手順は唯一である。

3　詰上りにおいて詰め方の持駒が余らない。

さて、以上の約束がほとんど確立したのは、三世名人の初代伊藤宗看《そうかん》が献上した『象戯図式』百番、俗称『将棋駒競《こまくらべ》』からだった。内容も変化が多く、奇抜な妙手が詰めこまれ、難解で密度の濃いものになっていった。また四世名人の五代大橋宗桂は『象戯図式』百番、俗称『象戯手鑑《てかがみ》』で、それまでの実戦型から離れた遊戯的な作品を開拓した。こうして歴代の家元たちは先人の作品を越えるべく、心血を注いで工夫を重ね、その技術はめざましく発達していくんだ」

　学生も思わずつりこまれるように頷いた。

「その頂点に立つのが七世名人三代伊藤宗看の『象戯作物《つくりもの》』百番、俗称『将棋無双』と、その弟である伊藤看寿《かんじゆ》の『象棋図式』百番、俗称『将棋図巧』だった。この天才兄弟の作品集は現在においても古今の双璧と評価されている。宗看の『無双』はまた『詰むや詰まざるや』と呼ばれたほど超難解。看寿の『図巧』は《神局》という最高の賛辞を恣《ほしいまま》にしている。まあ、古典詰将棋の金字塔だね。江戸時代全般から見ても、他の作家に較べてあまりにも傑出していた。……ずいぶん前置きが長くなったが、その直後に登場するのが久留島義太、雅号、久留島喜内《きない》なんだね」

　学生はもう朔風《さくふう》に髪をなぶられるのにまかせながら、じっと耳を傾けている。

「久留島は将棋はアマだったたし、詰将棋創作も趣味だったたにもかかわらず、宗看・看寿の域に近づいた筆頭の作家だった。惜しむらくは、例の彼の性格から、作品集は後の者の手で編まれたらしく、駄作も相当混じってはいるが、秀れた発想、趣向の豊富さ、高度な論理性などの点で、数学者の面目躍如たる傑作も数多い。難解性はあまりないが、例えば彼の代表作である《銀知恵の輪》《金知恵の輪》と呼ばれる詰将棋など、宗看や看寿でさえ気づかなかった見事な趣向を展開して——」

言葉はそこで途切れた。

体が透明になっていくような、そんな感覚がまず最初にあった。気味の悪い沈黙。

二人は思わず立ち止まった。色のない空。鉛のように鈍く輝く海。泡立つ波は逆回転のフィルムを見るように恐ろしかった。次に、地鳴りがくる。体の重心が根こそぎ失われてしまうほど、それは凄まじかった。二人は膝をついた。

「地震だ！」

「──これは──大きいですよ！」

風のせいではなく森がのたうつのを、二人は初めて眼にした。地面だけではない。空間そのものが震え、鳴動しているとしか思えなかった。

「──先生──」

悲鳴のような学生の声。──そうなのだ。

大地は決して確乎不動な存在ではなかったのである。

趣　向

四　北極星は千年

視線は将棋駒の利《き》き筋のようなものかも知れない。瀬川謙一《せがわけんいち》はそんなことを考えていた。王にあたるのは裸の精神だろう。詰みとは、すなわち発狂のことか。

メドゥーサや睨みの魔《ブリック・デエモン》に人びとが与えたのは、実体的な視線というものを煎じつめた、ある力だった。奇妙なことに、ハイゼンベルクの不確定性原理において、因果律を打ち砕いてしまったのもこの実体的な視線だったではないか。

コーヒー・カップから眼をあげる。彼らのほかに店には客がひとりしかいない。カウンターの止まり木に腰をおろしたその男は、黒っぽいコートの襟を立て、サングラスをかけたままだった。

瀬川が眼を向けると、相手はそれとなく顔をそらしたような気がした。

――あの男の精神も牡蠣《かき》の肉のようにやわなのだろうか。だからこそあんな蓑《みの》を纏《まと》っているのだろうか。

そうなのだ。《見られる》という意味以前に、視線はひとつの痛みなのだ。視線の実在は痛みの実在なのだ。

眼をテーブルの向かいに戻す。恋人は雑誌を読み耽《ふけ》っている。三十近くとは思えないその子供のように没頭した姿を瀬川は微笑ましく眺めた。

似たようなところは瀬川にもあった。公務員になって十年にもなるというのに、未だ望遠鏡を覗きはじめると寝食を忘れてしまう。無限の宇宙と、そこに織りなされる、これまた限りない星ぼしのドラマ。彼は同僚のあいだでは知らぬ者のない有名な《星キチ》であった。

――そういえば。

彼は星に興味を抱くようになった、ずっと小さい頃のことを思い出していた。『北極星物語』というその読物のなかの一文を、彼は今でも正確に憶えている。

――私たちが夜見る星のほとんどは、その星からの光が地球にとどくまで何十年、何百年、何千年もかかるほど遠くにあるのです。北極星はちょうど千年くらい。つまり私たちは今、千年も昔の北極星の姿を見ているのです……

けれどもその文章を読んだとき、幼い彼は不思議でしようがなかった。光がとどくのに千年もかかるのに、どうしてその星の方向に眼をやると、すぐに北極星が見えるのか？

その方向に眼をやったときには何も見えず、千年のあいだ辛抱強く待ち続けて、ようやくパッと見えるのが本当ではないか？

つまり、幼い彼は実体的な視線を頭に思い描いていたのである。《見る》ことは、眼から物体へ視線が及ぶことであったのだ。

――そうだ。それは確かに幼い視覚観ではある。けれども人間にとって、やはり《見える》ことと《見る》こととは違う。それは常に同時に起こることだが、前者での視線は物体から眼へ、後者でのそれは眼から物体へと至る。

だとすれば、裸の精神を痛めつける視線はどちらのものなのか。人間にとっての苦痛は突き刺す視線による圧迫感なのか。それとも奪い取る視線による喪失感なのか。

――それともこんなことを考えているのがそもそも狂気の前兆なのだろうか。

瀬川は読みかけたままの新聞に眼を落とす。そこには前日の地震の記事が大きく見開きで報道されていた。

東京でも震度4を記録したが、その震源地は駿河湾《するがわん》沖だった。静岡県ではほとんどの地方で震度5。伊豆半島南部や御前崎では震度7に達し、海岸ぞいでは津波による被害も甚大だという。

「テレビも見てないから知らなかった。昨日の地震は凄かったんだね」

「私、地震、キライよ」

彼女は眼をあげようともしない。

写真は様ざまな被害の情況を伝えている。土砂崩れで押し潰された家並み。コンクリート道路を横切ってできた五十センチもの断層。黒煙に包まれたビル。岸壁に打ちつけられた修復中の客船。――十一月二十五日のこの災厄は既に静岡地震という名称も定着し、マグニチュード7・5というその強度からも、そして被害規模からも十勝沖以来の大地震だった。

二十六日正午現在での死者は既に五百人を超えている。

夕刊の記事を追い続けて、瀬川はふと眉をつりあげた。

「へえ。――土砂崩れのせいで、もともと地中に埋まっていた屍体が見つかったんだってさ。……静岡県掛川《かけがわ》市郊外……墓地から少し離れた丘陵《きゅうりょう》で……崩れ落ちた土中から……推定、死後五年……ほとんど白骨化……おや、屍体はふたつだ。折り重なるようにして、とある」

「そう」

たいして興味もなさそうに素っ気ない返事を寄こす。

「屍体のひとつは本を抱いていたそうだよ。ぼろぼろに腐って、何の本かは分からない……」

「ふうん」

瀬川はそれ以上喋るのをやめた。

——無視というのもひとつの痛みだ。

そういえば、知りあってから半年。瀬川は彼女からの熱い注視などというものを受けたことがない。彼女のほうがどうであるかはいざ知らず、瀬川にとっては一部分それでよかったのだ。彼がこの年になるまで独り身を通してきたのも、すべてを見透かすかのように注がれる視線を疎ましく思う気持ちが大きな役割を占めていたのは確かだから。

けれどもそれはやはり一部分でしかなかった。

そうはいっても、彼女のほうに好意以上のものがないわけではない。恐らくそれは単なる性格の問題に過ぎないのだ。

——屍体のひとつは男、ひとつは女か。

心中ではないだろうと瀬川は考えた。それなら土中に埋まっているはずがない。しかも墓地の近くだなんて。

——殺されて埋められたのかな。

それに見あいそうな理由をあれこれ考えてみたが、人間くさい物語を組み立てる才能を持ちあわせていない彼には、どこかのテレビ・ドラマから借りてきたような設定しか思い浮かべることができなかった。

彼は何気なく、もう一度カウンターのほうに眼をやった。再びサングラスの男が顔を背けたような気がした。小さな男だった。

——変な奴だな。

ぼんやり眺めていると、その男は紙袋から雑誌のようなものを取り出した。

——あれじゃ読みにくいだろうに。どうしてサングラスを取らないのかな。

ぼんやりそんなことを考えていると、不意に男は小さく「あッ」と叫んだ。口籠《くぐも》ったような声。確かに一瞬、男の肩は震えたようでもある。

男は糸を引きあげたマリオネットのように立ちあがった。そして手に雑誌を持ったまま一目散に店の外へ駆け出していった。

「あッ。お客さん！」

禿頭のマスターが慌ててカウンターからとび出した。瀬川もつられたようにそのあとを追ったが、二人がドアの外に出たときには、闇の落ちた街の底に男の姿はもう見つけることができなかった。

ネオンとテール・ランプのきらめく街は冷えびえと風さえなかった。

五　ある文章

その文章は次のようにはじまっていた。

＊

彼女は怯えているようだった。

何に対してなのかは分からない。

しかし怯えていた。それは確かである。色もなく匂いもない瘴気《しょうき》がひそかに漂い、近づいてくるかのように。

植物は炭酸同化作用を繰り返す。それは極めて静かな儀式である。意識に相当するものを持たないにせよ、その密儀はある種凶暴な諦念とでも言うべきものに引きずられてなされるのではないか。凶暴な諦念。けれどもそれはそう言い表わされてしまえば、もう別のものにすり換わっている。なおかつ、やはり荒ぶる諦めでなければならないのだ。それは凶暴さのゆえに特定の事象を引きずる。言わば、ひとつの意志のかたちである。駒を動かすように、意志は細やかな儀式の手順を押し進めていく。

そこにも植物があった。色鮮やかな植物。植物ではない植物。女は植物だった。彼女は自分の裡《うち》の凶暴な諦念をどうしようもなかった。彼女にも引きずる儀式があった。

惨劇はいつでも過去にある。予感もなく、前兆もなく、惨劇はいつも通り過ぎた風なのだ。風は悪疫を乗せて吹く。植物は枯れ果てるだろう。長いながい風化の時。その原形質、細胞膜のひとつひとつが散りぢりに崩れ去ってしまうまで、その儀式は進められるだろう。

私は黄金の三角を想起していた。私が勝手に名づけていたもの。彼女の精神は、多分、恐らく、ほぼ間違いなく、それに吸い寄せられていたのである。三角の一端にはふたつの屍《しかばね》があった。屍は時を遡《さかのぼ》っていったのだ。それは彼女自身の口からかつて語られた言葉だった。

しかし果たしてそれは本当に彼女の言葉だったのか？

三角の一端は凶暴な諦念が引きずりゆくべき儀式の規則を逆用した、ひとつの設問世界だった。

（手は読まれ、駒は動かされる。だが重要なのは唯一の解答を導き出すことではなく、その追跡証明を完璧に行なうことですらない。解答は見えなければならない。幻影として、それは見えなければならない。導くことが見えることに移行し続けるさなかにおいて、重要なのは価値の割り出しであることが浮かび顕《あら》われてくるだろう）

三角の残りの一端は彼女の不可思議な怯えに他ならない。

黄金の三角。ルブランの小説にあらわれるこの言葉を、私は振曲げてそこにあて嵌《は》めてみたのだ。そしてあて嵌めるだけでなく、私はその三角に内接する円を捜し出そうとさえ決意している。私の武器は外接する円だ。私はそれを描いてみせよう。

最近、公開暗号系という名の、ある種の暗号パターンが発明されたそうだ。私もそれに倣ってみようと思う。

暗号は既に公開されてあるだろう。鍵は彼女自身の手にある。そしてこの自己満足的文章は、言わば私の署名なのだ。無論、その三角に重要な意味がない場合も考えられる。そのときはこの文章もまた同時に意味を失う。私はただ待つだけである。ひとかけらの根気をも必要とせず、私はただ待つだけである。

*

文章はそんなふうに終わっていた。

彼女は溜息をつき、それを破り棄《す》てた。

六　奇妙な屍体

「どういうことかしらね」

「うん……。確かに奇妙な暗合だね。墓地があって、屍体がふたつ。紙束じゃないけど、そのひとつは本を握っていた。……でも、まあ、ただそれだけの話でしょ」

「それだけっていうと」

「関係あるはずないよ」

「そんな」

電話のそばの籐《とう》椅子に腰かけたまま、典子はショート・パンツから伸び出た恰好のよい脚をぽんと蹴りあげた。

夕刊を見た途端、典子にはすぐにピンとくるものがあった。地震の土砂崩れ跡から発見されたというふたつの屍体は、例の噂の情況とあまりに似かよっている。早速須堂へ電話をかけたのだが、相手の反応は至って頼りなかった。

「それだけってわけはないわ。何かあるはずよ。これだけ共通点があるんですもの」

「だってあれは六本木が舞台の、まるで根も葉もない怪談だよ」

「全然根も葉もない噂なんてあると思う？」

「……そりゃそうだけど」

「少なくとも、あの噂にはそれが生まれてきただけの意味があると思うわ。もしかして本当に単なる偶然かも知れないけど、何か関係があるとしたら面白いじゃない。私、それを調べてみたいわ」

「調べるって」

「あの噂の意味。発生源」

「しようのない――ミステリの虫だね」

典子の頭蓋にまぎれこんだその虫は彼女にとってはこの上なく甘美な味を提供して

くれるのだが、須堂にとってはたいそう苦々しい存在であるらしい。けれども半分はそれを面白がっている須堂の苦笑いが電話のむこうに浮かんでくるようだった。

「必要があれば屍体の発見された掛川市まで行ってこようと思ってるの」

「……あちらはまだ余震が残っているっていうよ」

「掛川あたりなら大丈夫でしょ」

「全くもの好きな――」

「先生ほどじゃないわ。研究の対象を囲碁のプロから将棋のプロにまで手をひろげ、それから逆に将棋に打ちこみはじめるなんて……智久、そのことを知っちゃったわよ」

「ええっ！　そ……そりゃいかん。まずいなあ」

「私が言ったんじゃないのよ。先生の抽斗からあの本を見つけたんですって」

「ふにゃ」

その声と同時に、がつんという音が受話器から響いた。頬杖が崩れて、テーブルに顎でも打ちつけたらしい。

「……将棋だけはトムより強くなって、逆に教える立場になりたかったのに」

「いいじゃない。智久が知ろうと知るまいと。要は、先生が強くなればいいのよ」

須堂はまだある盲点に嵌まりこんでいる。典子は鼓舞するようなことを囁きかけながらくすくすと笑いを嚙み殺した。

「そのトムは今そばにいるの？」

「ううん。──親衛隊にとっつかまっちゃってるわ」

「親衛隊？」

須堂のことであるから、どうせナチスのS・Sあたりの突拍子もない連想をしているに違いない。

「智久のファン・グループよ。メンバーのほとんどがハイ・ティーンの女の子でね。表向きは智久に囲碁を習う会なんだけど、実際はアイドルに祭りあげてキャーキャーやるだけの集まりよ」

「あっ、いいな。トムはいいな」

「ちょっと──何よ。先生も若いギャルどもに涎《よだれ》をたらすくち？　いやらしいんだから」

「……だってねェ」

「そんなに欲しいんだったら、智久に少し分けてもらったら」

「…………」

「そのうち研究所に連れていくかも知れないわよ。でも、恐いんだから。先生、あまり変なこと言うと、彼女たちに粛清《しゅくせい》されちゃうからね」

七　わずかに染めた髪

「あら。私、知ってるわよ。その話」

「私も」

「なあに。どんな話なの」

白い装飾の店内は透明なガラス球に覆われた裸のフィラメントの発する、うそ寒いばかりの眩《まば》ゆい光に満たされている。その空間がまた厚いガラスによっていくつもの区画に仕切られているのだが、どういう光のマジックなのか、隣あった部屋は黒ぐろと闇に落ちているのに、ふたつ隣は鮮やかに浮かびあがっているという具合だった。

『休憩室・ガトー』という名のその店はそういう凝った趣向を取り入れているだけあって、都内でも有数の高級喫茶店である。智久の親衛隊はちょくちょくここを会合に利用していたが、してみるとその構成員たる少女たちはかなり裕福な家庭のお嬢さんというわけだろう。

けれどもむしろ彼女たちとしては、ディスコかせめてパブ・スナックあたりに繰り出したかったのだろうが、主賓が智久であるだけに、さすがにそこまで破目ははずさない。

「ほら。あれよ。『恐怖の問題』」

「なあに。知らないわ」

そこで智久が改めて尋ねると、十二人中、聞いたことがあるという者は五人だった。

「どこで聞いたの」と、続ける。

「私は友達からよ」

「私も」

「私もそうよ」

「妹から聞いたわ」

「あたしは六本木のスナックよ。そこのマスターに聞かされたの」

詳しく探っていくと、やはりその噂は六本木あたりを中心としているらしい。家も学校も遊び場も都心から離れている者は、全く聞いたことがないという。世田谷の高校で聞いたという者もそのクラスメイトは港区に家があったり、新宿で知りあいに聞いたという者もその相手は青山でアルバイトをしていたりという具合で、直接に結びつかない場合でも、恐らくずっと先をたどればその周辺に収束していくに違いないと思われた。

「ボク、この噂に興味があるんだよ。できたら、この噂がどこから出てきたのか調べてもらえないかなあ」

智久は精いっぱい甘えた素振りを見せる。

「調べるって？」

「できるだけでいいんだよ。話のもとをたどってほしいの」

アイドルである天才少年の望みとあって、その理由を訝《いぶか》しむこともなく、かえって時間を持てあましているところに餌を投げこまれたように、彼女たちは貪欲な興味を示すのだった。ことに、六本木のスナックで話を聞いたという、なかでも最もはすっぱな感じの少女は、

「よし。あたし、ちょっと六本木なら詳しいんだ。できるだけ調べたげるよ」

と、赤いスラックスの脚を組んでみせる。

「わあ、ほんと。たのむよ、祐子《ゆうこ》お姉さん」

「あまり頼りにされるとつらいんだけどね」

祐子と呼ばれた少女はわずかに赤く染めた短い髪に手をやって、

「そのかわり、首尾よくいったらご褒美ちょうだいね」

「なあに」

「クチビル」

ウインクしながら言うと、ほかの少女たちはわあっとどよめいた。

「ダメよ、祐子。抜けがけは！」

その拍子にガラスのテーブルからパフェのグラスが転がり落ちた。

八　ここまで瓜ふたつ

「……先生のお宅は大丈夫だったんですか」

「ああ、ご心配有難う。壁に罅《ひび》がはいったくらいでね。いや、大丈夫だよ。大学のほうも君なんかと違って、火さえ出なければ壊れてなくなるようなものは何もないからね」

ただ、スチームがいかれてしまったのは痛い。

回転椅子を巡らせて、役に立たなくなった暖房器具のほうに眼を向けながら、藍原は出かかったその言葉を呑みこんだ。

「そうですか、それを聞いて安心しました。でも、まだ時どき揺れてるんでしょう。どうか充分お気をつけ下さい」

藍原はそれに感謝の言葉を繰り返し、近いうちに仕事の都合で上京する旨をつけ加えた。その折りにそちらに寄せてもらうかも知れないと持ちかけてみると、相手は心から嬉しそうに歓迎の意を返して寄こした。

電話を切って、藍原は再び机のほうに体を向ける。海岸からの冷たい風が大学のその部屋の窓にも打ちあたり、カタカタと身震いするような音をたてている。

それだけならまだどうということはない。風はその窓のわずかな隙間を縫い、小さなつむじを巻いて、二十畳ほどの空間の隅ずみまで吹き流れているのだ。机の上に積み置かれた歴史関係の書物や、部屋の中央に据えられたしみだらけの木製の長テーブル、その周囲に四つ五つ並ぶ折り畳み式の椅子までがその冷気に晒《さら》されて、ひいいんと幽《かす》かな金属的な音をたてているように思えた。気のせいか？

自分自身に向きあうようにじっと体を動かさないでいると、重心を奪い去られたあのときの感覚が蘇ってくる。藍原はゆっくり手と手をこすりあわせた。乾いて脂のなくなった皮膚がざらざらと藁《わら》のようだ。彼はそのとき初めて、人間の皮膚は掌《てのひら》よりも甲のほうが滑らかなのだと気がついた。

——壁を修理《なお》すのにいくらかかるかな。

海岸から家にとんで帰ったときの放心したような妻の顔を思い出す。

そうなのだ。確乎とした大地が実は水に浮いた板切れでしかなかったという衝撃。それは我々の潜在的な恐怖そのものではなかったか。見せかけの真実は常に事実によって打ち砕かれるだろう。見せかけの——。

藍原の頭を不意にふたつの図式がよぎった。

双子のように似た詰将棋。

盗作。

藍原は傍らに置いてあった雑誌を手に取り、何かを振り払うようにわざとゆっくりページをめくると、幾度読み返したか分からないその掲載文に再び眼を通した。


……貴誌十一月号の「詰将棋解答室」、A氏の《歩と図式》をひとめ見たときからピンとくるものがありました。慌てて古いノート類をひっくり返してみると、やはり記憶は確かでした。七年前の『詰将棋の泉』夏号に、A氏の作品と全く酷似した《歩と図式》が発表されていたのです。作者は冴野《さえの》風花《ふうか》。『詰将棋の泉』というのはあまり知られていませんが、名古屋の有志によって十年前から六年間刊行されていた同人誌です。念のため発行者の方に問いあわせてみたところ、作者の冴野という人は五年前に亡くなられた由《よし》。……さて、A図とB図を較べていただくとお分かりのように、盤面の駒配置は右上の部分がわずかに違うだけで、あとはほとんど同一。詰手順も、A図は単に《歩と図式》の長手数を狙ったようなところがあり、6一とは飾り駒、B図は後半、もう一度打歩《うちふ》詰《づめ》回避の筋を加えて改良してはありますが、前半に関しては全く同一です。単なる偶然とは考えられぬ以上、見過ごすわけにもいかず、敢えてここに筆を執り、関係者各位の注意を促す次第です……。

署名は笹本晃一《ささもとこういち》とある。

藍原はその名前を睨み続けた。中堅の詰将棋作家であり、なかなかに舌鋒《ぜっぽう》鋭い論客でもあったが、彼はどういうわけか、この笹本という人物に好意を持てなかった。面識は一度しかない。しかもそれは詰将棋作家たちの集まりで、ほんの挨拶を交した程度のものだった。従って、彼が笹本に感じる胡散臭さはその文章と作品によって齎《もたら》されたものなのだ。

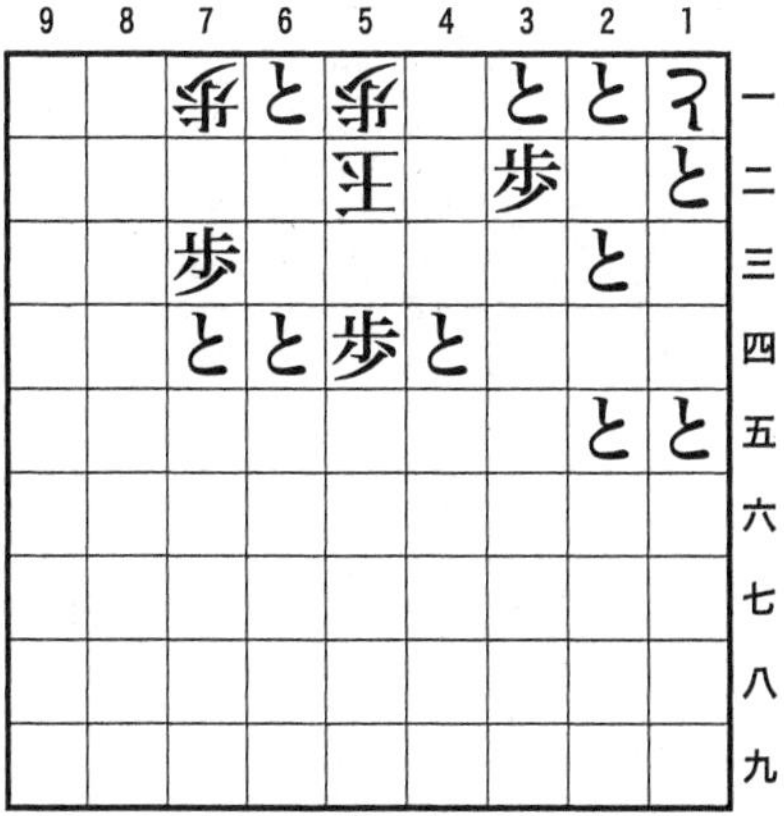

図1(A)　持駒　歩2

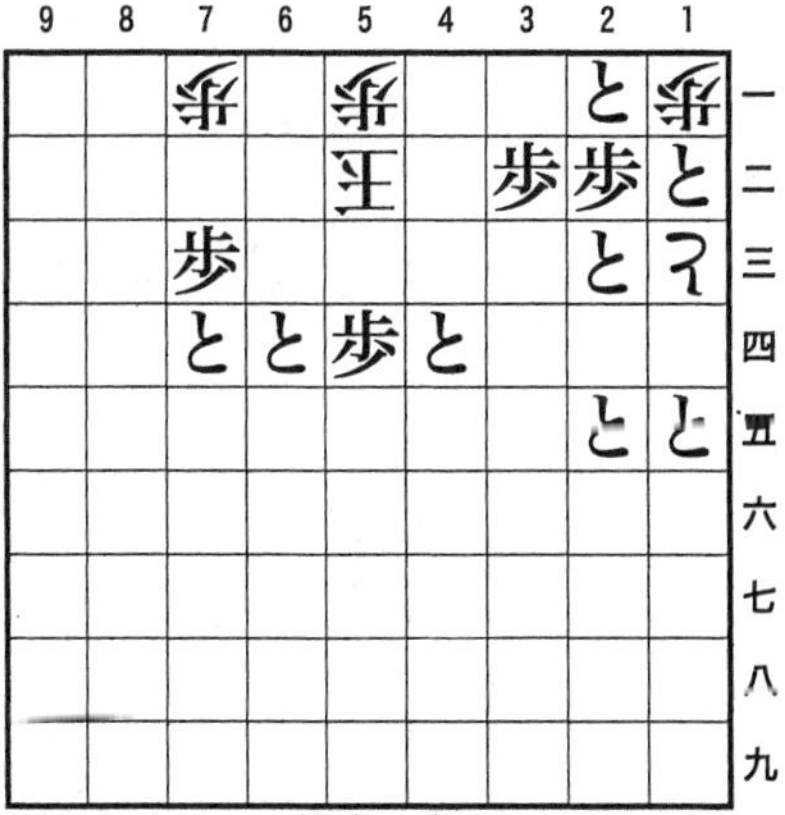

図1(B)　持駒　歩2

個人的な趣味の相違と言えばそれまでだが、一本筋の通った緊密性を好む藍原の眼には、笹本の作品は小才ばかりきいて、どこかしらやわな感じが拭いきれなかった。とはいえ、その筋ではけっこう笹本ファンの数は多く、中篇作家として高い評価を受けてはいる。どうしても鼻について仕方がないのはその文章だった。それはこの一文からも窺われるような気がする。どこかネチっこく、いやらしい――。

けれども事が類作ないしは盗作にまつわる問題だけに、そんな個人的感情を云々していても仕方がない。藍原はそこに掲げられたふたつの図を見較べる。くだくだしい指摘を待つまでもなく、ここまでの類似は決して偶然であろうはずがなかった。

無論、毎年夥しい数の詰将棋が発表されているうちに、まれにこういった類似作が生み出されてくることはある。偶然に全く同一のものが創作されることすらないではない。けれどもそれはある程度駒数の少ないものに限られる。歩のみ十八枚使用という趣向の枠内では、意図的なものなくしてここまで瓜ふたつになるとはどうしても考えられないのだ。

盗作とは言わぬまでも、作者はこの『詰将棋の泉』という同人誌上でこの作品を眼にしていたことは間違いない。そして多分、恐らくは、そのことを忘れてしまっていたのだろう。

た。

「先生、また詰将棋ですか」

将棋雑誌のそのページを睨み続け、女子学生がはいってくるのにも気づかなかった。藍原が振り返ると、大きなトンボ眼鏡に、髪を無雑作に後ろで束ねた少女が、分厚い本を十数冊、両手と顎のあいだにはさんで重そうによろけこんできたところだった。

「遅くなってすみません。ストーブを捜してたんですけど、見つからなくて」

「いや、いいよ。ご苦労さん」

本の束を長テーブルの上に積み置き、両腕を互いにさすりながら、

「先生、あの掛川の変死体、ご存知でしょう」

藍原が頷くと、大きい眼をくりくりと動かして、

「今日聞いたんですけど、あれに変な噂があるんですよ」

「噂？　どんな」

心重い考え事に耽っていたせいもあって、その話題に思わず興味を示すと、その学生は勿体《もったい》ぶったようにひと呼吸置いた。

「あの墓地の名前……何だったかしら。とにかく何年か前のこと、ある女の人があそこへ墓参りに行ったんですって。で、帰ろうとしているところで、面白い謎々が書か

れてある紙を拾ったそうなんです。あまり面白い謎々なので、いろんな人にそれをふつかけているうちに、だんだんその女性はおかしくなっていったと……」

「へえ。謎々ね」

「ええ。話はそこで終わらなくて、あまり彼女の様子がおかしいので、その恋人の男がずっと部屋を見張っていると、ある晩、彼女が部屋を抜け出してきたので、あとをつけていったんですって。行った先がその墓地で、何をするのかと物陰から見ると、その女、お墓を暴いてるんですよ。墓穴から屍体をズルズル引き出して、その手に握られているボロボロになった古い本を引き離そうと。……驚いた男は音をたててしまい、それに気づいた女と組み討ちになってしまって、ハッと我に還ったときには、女は頭を割られてもう息がなかったんですって」

「よくある怪談のようだね」

発端の謎々というのは奇妙だが、あとは藍原も子供の頃から聞かされてきた怪談のパターンを踏んでいる。ふと懐かしい想いにかられたが、しかしそのような話を若い彼女から聞かされるというのは妙な具合だった。

「……恐ろしくなった彼は、墓穴に掘り出された屍体といっしょに彼女の屍体も放りこんで、もと通り土をかぶせて戻ってきたっていうんです。その後、その男も気が狂ってしまったそうですけど。……多分、屍体が握りしめていた本にはその謎々が書かれてあったんでしょう。……このあいだあそこの墓地から出てきたのが、とりもなおさずそのふたつの屍体だっていうんですけど……」

運びこんだ本をいくつかの山に分けていく学生に、藍原は自分自身に問いかけるように言葉を返した。

「どこでそんな噂が作られるんだろうねえ……」

九　風化した石膚

東名高速を西へ西へ。しかしそれは滞《とどこお》りのない疾走ではない。

薙《な》ぎ倒された樹木。白く剝けた土膚。なまなましい岩盤の亀裂。それらを右手に見流しつつ、ふと左手の集落に注意をやれば、蟻《あり》の住居ほどに見える家屋の多くは、確かに空のマッチ箱よりも脆《もろ》く無残に押し潰され、踏み潰されてしまっている。

至るところに痕跡を残す土砂崩れ。岩崩れ。修復のための道幅制限。無闇に立て置かれた注意標識。危険。赤ランプ。渋滞。後日の雨を吸ったドス黒い土が割れたセメントの隙間からモリモリとあふれ出ているさまを横目で見たときには、なぜか嘔吐さえ感じてしまった。

それでも登呂《とろ》遺跡を過ぎると、安倍川からいっきょに坂を駆け登る。メーターに時速百十キロを超えさせたまま、視界はオレンジ色に塗り変えられる。日本坂トンネル。隧道《すいどう》に異変がなかったのは奇蹟に近いかも知れない。オレンジ色に濡れた闇のなかを滑っていくと、その轟音は再び襲ってきた揺り戻しではないかと思わせた。

そのときには、トンネルは灰のように崩れるだろう。オレンジの闇に包まれたまま。

しかしその幻視は一瞬のもので、やがて突き抜けた青白な視界から、車は緑の漏斗《ろうと》の底へと一散に滑り降りた。

台風や火山とともに、最大の破壊エネルギーである地震。車内から窺うだけでもそのことは充分に納得できる。伊豆半島と並んで被害の甚大だった御前崎から牧ノ原台地を中心とした一帯の光景は、まさに眼に見えぬ鬼神の群が通り過ぎたあとに似ていた。

屋根さえ形の残っていない家跡。十メートル以上にわたって飴のようにぐんにゃりと倒れたブロック塀。折れた電柱。散乱する瓦礫《がれき》。場所によっては軒なみ火にやられて、だだっ広い焼け跡ばかりが続いている。

二十七日までに、判明した死者の数は六百人を突破していた。

そこを通り過ぎて、東名高速は国道一号線と交差する。そのあたりが掛川だった。インター・チェンジから市道にはいり、たらたらと南に下る。さらに細い道へ乗りこむと、周囲は黒い土膚を晒す田圃《たんぼ》ばかりがひろがっていて、その頃から雪が降りはじめた。

細い道は小高い丘陵にさしかかる。雑草が道のなかほどまで押し寄せては枯れ果て、田圃も荒れ放題の野に切り換わる。ふと見ると、道の先に黒く大きなものが横たわっていた。近づいてみると、それは二メートル以上もある道祖神《どうそじん》だ。風化した石膚には彫りこまれた文字がようやく痕跡を留《とど》めていた。

今度の地震で倒れたのだろう。一人や二人の力ではどうすることもできず、仕方なくそこからは歩くことにする。車から出ると、寒ざむしく白濁した空は意地悪く雪の量を増しはじめたようだ。

「静岡でも今頃雪が降るのかな。地震のせいで気象も狂ってるんじゃないか」

女はそれに応えなかった。ゆっくりと倒れた石柱のむこうにまわりこみ、身を屈めるように手をついて、どうやらそこに彫られた文字を読み取ろうとしているらしい。

男もつられて顔を近づける。

「……よく分かんないな。何て読むんだ、この字」

「盲、ね。その次が、豹。『盲豹不逸酔象不退』……」

男は驚いたように顔をあげた。女はもう歩きだしている。

凩《こがらし》は平地の果ての山間《やまあい》から雪を巻きこんで吹きあげるように野を走った。

丘陵に巻きついた大蛇のように道はどこまでもうねって続いた。背は低いくせにやけに幹はゴツゴツとした木が、肉の厚い堅い葉を繁《しげ》らせている。途中から道には自然石を無雑作に積んだ段がついて、そのまた少し先に、小さいが深そうな沼があった。女は束の間、そこに立ち止まった。

墓はそのあたりからぽつぽつと姿を見せはじめた。さらに少し段を登ると、二人は完全に墓地のなかに踏みこんでいた。

苔むしたもの。まだ新しいもの。石切りをしたもの。しないもの。立派な壇を具《そな》えたもの。猫の額のようなところに押しやられたもの……。それらの墓石にまじって、数多い卒塔婆《そとば》が寒風を嚙みしめるように林立している。

女はそのなかを、何かを点検してでもいるかのように巡っていく。

「雪がひどくなってきたよ。何をしてるの」

しかし女はそんな言葉にも耳を貸そうとしない。ひとつひとつの銘を確かめていくその横顔は熱にうかされたように真剣で、どこかしらぞっとさせるものがあった。

「ついでに名古屋の友達に会おうかと思って、こんな掛川くんだりまで連れてきてあげたけどさ。屍体の出た墓地へ行ってみたいなんて、いったい何を調べにきたんだい」

依然、返事はない。雪はコートの肩に白く降りかかり、男は苛々とそれを払い落とす。

どれほどそんな行為を続けたものか。男がしびれをきらしかけたとき、突如、女の顔が死の翼に触れたように凍った。まだ新しい、小さな墓の前だ。

男はその様子に気づいて、不審そうに近づいていった。

「何か見つかったのか」

髪や肩に降り積もりかけた雪のせいばかりではないだろう。色の褪《さ》めた顔は細かに震え、しばらく吸いつけられたようにその墓碑を見つめていたが、不意に金縛りが解けたように振り返り、足早にもと来た道へ戻っていく。

男は呆気に取られて女と墓とを見較べた。

「待てよ」

女を追おうとする前に、男は墓の背を確かめた。

無論、見たことも聞いたこともない名前だった。

——加納房恵《かのうふさえ》　享年拾弐——

十　昆虫か甲殻類

鮮やかな原色と、それらをかき混ぜた未だかつて名づけられたこともない夥しい中間色が散りぢりに砕け、とび巡って、再び闇のなかに収束していく。光条に浮かびあがった、汚泥のように渦巻く煙。空間を揺るがすような音響の洪水。

その闇と色彩の交錯する底に、烈《はげ》しい音響の脈動に乗って、無数の影が揺らめいている。軟体動物の舞いではない。甲冑を身に纏った昆虫か甲殻類《こうかくるい》の、どこか機械的な匂いのする踊りだった。

暑い。

踊る者の周囲には、もっと薄暗い闇の底で、ゆらゆらと別の一群が蠢《うごめ》いている。談笑する者。体をくっつけてじゃれあう者。酒を傾ける者。やたらと紫煙を吐き散らす者。そんななかで、ひときわ大きくふたつの影が揺らめいた。

「あれでしょ！『恐怖の問題』。もちろん知ってるわよ」

「あんた、それ、いつ頃聞いたの」

「さあね。夏頃よ」

「誰に？」

相手はぷっと吹き出して、

「バッカじゃない。そんなこと、憶えてるわけないいじゃん」

「そこんとこ、頼む――」

ウインクしてみせたのは祐子という名の例の少女だ。

「何よォ。いったい」

目尻に撥ねあがるような緑のアイシャドウを刷《は》いた少女は、邪魔くさそうに顔を顰《しか》めた。

「ええとね。――そうそう、ピーよ。あたしの友達《ダチ》ンコ。ここへもよく来るわよ」

それだけ言って彼女は立ちあがり、自分も激しいサウンドの滝壺の底に加わろうとしたが、思い返したようにふと立ち止まると、

「あんた、さっき、最後に謎々をくっつけたでしょ。あたしが最初に聞いたときはちょっと違ってたわよ。この話に出てくる二人は男だったのか女だったのか――っていうの」

ぽっと浮かびあがった顔は、そしてすぐに闇に沈んだ。

そんな二人の会話は迸《ほとばし》る音と光に押し流され、もうあとかたも残されていない。立ちのぼる熱気。汗の匂い。それらは冷たく持続する思考を決して許そうとはしないのだ。

十一　産毛が顫えるほどの

白い、機械仕掛けの伽藍《がらん》。

これだけのものを駆動させるにはさぞ厖大《ぼうだい》な電力が必要とされるだろうと思われる。その装置類が空間を複雑に細分しているが、部屋全体はちょっとした教会の聖堂くらいはありそうだった。そしてそれらの怪物じみた装置はことごとく部屋の中央に据えつけられた寝台に向かって集約されていることは、素人の眼にもほとんど明らかだった。

寝台は床に据えつけられているのではなく、両側の巨大な機械によって固定されている。けれどもボタンひとつの操作で、寝台の高さ、傾斜、そしてある程度の水平移動も意のままになるばかりか、仰臥面がいくつかに折れ、椅子のような恰好にもなるらしかった。

そしてそれよりも見る者の興味を惹くのは、寝台の頭の方向に、ひときわ怪異な、古代の邪視獣めいた容貌を持つ機械がぽっかりと黒い口を開いていることだった。寝台には頭部だけでなく、体じゅうを固定する器具が取りつけられていて、してみるとその黒い口は、そこに磔《はりつけ》になった者の頭を呑みこもうと待ちかまえているに違いない。

とすれば畢竟《ひっきょう》、その白い寝台は聖壇などではなく、悪魔に生贄《いけにえ》を供えるための祭壇に喩えるべきだろうか。

「映画なんかでよく見る洗脳装置みたいですね」

三十くらいのどっしりとした体格の男が感嘆の声をあげる。

「皆川《みながわ》さんをこの機械にかけるんですよ」

答えたのは須堂だった。

「私を……ねえ。ちょっと恐いみたいですね」

皆川と呼ばれた男は、今年Aリーグ入りを果たした、次期名人位挑戦者との呼び声も高い将棋専門棋士である。空中戦を得意とし、その鋭く抉《えぐ》りこむような攻めと、息をつかせぬ素速い寄せは優に一家をなすの観があった。

「ここで思考をフル回転させていただきたいんですが、まさかこんなところで寝ながら対局してもらうわけにもいかないし……」

「いや、大丈夫。詰将棋を解きますよ」

皆川八段はいともあっさりと答えた。

「実はお話があったときから、こういうこともあろうかと、適当なのを近くの本屋で買ってきたんです」

「それはそれは」

須堂は一瞬表情を明るくしかけたが、

「でも――専門棋士ともなると、詰将棋なんて一瞬にして解いてしまうんでしょう。いつかテレビで見たことがありますよ。コンピュータと専門棋士に詰将棋を解く競争をやらせてみたのを。……そのときは、コンピュータが五分かかったのをプロは五秒ぐらいで解いてしまった」

皆川はそれに黙ったまま、ニヤニヤと自分も邪視獣のような笑みを浮かべている。

「そうなると、思考のフル回転もわずかの時間しか続かないでしょう。数多くの詰将棋を次次解くにしても、フル回転の状態が細切れになってしまうんじゃないですか？」

典子は二人のそばでそのやりとりを聞いていたが、いつもながら、会話の内容が日常のことと専門の分野のこととで、須堂の態度がガラリと一変してしまう。思考のフル回転がどうして平常時にまで敷衍《ふえん》されないのか、むしろ須堂自身の頭脳を調べたほうがよほど実りが多いのではないだろうか。

「いや、それは詰将棋の奥深さをよくご存知ないからですよ」

皆川は黒い鞄から箱入りの文庫本を取り出しながら言った。

「私自身、それほど詰将棋に明るいわけではないんですが、モノによってはプロでも手こずるようなのがあるんですよ。そもそも詰将棋というのは、江戸時代に将棋の終盤をモデル化したパズルとして発生し、将棋を離れて独自の発展をしてきたんです。そのなかでも最高の境地に達したのは三代伊藤宗看、及びその弟の伊藤看寿の二人で、ことに兄貴の宗看は難解なことでは古今無双。彼の作品集は『詰むや詰まざるや』と渾《あだ》名《な》されたくらいなんですよ。宗看の作品には我々プロでも手を焼くものが少なくない」

皆川が差し出した本には、いかにも『詰むや詰まざるや』という題が掲げられてあった。

「ハハア。そんな恐ろしいものがあるんですか」

須堂は眼をパチクリさせる。自分が今格闘中の『初心者向き・楽しい詰将棋』と引き較べ、ひとりで恐縮しているに違いない。

「詰将棋を解くのが嫌いなプロもいる、というと意外な感じがするかも知れませんが、プロはだいたい詰将棋に興味を示す者と、全く示さない者に分かれますね。そういうことにかかわらず、皆一様に寄せは鋭いのですが——。私などはどちらかというとあまり興味がないほうで、こういった古図式も熱心に解いたことがないんですが、今日はひとつ、このなかから、とりわけ難しそうなのを選んで解いてみますか」

「どのくらい、もちますか」

「さあ。——聞いた話では、そらで解いて、一時間くらいはかかるそうですよ」

「結構です」

典子は仕度にかかった。寝台を椅子型に折り畳み、そこに腰かけさせ、頭や胸、腕などを固定していく。次いで額や手首に赤や青、色とりどりのコードを貼りつける。

「洗脳装置というよりは、こうなってみると、電気椅子に縛りつけられた気分ですね」

皆川は茶目っぽく眼玉をくりくり回転させてみせた。須堂も例の茹《ゆ》で卵のような笑いを見せて、

「データはこちらで勝手に取りますから。思考の妨げになるようなことはありません

ので」

「それは有難い。ついでにお茶でも飲めればもっといいんですが、まあ、それは無理ですか」

そんな軽口を交すあいだに典子は装置類を作動させた。

「最初は普通の状態で――」

「お喋りしたままでいいんですか」

「どうぞ」

脳波、心搏《しんぱく》、呼吸、発汗、筋電――既に計器の上には夥しい生体情報が光の軌跡となって表われている。次のボタンを押すと、椅子はうしろに傾きながら、ゆっくり折り目が伸びて平らになった。そうして床面に平行になると同時に、寝台は頭部の方向に滑り、被験者の頭は例の機械の口に呑みこまれる。

「一ターン三十秒で」

「はい」

須堂の指図にそう答えて、典子は装置の目盛をあわせた。

「……もうはじまってるんですか。本当に全く音もしないですね。かえって不気味なくらいで……」

不安そうな声をあげる皆川に須堂は、

「皆さん、そう仰言います」

商売人のようなその口調に典子は笑いを噛み殺した。

「先日のような地震が今東京で起こったら大変ですね。僕は逃げるに逃げられない。もし、お二人だけ死んでしまったとしても、僕もこのまま干乾しになるしかないですから。……ひょっとしたら先日も、似た情況で死んだ人もいたかも知れませんね」

「地震が起こらなくても、僕らがふと悪気を起こして、このままほったらかしておけば同じですね」

学者がこんなことを言っていいのかしらん？　典子はこらえきれずに吹き出した。

恐れをなしたのか、皆川はしばらく黙ったままでいたが、

「さて、今度は詰将棋、お願いしますよ」

頭が黒い口から引き出されると、皆川はホッとしたような顔を見せた。

「宗看のなかから、難しそうなのを選んで見せて下さい」

須堂はしばらくその本のページをめくっていたが、

「じゃあ、最後のほうから適当に選びましょう。無双第九十四番……」

「それでいきますか」

「こうやって、見るだけでいいんですか」

須堂はそのページを開いて皆川の眼の前に掲げてみせた。それをじっと見つめ、眼を閉じ、また見つめ、そうやってものの十数秒で、

「いいですよ」

皆川八段は既に深い黙考に沈みはじめていた。ほとんど不可能な領域にまで分け入ろうとする深い深い黙考。そこにおいて思惟《しい》のかたちは、一キロ先の獲物のにおいを嗅ぎつけ、まっしぐらに駆け抜けていく猟犬にも似ていただろう。

再び頭を機械に呑みこませておいて、典子は須堂を眼で呼んだ。

「――これは凄いね」

囁くような声だが、その驚嘆は並大抵のものではない。心搏や血圧、呼吸数を表わすグラフが先程の倍にもはねあがり、なおも徐々に上昇しつつある。しばらく二人は声もなくその様子に見とれていた。

「……対戦中もずっとこんな状態なんでしょ。恐ろしいものね」

ぽつりと典子が言うと、須堂もぶるっと体を震わせて、

「そういえばこれは囲碁のほうの話だけど、昭和の二大巨人、呉清源《ごせいげん》と木谷実《きたにみのる》とのある対戦で、読みに読み耽っていた木谷が突然鼻血を出してブッ倒れたことがあるんだ

```
  9   8   7   6   5   4   3   2   1
┌───┬───┬───┬───┬───┬───┬───┬───┬───┐
│香↓│   │   │歩↓│玉 │   │銀 │馬↓│   │ 一
├───┼───┼───┼───┼───┼───┼───┼───┼───┤
│香 │   │歩↓│   │   │王↓│   │歩 │   │ 二
├───┼───┼───┼───┼───┼───┼───┼───┼───┤
│   │   │歩↓│馬↓│歩 │金↓│飛 │   │   │ 三
├───┼───┼───┼───┼───┼───┼───┼───┼───┤
│金↓│歩 │   │桂 │   │   │歩 │   │金↓│ 四
├───┼───┼───┼───┼───┼───┼───┼───┼───┤
│   │   │   │馬↓│   │と │   │金↓│歩 │ 五
├───┼───┼───┼───┼───┼───┼───┼───┼───┤
│   │   │龍↓│   │   │   │   │   │   │ 六
├───┼───┼───┼───┼───┼───┼───┼───┼───┤
│   │   │   │   │と↓│   │龍 │   │   │ 七
├───┼───┼───┼───┼───┼───┼───┼───┼───┤
│   │   │   │   │   │   │   │歩↓│   │ 八
├───┼───┼───┼───┼───┼───┼───┼───┼───┤
│   │   │   │   │   │   │   │   │   │ 九
└───┴───┴───┴───┴───┴───┴───┴───┴───┘
```

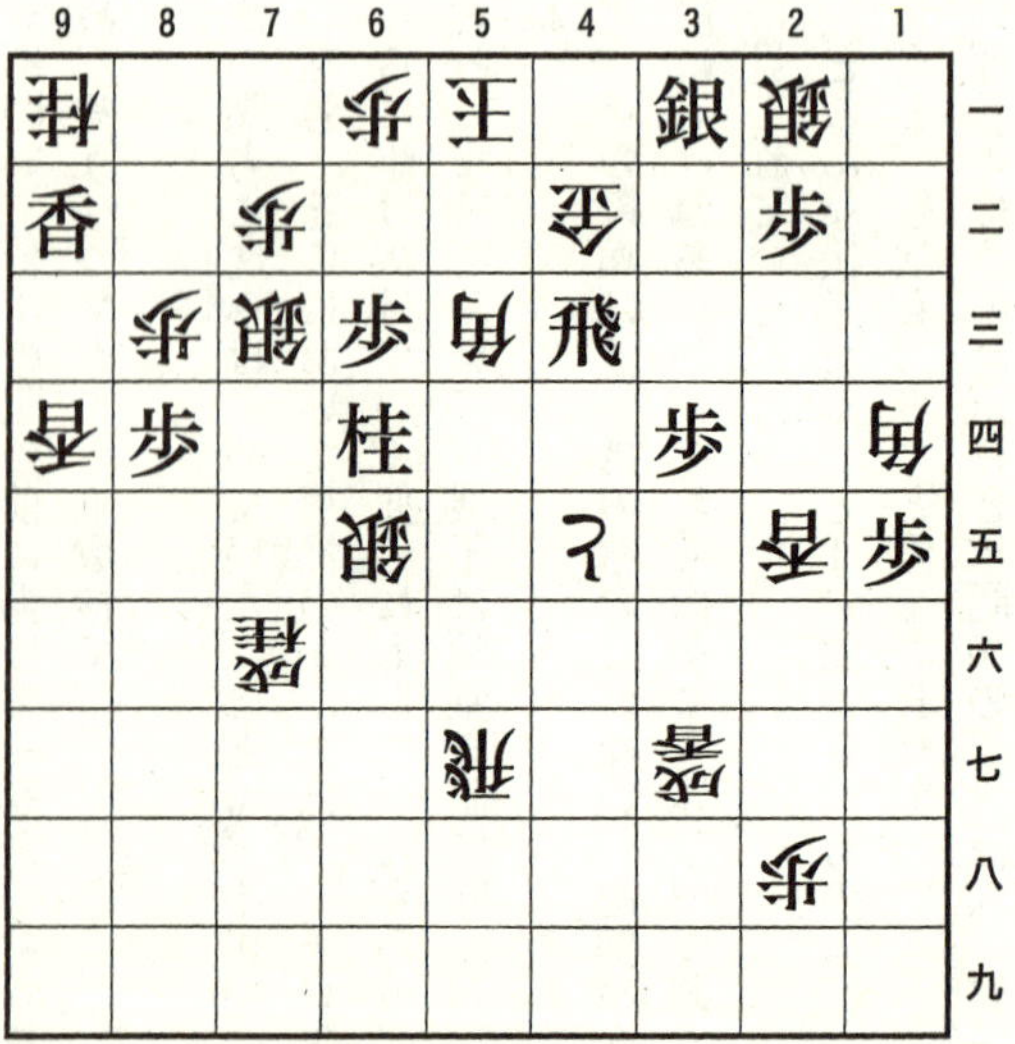

図2　　　持駒　金3桂

って」

「頷けるわね」

「まわりはそれで大騒ぎになってね。縁側に連れ出して寝かせたり、また戻ってきて無理に坐ったけれど、やっぱり駄目だと言って再び縁側に転がったり。……恐ろしいことに、そのあいだ、やはり渾々《こんこん》と読み耽っていた相手の呉清源は、その騒ぎに全く気がつかなかったというんだよ」

「そこまでいくと見事というほかないわ。……でも」

典子はふと相好を崩して、

「渾々と読み耽ってというところは違うけど、先生もまわりの出来事が全然頭にはいってないことってよくあるじゃない」

「へええ？」

須堂はガックリと肩を落とした。

そうこうするうち、二人の耳には皆川の荒い息づかいまでがはっきり聞き取れるようになった。

「被験者があんなにつらそうで、実験する私たちがぼおっとしてるのは悪いみたい」

「しようがないよ。……ところで例の怪談の調査は進んでるの」

「ええ」

典子は急に眼を輝かせて、

「智久が例の親衛隊の女の子たちに調べさせてるのよ。あいつ、あれでなかなかマキャベリストなんだから。――今のところ、あの噂は今年の八月頃にはもう生まれていたらしいことが分かったって。もっと遡れるかも知れないわね。面白いのは、同じ噂でも、聞いた人によって少しずつ内容が違ってることね」

「内容が？」

「そうよ。あとを追いかけたというのが、隣の人じゃなくて、恋人だというのもあるし、友達だというのもあるし、旦那さんだというのもあるし――そう、この場合、最初に墓場に行ったのは女の人ということね。……屍体を掘り出したんじゃなくて、掘り出したのは紙束だけだというのもあるって。なかには最初に拾った紙に書かれていたのは謎々じゃなくて、単なるコワイ話だったというのもあるのよ」

「噂の伝達とその変容か。徹底して調べると、心理学のいい研究データになるんじゃないかな」

愉快そうに須堂はそんなことを呟いた。

「呑気《のんき》なことを。……私、真剣なのよ。この噂の底には絶対何か重大なものが隠されてると思うわ」

思いがけない強い語気で言って、典子は自分の膝を拳で叩いた。須堂は慌てて唇に人差し指を立ててみせたが、機械に頭だけ呑みこまれた被験者はぶつぶつと独り言を呟きはじめたところで、どうやらこちらの話し声などまるで耳にはいっていないらしい。

「……今のところ、智久のその情報網には三十人くらいの人間から集めたデータがはいっているらしいわ。もっと続けていけば発生源にたどりつけるかも知れない。……そこであの静岡のふたつの屍体とどう繋がるのか。……ひょっとして何か途轍《とてつ》もなく恐ろしい秘密が掘り出されないとも限らないでしょ」

声をひそめた典子の囁きは白く巨大な部屋の隅ずみまでしいんと沁《し》みこむような気がした。そのあまりに真剣な眼差しに、面白半分に聞いていた須堂もふとつられたように顔を硬くした。

須堂は体の奥のどこか入り組んだところで、産毛が顫えるほどのかすかな戦慄を感じた。典子の熱中の仕方が自分の想像をはるかに超えていることに、そのとき初めて気がついたのだ。はるかに。そこが問題だった。それは極端への逸脱である。

須堂は計器の上に眼をそらした。十数本の針は流れ出る紙の上に夥しいグラフを描き続けている。そのとき皆川八段がひときわ大きな声をあげた。

「何だぁ？——この詰将棋は！」

苛立ち半分、呆れ半分の声だった。二人はびくんとそちらを振り返ったが、それきり明確な言葉は発せられず、それが検査が終わるまでの唯一はっきりした言葉になった。

一時間を少しまわって、皆川はようやく、

「よし。解けたぞ」

と吐き出すように叫んだ。典子が寝台を滑らせ、その首が引き出されると、早くも堰《せき》を切ったように喋りだす。

「全く、何てえ詰将棋だ。恐ろしいもんだ。まさしく詰むや詰まざるや。……先生、五十九手詰でしょう」

須堂は慌ててそのページを見返し、

「……残念。五十七手詰となってますよ」

「あれえ、おかしいな。そんなはずはないんだが」

皆川は首をひねって、

「どこから狂ったんだろう。最初から言いますよ。……４一金、同金、４二銀成、同

金、4一金、同玉、5二金、3一玉、4二金、同角、2一歩成、4一玉……」

「あ、そこが違いますよ。同玉です」

「同玉？　おかしいな。4一玉のほうが王方長手順のはずだが……。変化の解説には何と書いてあります？」

「え。ちょっと待って下さい」

須堂は急いで次のページをめくり、

「ええと……。ああ、ありました。『復刻本では4一玉以下のほうが本手順』とありますが……」

「ああ、そうか。その本が原本としている版では同玉になってたんですよ。4一玉が正しいのです。それでは以下……3一と、同玉、2二銀、同玉、4二飛成、3二歩、3三角、2三玉、2四金、1二玉、2二角成、同玉、3三歩成、1二玉、2三金、同角、2四桂、1三玉、2三と、同玉、3二龍、2四玉、4二角、3三歩、同龍、1五玉、3七龍、2四銀、1六歩、1四玉、2四角成、同玉、1五銀、1三玉、1四銀、同玉、3四龍、1三玉、1四香、2二玉、2三歩、2一玉、1一香成、同玉、3一龍、1二玉、2二龍まで、五十九手詰です」

「その通り！　いや凄いもんですね」

「いや、凄いのはこの詰将棋ですよ」

典子に縛《いまし》めを解かれながら、皆川の顔は真っ赤に上気していた。

「最初の数手なんて、信じられないくらいですよ。また、その変化の恐ろしく厖大なこと！　最初から最後まで、いや、何ともはや、参りました。さすがは鬼宗看。ことさらに変化紛れを難しく、難しくと作っているものだから……」

台から降りた皆川はじっとりと脂汗までかいている。須堂はパラパラとページをめくっていたが、ふとその手を止めて、

「へえ。……無双第百番は百六十三手詰。とんでもないのを作るもんだな。さっきの三倍の長さ。――ひょっとして、これがいちばん長い詰将棋ですか」

須堂はほとほと感心したように首を振りながら尋ねた。ようやく体の自由を取り戻した皆川はその場で腕や首を動かしつつ、

「いえ、そんなことはないですよ。宗看の作った最長手数作は二百二十五手詰だと聞いてますし、その弟の看寿には実に六百十一手詰の作もあるんです。……しかし、これでさえ現在に至るまでの史上二位の長手数作品ということですよ」

「へええ。六百十一手！」

須堂は眼を兎のように丸くした。

「最高は……」

「何手だったかな。……その少し上だったと思うんですが。……おや」

皆川は部屋の壁の一方に掛けられている黒板に眼を止めた。そこには来週東京を訪ねてくる須堂の来客の名前が書き記されてあった。

「この藍原允彦《まさひこ》というのは……」

「あれ、ご存知ですか。歴史学の教授で、僕も学生の頃、教えていただいたんですが」

「歴史の——はあ、やっぱり」

「何ですか」

須堂は怪訝そうに尋ねたが、

「この方、詰将棋作家の第一人者のひとりですよ」

「ええ？」

これには須堂も驚いた。将棋が好きだとは聞いていたが、彼は自分の師に、そんなもうひとつの肩書きがあったとは全く知らなかったのだ。

「現在では詰将棋創作の本流はアマチュアの手にあって、宗看や看寿にも劣らぬ優れた作家がいるんですが、この藍原允彦もそのひとりですよ」

「全然初耳でした。びっくりですねぇ」

「詰将棋の詳しいことはこの方にお聞きになるのがいいですよ。私なんかより」

「それはそれは」

須堂は典子のほうに悪戯な顔を向けて、

「先生にも一度、脳を調べさせてもらおうかな」

実験室から須堂の個室に戻り、典子が飲み物を淹《い》れていると、皆川は急に声を落として奇妙なことを尋ねてきた。

「先生は脳のことをご研究だからお分かりでしょう。人間が突然ガラリと性格が変わることがあるんでしょうか」

「といいますと」

「いいえ、これは兄が親しくしている友人なんですが、最近そんなふうなことが起こったそうです。それまでは陽気で明朗な人柄だったのが、急に陰鬱で寡黙になってしまったというんですね。ふと今、思い出して……」

「何か身のまわりで心配事でも起こったんじゃないんですか」

須堂は頭の後ろの短い髪をバリバリと掻きながら返したが、

「聞いたところ、そういうことでもないらしいんですよ。――もちろん他人には分からないこともあるでしょうけど」

「心配ないんじゃないですか。もっとも、明らかに異常な行動とか妄想があるなら別ですが」

「いや、私も兄にそう言ったんですよ。ところがどうも本当におかしいらしいんです」

大脳生理学といえば心理学や精神病理学と似たようなものと思っているのか、それとも全くごっちゃにしているのか、皆川は出されたココアを啜《すす》りながら、いよいよ声を落として語り続けるのだった。

「私のうちの者は皆、猫が好きで飼ってるんですが、その人も猫が好きで、それで兄とも親しくなったそうです。その人が飼っているのは純白のペルシャ猫だったそうですが、様子がおかしくなってから兄が理由を問い質《ただ》してみると、猫が妙な死に方をしたと……。何でも、自分の部屋のテーブルの上で、包丁でメッタ突きにされて殺されていたというんです」

「そんなことがあったんだったら、気が塞ぐどころじゃないでしょう」

横から典子も口を出す。気味の悪い図や写真が壁じゅうに貼られたなかで、皆川は自分の話に怯えたように慌てて手を振り、

「鍵がかかっている独り住まいの自分の部屋に戻ってみたら、ですよ。実際のこととは思えないでしょう。……ほかにもいろいろおかしな話をして、どうも妄想としか思えないらしいんです」

「誰かの悪質な厭がらせってこともあるんじゃないかしら」

「そんな人物に鍵を預けるわけもないし、人に恨まれるような筋合いもないっていうんですよ。……そのくせ、いつも誰かに尾行されている、そのうち奴らに殺されるかも知れないなんて、泣きそうな顔で訴えたりするらしくて……」

「へえ」

須堂はぶるると首を振って、

「それは確かにおかしいですね。でも、僕はそのほうの専門とは違うので……。よかったら友達に精神科の医者がいますから、そちらに紹介してもいいですよ」

「そうですか。また兄と相談してみますが」

互いに礼を言いあって被験者が帰ると、典子は肩を竦めながら須堂に、

「そういえば先生も最近、妄想に取り憑かれているでしょう」

「えっ。な、何を馬鹿なこと」

思わず眼をパチクリさせる。典子はカップを片づけながらすました顔で、

「だって近頃、時どきよく難しい顔をして、罪があるとかないとか、ブツブツ呟いているんですもの」

「そんな。——う、嘘だよ」

「あら、気づいてないの。本当よ。……ただし、詰将棋の本を前にしてだけど」

須堂はしばらくボーッとした表情を晒していたが、

「そりゃ〝詰み〟だよ！」

「罪なことを言ったかしら？」

典子はケラケラと笑って、続きになった炊事場に消えていった。

十二　ほとんど眼もくれず

「笹本さん。笹本さん」

呼ばれた和服の男は階段のところで訝しそうに振り返った。

「僕ですよ。『近代将棋』の——」

呼びかけた若い男は人ごみのなかから手を振りながら駆け寄ってくる。

「ああ、編集の」

笹本は頷いて、かまわず階段を登りはじめた。追いついた男はその横に並んで、

「今日はこのデパートにお買物ですか」

「いや、目当ては催《もよお》し物だよ」

「あれ？　何かあるんですか」

笹本は鼻梁《びりょう》から尖った顎まで垂れ落ちた髪を掻きあげようともせず、しようがないなと言いたげな皮肉な笑みを浮かべた。

「駒の展示会をやってるんだよ。知らないのかね」

「あッ、そうか。そういえばそうでした」

「頼りないもんだね」

「これはすみません。棋戦で忙しかったので、どうも。では、僕もよろしかったらごいっしょに」

「かまわないよ」

エレベーターやエスカレーターの類いが嫌いなのか、笹本はそのままずんずんと七階まで登っていった。

仮設の展示場はそのフロアの半分を占めていた。笹本の目当ては駒だけだったのだろうが、その名目は『盤と駒の芸術』展となっており、ガラスケースや白布を敷いた

棚の上に夥しい数の展示品が陳列されている。来場している客数もけっこう多く、意外に年若い連中が大半だった。

「いいですねえ。榧《かや》の盤に黄楊《つげ》の駒。僕もこういうものを手もとに置きたいんですがねえ」

若い男はもの欲しそうに首を振る。笹本は最初から盤のほうにはほとんど眼もくれず、痩せた顔を突き出すようにして、ひと組ごとに駒をじっと睨みつけていた。

「笹本さんは駒専門ですか」

「いささか凝っててね。僕もいくつか持っているんだよ。気に入ってるのは宮松影水《みやまつえいすい》作、書体〝錦旗《きんき》〟の虎斑《とらふ》でね」

「僕はどうもそっちのことは不案内で……。書体もひとつひとつ名前があるんですね」

笹本は駒から眼を離さぬまま、顎をしゃくるようにして、

「これが〝小野鵞堂《おのがどう》〟だ。ほかにも〝隺園《かくえん》〟とか〝清安《きよやす》〟とか、いろいろあるよ。

……しかし、なかなかいい駒を集めてある」

「僕もこういうのを見てると、本黄楊の漆の盛上《もりあげ》駒をひと組欲しくなってきますよ」

若い男は自分の頬をピシャリと叩いた。

「そういえば、『図式ロマン』の、読みましたよ。『詰将棋の泉』なんて同人誌があったんですか」

「ああ、あれね。あんな同人誌のことまでは、なかなか研究家といっても眼が行き届かないだろうね。もっとも、たいした本じゃなかったが」

「いやあ、うちの編集の誰も知りませんでねえ。そんなところまで蒐集《しゅうしゅう》してあるとはさすがに笹本さんだと、みんな感心していたんですよ」

「あんなものに感心されてもしようがないがね」

事もなげに笹本は言って、ようやく駒から眼を離した。袂《たもと》から扇子を取り出し、襟元を少しめくるようにして風を送りこむ。そういえば少し暖房がきついようだ。

「おや、笹本さん。こちらに大将棋の盤と駒がありますよ」

「ほう。——何だ、違うよ。これは中将棋だ」

「あッ、そうですか。どうも僕なんか、駒が多けりゃみんな大将棋にしちゃって」

その盤はタテヨコが十二枡もあり、駒も普通のものに加えて、《獅子》や《麒麟《きりん》》や《鳳凰《ほうおう》》などという見慣れぬ種類が数多くある。普通の将棋に較べると、ちょっと壮観なものだった。

「大将棋は枡の数が十五なんだ。……中将棋は駒の種類が二十一、総駒数九十二で、大将棋は二十九種、百三十枚となる。いちばんの特徴は、中将棋には現在の将棋の駒のうちの《桂馬》がないことなんだがね」

「――おや、本当ですね。いろんな妙な駒が加わってるだけじゃないんですね」

若い男は感心したように首をひねる。

「ほかにも天竺《てんじく》大将棋、大大《だいだい》将棋、摩訶《まか》大大将棋、泰《たい》将棋などというのもあってね。泰将棋なんか、枡目は二十五、駒の種類は九十三、総駒数三百五十四だったかな。この中将棋あたりは江戸時代によく遊ばれていたらしいが、大将棋より上は、まず実際に指されることはなかったろうね」

「中将棋あたりでも覚えるのは大変そうですね」

若い男は見知らぬ駒の裏側に何が書かれてあるのか、ひとつひとつひっくり返して見ている。《反車《へんしゃ》》の裏は《鯨鯢《げいげい》》、《獅子》の裏は何も書かれていない、といった具合だ。面白いのは、普通の将棋からすると、《香車》は《白駒《はっく》》、《銀将》は《竪行《じゅぎょう》》、《金将》は《飛車》と、それぞれ成駒が全部違うことだった。

「ますます覚えるのは大変だ」

「平安時代には、この中将棋より駒数の少ない、十三種、六十八枚の大将棋があったんだよ。……言い換えれば、平安時代には〈将棋〉と〈大将棋〉の二種があり、のちに〈(小)将棋〉〈中将棋〉〈大将棋〉ほかの多数に分化・発展したということだね。ただ奇妙なのは、このうちの、現在の将棋へ直接繋がる〈(小)将棋〉のことがよく分かっていない点なんだ。江戸時代の初期、将棋の家元が成立したときには既に現在と同じ形態の将棋も確立していたんだが、それ以前のことがどうもはっきりしないいんだね」

「あ、それは僕も聞いたことがありますよ。江戸時代の本に、『昔は今の将棋に《酔《すい》象《ぞう》》の駒を加えた将棋が指されていたが、後奈良天皇が命令して酔象の駒が取り去られて今の将棋になった』と書いてあるという……」

「そう。よく知ってるね。西沢太兵衛の『諸象戯図式』だ。後奈良帝の命があったのは天文年間、つまり一五三二年から一五五五年のあいだとある。その本には図も示されていて、酔象駒は王将の上に位置していたということだ。……昭和四十八年に福井県で酔象駒を含む九十八枚の駒、昭和五十一年に京都で一枚の酔象駒が出土し、それらの考証からも、この《酔象の加わった四十二枚の将棋》の存在はほぼ明らかになったようだが、平安時代の〈将棋〉の駒数は飛車角のない三十六枚だったようだから、やはりその間は茫洋としている」

「朝倉駒と上久世駒というやつですね。天狗太郎さんがそのことをうちの雑誌に書いてましたっけ」

笹本は急にその若い男をしげしげと眺めまわした。

「まあ、そのあたりのことをはっきりさせれば、将棋史のほうではノーベル賞ものだがね……」

十三　さながら異次元に

「東京も凄い雪だね」

藍原は濡れた茶色のコートを脱ぎながら言った。

「静岡のほうもですか」

「ああ。珍しい大雪だよ」

典子はコートをハンガーにかけ、窓際に吊した。

「まだ十二月になったばかりだというのにね。地震の次は時期はずれの大雪。――どこか狂っとるよ」

「おや先生、頭のほうにも雪が」

いつになく、須堂は嬉しそうな笑顔を見せっぱなしだった。それは藍原のほうも同

じらしく、そんな軽口にも笑いながら、

「馬鹿。これは霜というんだよ」

返す口調も実に楽しそうだった。

歴史学と生理学。専門こそ違え、いかにも気のあった師弟だったのだろう。学部も別のはずなのに。典子はそこのところが不思議になって、どういうことから懇意になったのか訊いてみた。

「そういえば、どういうきっかけだったかな」

「ほら、先生。大学祭のとき、将棋部の模擬店で――」

「そうそう。ベロベロに酔って、君をとっつかまえてくだを巻いたんだったな。いや、あのときはすまなかった」

「あのときだけですかあ」

二人は懐かしそうに笑いあった。次々に出てくる当時の思い出話を典子も面白く聞いた。

「そういえば先生。顧問をされてたくらいで、将棋が強いというのは聞いてましたけど、詰将棋作家としても有名だというのは伺ってませんでしたよ」

「オヤ、そうだったかね。すると、いつ聞いたのかな」

須堂は一週間ほど前、皆川八段に研究の協力をしてもらったときのことを説明した。

「どうも――お恥ずかしい次第だね。僕のようなアマチュア作家を記憶に留めていてくれようとは。もっとも、棋士の記憶力は凄いからね。……いや、もっと凄いのは解棋力だよ。宗看の無双九十四番をたったの一時間強でねえ。あれは『無双』のなかでも最難解の作品のひとつだよ。人間技じゃないね。畏れ入ったね」

藍原は肩を竦めて、ほとほと感心のていだった。

「先生。実は僕も最近、将棋を覚えはじめたんですよ」

「君が、かね」

その口調が、あまりに寝耳に水という感じだったので、典子は思わず吹き出した。

「君がかね、はないでしょう。うんとやさしいやつですが、詰将棋もやってるんですよ。今日はちょっとそちらの話も伺いたいんですが」

「詰将棋学講義かね。いいとも。いくらでも話そうじゃないか」

藍原は大袈裟な咳ばらいをしてみせた。

「江戸時代の巨峰といえば、何といっても三代伊藤宗看と伊藤看寿の兄弟がとび抜けていて、それを追う存在だったのが和算家の久留島喜内。そのほかに優れた作家といえば、二代伊藤宗印、八代大橋宗桂、九代大橋宗桂、桑原君仲《くんちゅう》などがあがるだろう。もちろん、単発的になら、これらの作家以外にも歴史に残る名作は数多く作られていて、有名なところでは『象戯解頤《かいい》』第四十四番、作者不詳《死刑の宣告》、『神局図式』第三十九番、作者不詳《鳴門《なると》》、『象戯綱目』第五巻第二十一番、萩野真甫《しんぽ》作《小駒図式》などがある。

天才兄弟を比較すると、宗看は難解派、看寿は技巧派で、どちらかといえば弟の看寿のほうがやや技術的に上まわっていたようだ。看寿の『将棋図巧』第百番の《寿》は六百十一手詰で、昭和に至るまで最長手数を誇っていたし、第九十九番の《煙》は、最初に盤面に攻め方の王を除く最多駒数三十九枚を配し、詰上りは受け方の王を含む最少駒数三枚になるという作品で、いずれも《神局》という最高の讃辞を冠されているんだよ」

「六百十一手詰のことは聞きましたよ。でも、《煙》というのは知りませんでしたね。そもそも、そんなことが可能なんですか」

「当時としては奇蹟的な作品だったろうね。ほかにも長手数に挑戦した作家は多いが、江戸時代では二位が八代大橋宗桂の三百二十一手、三位が九代大橋宗桂の二百六十五手、四位が三代伊藤宗看の二百二十三手だから、全く他を圧しているし、煙詰に関しては全く再現不可能と信じられてきたからね。……ともあれ、これほどまでに詰将棋の創作技術が高まったのは、歴代の将棋の家元が名人に就任するにあたって詰将棋の創作集を幕府に献上するという《献上図式》の慣わしがあったからなんだ。先人を越えよう越えようとする研鑽の積み重ねが、宗看・看寿において大輪の花を咲かせたというわけだね。

　ところがこの二人の作品集があまりに図抜けていたので、以後の棋士はそのレベルを維持するのさえ容易でなくなってしまったんだよ。そしてついに九世名人の大橋宗英によって、『これからは指将棋のほうに力を入れよう』の名目のもとに《献上図式》は廃止されてしまうんだ。その後の家元も詰将棋蔑視《べっし》を唱え、そんな風潮のなかで、明治・大正へと、詰将棋の暗黒時代が続くことになる……」

　詰将棋のことを喋りだすと寝食を忘れるという類いだろう。熱っぽい口調だが、しかし講義の巧さには定評があるということで、緩急自在の語り口に須堂も典子もすっかり話に引きこまれていた。

「昭和にはいって、ようやくルネッサンスが興《おこ》る。その立役者は酒井桂史という人物で、それまでの不毛の時代に、忽然と宗看・看寿の流れを汲む《天馬空行》などの秀作を矢継ぎ早に発表し、彼に触発されて、今田政一、塚田正夫らの優れた作家が誕生するんだ。ことに塚田は名人にもなった専門棋士で、本格的大作も創作したが、近代短篇詰将棋のスタイルを確立した点で、以後に与えた影響は誰よりも大きかった。続いて《昭和の看寿》といわれた岡田秋葭、有馬康晴、北村研一らが出たが、彼らの活躍期間は短かったね。岡田などは《新四桂詰》などの傑作を昭和十七年から昭和十八年の二年間のうちに発表し、二十歳の若さで死んでしまったんだ。

詰将棋が本当に黄金時代にはいったのは昭和二十七年あたりからではないかと僕は思うね。その年、黒川一郎が不可能視されていた煙詰の二号局《落花》を完成。続いて三十年に奥薗幸雄が看寿の六百十一手を上まわる唯一の完全作《新扇詰《しんおうぎづめ》》八百七十三手を発表した。奥薗は、いずれも惜しくも不完全作だったが、黒川と煙詰二号を争う作品や、七百十五手詰や八百四十九手詰の作品を発表するなど、超弩級の才能を認められていたが、《新扇詰》を完成した直後、自らの生命まで燃やしつくしてしまったかのように二十一歳で死んでしまったんだ。……ともあれ、それを境にして、詰将棋の世界はさながら異次元に突入したようだったね。《落花》をきっかけとして続々と煙詰が作られるようになり、現在に至るまで百局以上も発表されている」

「へええ。八百七十三手！　ふえぇ。百局も！」

須堂の呆れたような声がまじりだした。

「黒川はまた、不可能と断定された飛と角を使わない小駒の煙詰《嫦娥《じょうが》》を発表して、その地位を不動にした。また、最初に盤面の中央に王があり、再び盤面の中央で王が詰む煙詰《父帰る》などの傑作を生み出した駒場和男は、宗看をもしのぐ難解作を作る。《四桂連続合《あい》から四桂詰》に移る複合趣向の傑作などを発表した山田修司は、黒川と並んで近代趣向詰を確立した存在だ。《順列七種中合《ちゅうあい》》や《角打角合五十六回》を実現させた七条兼三は、前人未到の構想を次々に踏破していくことでは並ぶ者がない。……さらに、ひとりで十局以上の煙詰を創作した田中鵬看《ほうかん》。現代的センスにあふれた構想作を次々に生み出し、作品集『極光』によって『無双』『図巧』を超えたとまで評される上田吉一《よしかず》。そのほか、柏川悦夫、大塚敏男、巨椋鴻之介、近藤孝、植田尚宏、岡田敏、北原義治、森茂、安達康二、若島正などなど、また専門棋士では二上《ふたかみ》達也、内藤国雄、伊藤果《はたす》ほか、優れた作家が目白押しで、宗看や看寿さえも思い至らなかった作品が陸続と生み出されている点からいえば、現在はまさに詰将棋の黄金時代と言っていいだろうね」

「……そのなかに藍原允彦という名前も加わっているわけですね」

「冗談じゃないよ。僕なんか」

藍原は慌てて打ち消した。

「でも、皆川八段が言ってましたよ。凄い作家だって」

「困ったねえ」

苦い顔で笑ったが、どうやら満更でもないらしい。

「そうそう、忘れてた。最近赤沢真冬《あかざわまふゆ》という新人作家が登場してね。これがまた大粒の才能の持ち主で、いきなり《龍と馬の複合鋸《のこ》》の大作でデビューしてから次々と素晴しい作品を世に問い、そして奇蹟的とも思える《七種連続合》を発表してセンセーションを巻きおこしたんだよ。……そのあと息抜き的に発表した《豆腐図式》に、盗作の疑いありとクレームがつけられたのは遺憾だったがね」

「いろいろ難しい用語が出てくるんですのね」

典子は指の先を額にあてて、ほっと溜息をついた。

「おお。これはすまなかった。ついつい、いつもの調子で……。《鋸》というのは《鋸引《のこぎりびき》》とも言って、趣向のひとつなんですよ。攻め方の駒が斜めにジグザグのコースをたどるところからつけられた名称でね。……合駒というのはお嬢さんも分かるかな」

「ええ。それくらいでしたら」

「《七種連続合》というと、盤の端にいる王に逆側の端から王手をかけたとき、そのあいだの七つの枡に、飛から歩まで七種の駒を連続して合駒させること。その前に言った《順列七種中合》とは、連続的にでなくてもいいが、とにかく七種の駒を、飛から歩なり歩から飛なり、順番に中合させること。中合とはつまり、合駒を下にくっつけないことだ。……《豆腐図式》というのは、〈歩〉とその成駒である〈と金〉しか使用されていない詰将棋、つまり〈と歩図式〉というシャレだね」

「……分かったような分からないような……」

そう言いながら頭を掻いたのは須堂だった。

「あら。先生は詰将棋をかじってるくらいだから、ほとんど分かってるんじゃないの」

「いやいや。初心者向けの本だけ読んでも、なかなかこんな用語は眼にしないはずだよ」

藍原は無理もないというふうに手をあげて、

「では詰将棋の内容から話を移そう。……作家が作品を発表するのは主にこういう雑誌なんだよ」

いつもそれらの新しい号は離さずにいるのか、椅子の傍らに置いていた黒い鞄から三冊の雑誌を取り出した。

「まず、これが戦後発足されて以来、全国の詰将棋愛好家の活動の中心となっている『詰将棋パラダイス』。店頭販売しない雑誌だから、一般には馴染みが薄いだろうがね。次が『近代将棋』。これは普通の将棋雑誌だが、かなりのページが詰将棋のコーナーに割《さ》かれている。この二誌が最も大きい舞台だろう。そのほかにも『風ぐるま』や『詰棋界』というのがあったんだが、廃刊になってしまってねえ。……で、それに代わって最近台頭してきたのがこの『図式ロマン』なんだよ」

「はあ」

差し出されたA５判の雑誌を手に取り、須堂はパラパラとページをめくった。

「さっき言った赤沢真冬もこの雑誌でデビューしたんだよ」

「おや」

須堂の手が止まった。

「出てる出てる。先生の名前」

「うん。それに載っているのは《並び歩趣向》の作品だね。……実を言えば、この雑誌の発行元は静岡にあって、僕も後見人的な立場にいるんだよ」

「あッ、そうなんですか」

須堂が首を突き出したとき、廊下からパタパタと子供のものらしい足音が響いてきた。

「こんにちは！」

「あら。今日はダメよ。先生、お客さんなんだから」

息を切らせながら眼をパチクリさせている智久に、藍原は子供好きらしく眼を細めて、

「まあまあ、いいじゃないですか。牧場さんの弟さん？」

「ええ。智久といいますの。よくこちらに遊びに来るものですから」

「牧場……智久？」

藍原は大きく眉をひそめて、

「ひょっとして、囲碁の天才少年という」

「先生、ご存知だったんですか」

須堂も嬉しそうに相好を崩した。

「意外だねえ。牧場さんの弟さんがそうだったとは。……こんなことを言えば囲碁のほうの人たちに叱られるかも知れないが、あのとき、囲碁じゃなくて将棋のほうに進んでくれればよかったのに」

「は？」

須堂は今度はポカンと口をあけた。智久と典子は思わぬところで尻尾をつかまれたとばかりに、横眼でちらりと眴《めくばせ》しあう。けれども藍原はそんなこととは気づかぬまま、

「ハハア、分かったよ。須堂君が将棋を覚えたのは智久君の影響なんだね」

「え。——僕がトムに習ったのは囲碁のほうなんですが、……どういうことかな」

いささか面喰ったていの須堂に、こうなれば仕方ないと、典子は笑いながら説明した。

「智久ね、将棋のほうもちょっとしたものだったのよ。一時は囲碁の道に進むか将棋の道を選ぶか、相当迷ったくらいなんだから」

「そ、そうなの。全然知らなかったよ。すっかり騙されちゃったなあ」

須堂は頭を抱えて体を後ろに投げ出した。

「何だ、君、知らなかったのか。——一昨年だったか、四年生にして将棋と囲碁の両方の小学生名人になったんだったね。囲碁の道を選んだと聞いたときは、《現代の宗《そう》歩《ふ》》失わるとひそかに嘆いたものだったよ」

「へええ。ボクのこと、よく知ってるんだね。……将棋の専門棋士の人？」

智久は鼻の頭を掻きながら姉のほうに首を曲げる。

「ううん。大学のときの先生だった方よ。詰将棋作家の第一人者でもいらっしゃるの」

「分かった！　藍原允彦さんでしょ」

このいきなりの名指しには三人ともギョッと眼を剝いた。

「ど、どうして――」

須堂は背凭《せもた》れに埋めた体を再びはね起こす。

「だってこの前ここに来たとき、須堂さん、『藍原先生がいらっしゃるから』とか何とか、ブツブツ独り言で言ってたからさ。ボクもしばらく将棋のほうは遠ざかってたけど、それでも藍原允彦って名前は知ってたもの」

「ホホウ。これは光栄の至りだね」

そうと分かると、藍原はもう喜色満面のていだ。

「そんなあ、ボクこそ参っちゃうな。――本格的な詰将棋ってあんまり詳しくないんだけど、藍原さんの《瑞雲《ずいうん》》とか、あまりにも有名だから。ほかにもいくつか解いたことあるし。びっくりしちゃった」

「トム、何段なの」

須堂は渋柿を食べたような顔で訊く。

「いちおう三段――かな」

「たはは。何が強くなって教える、だよ。全くペテンにひっかかってるんじゃない。陰で笑ってたんだろう。ひどいなあ。いちばんひどいのは典子君だよ」

「だって、情熱を燃やしてるのに水をさしては悪いもの」

そのあたりでようやく藍原も事情が呑みこめたのか、

「ハハア。つまり、将棋を覚えて、君から智久君に教えてやろうと思っていたのか。こいつはとんだ釈迦に説法だったね」

そう言って腹を抱える。結局、須堂のひそかな謀《たくら》みは彼自身のペシャンコの図で終わったわけである。

十四　瞼のない眼

ふと恐ろしい疑惑が頭を占めたのは事もあろうに昼日中、あまりの寒さに温かいものでも飲もうとはいった喫茶店の隅の席だった。

暖を取るためにはいったその店のなかで、しかし体じゅうが凍りつくのを感じた。

そんな、まさか。けれどもいったん湧いた疑惑はなまなかなことで頭を離れようとはしない。それを打ち消そうとする意識は知らず知らず視線を周囲に巡らせる。

窓ガラスを通して眺める光景は白っぽく霞み、薄い刃のような朔風が乾いた塵埃《じんあい》を巻きこんで、音もなく吹き過ぎていくのが分かる。人通りの疎《まば》らな街路の木々は、ふるふると細かに震えるのではなく、ゆっくりと藻のように身をよじらせている。

どうしたのだろう。ゼンマイの伸びかかった時計が刻む、まのびした時の流れ。

戦慄は何度も顱頂《ろちょう》から爪先まで駆け抜けた。死が背中に貼りついている。剥ぎ取りようのない死。振り返り、首を巡らせても、それは背後のそのまた背後へと翼の先っぽさえ見せることなく逃げ隠れてしまうのだ。

私を狙っているのがあいつだとしたら……。

なおも木々は身悶えするようにゆるやかな蟠蜿《はんえん》を見せている。そこには鋭い暗示があった。

雪が降りはじめていた。

単一のものでない雪。

誰が囁きかけるのだろう。ウィンナ・コーヒーが右巻きの渦をつくっているカップを見おろすと、スプーンの表面にまつわる輝きがやはりゆるやかな蠕動《ぜんどう》を見せている。Rという文字をデザインした銀色の指輪。自分の指に嵌めているそれがひどくよそよそしいものに思えた。

雪が右巻きの渦を走らせる。やはり暗示だ。氷の杭を頭に打ちこまれたように、慌てて店のなかに眼を配った。

何人もいる。男も、女も。みな一様に魚のような瞼のない眼を開いて、じっとこちらを見据えていた。

単一のものでない眼。

その瞬間、すべてのからくりが呑みこめた。

スパイなのだ。みんなスパイなのだ。ウェイターも客も、ことごとくあいつの手先なのだ。

——ごおん、という地の底から響くような音が聞こえた。雪が舞う音に違いなかった。

あの眼。眼だけが異様に大きい。魚類の眼を持つ人びと。監視機械。

恐慌が体じゅうに犇《ひしめ》きかけるのを必死で怺《こら》えた。分かっている。その手に乗るものか。これは罠なのだ。金切り声でもあげようものなら、彼らは生贄を吊す理由を手にするに違いない。高く高く、天井にまで、水滴を弾き散らすアイス・ピックで吊すだろう。

葡萄のように。

——震える手で財布を取り出す。ごおん、という音が高まる。雪が激しくなっているのだ。

——何度も小銭の勘定を確かめる。間違えてはならない。冷たい汗がふつふつと額に湧き、ゆっくりと顳顬《こめかみ》を伝って落ちる。そっと立ちあがり、滑るようにレジに向かった。

まるで、幽霊。いや、そうなのだ。この爛々《らんらん》と輝く眼の群に見据えられて、透明になりきるには幽霊しかない。

——ごおん。音と音との間隔がせばまりはじめる。急がなければならない。ドアの外で雪は既に狂ったように吹き荒れている。

——伝票といっしょに代金を置く。ゴム皿の上で、小銭は意外に大きな音をたてる。青いベストの制服をぴっちりと着たウェイターが、ピンポン玉よりも大きな眼を真っ黒い眼窩から突き刺すようにこちらに向ける。

……ウ……ウウ……ウウウ——

——ゆるやかに口が開く。低い唸り声。

ウ――ウウウウ――ウワワワワワワーン。《確かにそんなふうに聞こえた。顔は眼球の背景。しかし、もしかするとそれは、彼らの声が耳の奥でうまく同調していないせいかも知れない。だとすれば、これは投げつけられたもうひとつの罠なのだろう》

ン――ン――ご気分でもお悪いのではありませんか。**ひどい汗ですよ。**

《恐怖で頭のなかが焼き切れそうになる》

　雪。雪だ。

《空中分解しそうな思考を繋ぎ止めるように、その光景を見つめ続ける。答えてはいけない。棒状につっぱった体を視線の方向に回転させ、ドアごと押し出すように店の外に出る》

《背中に彼らの視線が絡みつき、べとべとと糸を引いて粘った。渾身の力をこめてそれを振りきり、外に出ると絶え間のない雪の舞い。ごおん、という体毛を震わせる音。音は徐々に打ち重なりあい、共鳴しあって、耳の奥にわんわんと谺《こだま》しはじめた》

《けれどもそれは解放ではなかった》

《信号機も走る車も、そればかりか白く澱んだ天蓋までが巨大な眼をギラギラと輝かせて、氷の視線をこちらに注いでいるではないか。そしてそれにも況《ま》して鋭利な、通行人たちの眼》

どうしてさっきまでこのことに気づかなかったのだろう。迂闊にも程がある。

《初めて瞼のあいた雛鳥のように、怯えながら帰路をたどる。雪は傍若無人に肩へと降りかかり、毳立《けばだ》った黒いコートをたちまち白く塗り替えていく》

電線は吊すためにあるのだ。複雑な交差。あそこにも暗示がある。看板とポストの配置にも深い謀みが隠されているのだろう。読み取れない。とてもすべては読み取れない……。

頭のなかが誰かに盗み取られたようだ。

《巨大なタンク・ローリーが雪を巻きあげて掠《かす》め過ぎる。ぼんやりとそれを見送りながら、突然ぼろぼろと涙がこぼれ落ちた》

どうしたんだろう。どうしたというのだろう。殺されるのは厭だ。

《そっと涙を拭いながら、かんかんに冷えきった歩道に眼を落とす。そこには正方形の石畳が果てしもなく敷きつめられている》

《いきなり頭を後ろから殴りつけられたような気がして、ばったりと立ち止まった。石畳。将棋盤のような》

《これこそが鍵だったのだろう。だとすれば、暗示されているのは逃れ手順でなければならぬ。読み取らねば。読み取らねば》

《どこをどう歩いたのか分からなかった。耳鳴りのように響く音に押され、いくつもの角を曲がり、見慣れた光景と見知らぬ光景が重なりあって流れ過ぎたような気がした。階段を降り、切符を買い、どうやら地下鉄に乗ろうとしているらしかった》
《プラットホームは甚だしい人いきれに満ちてはいたが、どういうわけか、胸苦しいほどに薄暗かった。そのなかに数えきれぬ魚類の眼だけが光っている。冷たい汗と熱っぽい膚が衣服の下で反発しあい、苛立たしいくらいに情けなかった。再び涙がこぼれ落ちそうになるのをやっと喰い止め、列に加わる。右手の闇から金属的な轟きが聞こえ、電車が滑りこんでくるらしい》
《その音を合図に、人垣は前へと詰め寄りだした》
《背後にじりじりと圧力がかかる》
《ごおん、とひときわ大きく耳が鳴った》
《いちばん前列にまで押し出される》
《顔がひきつるのがわかった。罠だ。深い謀み。死に収束されるからくり。体じゅうに恐怖が迸り、びりびりと皮膚を突き破りそうだった》
《巨大な眼が現われた。眩しい輝き。耳を劈《つんざ》くような音が高まる》
《体が前にのめった》

《重心はどこにもなかった。闇だけがあった。吊されるというのはこういうことなのだ。一瞬そんなことを考えたが、それもすぐにどこかへ消しとんだ》

十五　正式でない埋葬

その高層ビルから眺められる光景は恐ろしいほどに美しかった。都会が都会であるための複雑な幾何学模様――それが純白という色彩に埋没してしまった今、果てしもなくひろがっているのは無人の曠野《こうや》というほかない。それでなければ白灰に覆われたポンペイの街。いずれにせよ、雪はそこから人間の息吹というものを奪い去ってしまっていた。

「まだ降り続けてるもんね。これで五日目かな」

ティー・ルームの大きな窓ガラスに顔をくっつけて、智久の声は楽しそうだ。

「藍原さんは今日帰るの」

「残念だがね。ウカウカしていると、電車が全面ストップになってしまう。既に新幹線はアウトだからね」

藍原が上京し、その足で須堂の研究所を訪ねたのが十二月三日。なか一日の学会を置いて、五日の昼下がりに再び須堂たち三人と待ちあわせたのだが、街なかは人通りもほとんどなく、車も時折り大型車が走り過ぎる程度で、ひっそりと死んだように静かだった。

「こんな具合じゃ、噂の調査も進んでいないんだろうね」

同じように窓の外を眺めながらぽつりと須堂が言うと、智久は、

「そうでもないよ。報告は毎晩はいってるし、あと一歩って感じのとこまで行ってるみたい」

しかしそう答える少年はさっきまでとは打って変わって、妙に浮かぬ顔つきだった。

「どうかしたの」

「ううん、別に……」

するとそれを聞いていた藍原が、

「何だね、噂というのは」

「東京で流行っている怪談ですわ」

須堂より典子が先に答えた。

「怪談？」

藍原の脳裡に何かがピクンとひっかかった。

「ええ。六本木の墓地を舞台にした。……墓地で謎々を書いた紙を拾った人がだんだんおかしくなっていくって話で――」

「ホウ。似た話があるもんだな」

「似た話ですって？」

典子はびっくりしたときに時どきみせるように、少し上を向いた鼻をピクンと動かした。

「うちの学生が言ってたんだよ。謎々を拾ったある女性がおかしくなり、その墓地から屍体を掘り返す。ところがあとをつけていた恋人の男がそれを見つけ、組み討ちになって、気がつくと男は無我夢中のうちに女の頭を石で叩き割っていたというんだ。男はふたつの屍体を穴に埋め戻して逃げた……」

「同じだわ」

「静岡にまでひろがってたのか」

須堂もこれには驚いたようだが、次の藍原の言葉はさらに三人の頭をどやしつけるものだった。

「この話には妙なオマケがあってね。今度の地震で掛川というところの墓地が崩れて、そこから屍体がふたつ見つかったという事件。君たちは知らないかね。つまり、それこそがこの女と、話に出てくる屍体だというんだ。最初の屍体が何者かは説明されておらんが、恐らく謎々を作った人物なんだろうね」

「そ、それはいつ頃からひろまった噂なんですか！」

須堂の勢いに、今度は藍原のほうが眼を剝いた。

三人がなぜこの噂に興味を持ち、その追跡調査まではじめたのか、理由と経緯を説明すると、藍原はやっと納得し、同時に訝しげに首をひねって、

「そうか。地震が起こる前から、本当にあった噂なのか」

「と言いますと」

「僕が最初にこれを聞いたのは地震のあとで、その頃からちょくちょく学生たちの口にのぼるのを聞くようになったから、まさか地震より前にあった話とは思わなかったんだが――」

これを黙って聞いていた智久は、急にテーブルをぽんと軽く叩いた。

「きっとこの話、もともと掛川あたりで噂されてたんじゃないかな、それが理由は分からないけど、六本木に飛び火してひろがりはじめたんだよ。舞台も六本木の墓地に変えられてさ」

「どうもそのようね。やっぱりあの噂は掛川の屍体に絡んでたんだわ」

典子は言いながら、須堂のほうに意味ありげな眄《めづかい》を送ってみせた。噂と掛川市の屍体の無関係説を採っていた須堂は、口を窄《すぼ》めながら首を縮める。けれども智久は笑わなかった。

「ねえ。ひょっとしたらこの話、本当の出来事じゃないのかな」

それは典子の胸のなかでもずっと揺らぎ続けていた疑問だった。

「実話だって？――だけどそんなこと、あるはずがないよ」

須堂はおずおずと首をのばしながら反論する。

「どうして」と典子。

「なぜって、今は土葬は禁止されてるんでしょう。それなのに墓地から屍体を掘り出すなんて……」

「バッカねえ。もちろん噂の内容が全部事実だなんて思ってないわよ。それに掘り出されたのが正式に埋葬された屍体だとは限らないじゃない。もしかすると誰かに殺されて埋められたのかも」

それはいかにもミステリ・マニアらしい発想だったが、典子にとってはごく自然な考え方だった。

「面白いね」

藍原は言って、ちらりと自分の腕時計に眼をやった。

「僕もこの怪談がいつ頃からはじまったのか、学生たちに訊いてみるよう気をつけるよ。……さて、そろそろ帰る時間が近づいてきたな」

「もうお帰りですか。残念ですね」

須堂が言うと、藍原は頷いて、

「僕もね。――ことに、智久君とは一局もお手あわせできなかったのが残念だね。詰将棋のことももっと話したかったんだが」

智久のほうも藍原との会話をきっかけに久びさに将棋好きの血が騒ぎはじめていたらしく、にっこりと笑って、

「藍原さん、どんな将棋が好きなの」

「いや、僕は詰将棋にのめりこみすぎたせいか、序盤の細かいアヤがダメでね。専《もっぱ》ら振飛車を愛用しているよ」

「力が強そうだなあ」

「君はどうかね」

「ボク、やっぱり矢倉かな」

「ほほう。本格派なんだな。きっと囲碁のほうもそうなんだろうね」

智久は照れくさそうに頭を掻いた。

「ちょっと詰将棋のほうもやってみようかな……。とにかく早く『恐怖の問題』をやっつけないと……」

すると藍原はぴくりと眉を動かして、妙なことを口にした。

「ふむ、あれね。――形幅清という人の書いた『奇策縦横』という本がいいよ。そうだ、帰ったら須堂君のほうに送ってあげよう」

三人が「え？」と問い返す間もなく、

「ああ、いかん。もう行かなければ。ここで失礼するよ」

藍原は立ちあがった。

「それでは。牧場さんたちも静岡のほうへ来ることがあれば、是非立ち寄って下さい」

「ええ。ひょっとすると、近ぢかあちらのほうに行くことになるかも知れませんわ」

典子が答えると、須堂はそっとその横顔を窃《ぬす》み見た。

十六　時間から推し量る

「いつ頃からですか」

そう尋ねかける口調は穏やかで優しいものだったが、どこかしらひどく無機質的な響きがあった。

「二ヵ月くらい前からです」

しばらく置いて答えた声はゆっくりと噛みしめるように発音されたが、抑揚が少しぎくしゃくしていたかも知れない。

「十月頃からですね。どうして気がついたのですか」

「……街を歩いていて、ですよ」

「それはどんな人でした？」

「よく分かりませんね。はっきりこういう人物だと断言はできないんですよ」

「外に出たとき、必ずですか」

「さあ。……気のせいかも知れませんし」

「しかし、外に出るときはいつも気になってしまうというわけですか」

「……それは……そうです」

「つまり、いつも漠然としたものなんですね」

「………」

しばらくのあいだ質問は途絶えた。

「最近、何か奇妙なことがありましたか」

「……ええ。二、三」

「どんなことかお話しいただけますか」

「私のアパートの隣の人が、若い女に私のことをいろいろ尋ねられたと言っていました。……会社の同僚からもそんなことを言われました」

「それについて、あなたはどう思いますか」

「……誰かが私のことを調査しているんだと思います」

「奇妙なことはそれだけですか」

「……私の知っている女性なんですが、このあいだ、その彼女にそっくりの女の人を見たんです」

「どこで、どんな具合にですか」

「渋谷でです。びっくりするくらい似ていました。私も最初はてっきり彼女だと思って大声で呼んだのですが、声も聞こえたはずだし、むこうもこちらの姿は眼にはいっていたはずなのに、そのまま何事もなかったようにタクシーを呼び止めて行ってしまいました」

「あとでその方に確かめたのですか」

「もちろんです。彼女は六本木に住んでいるんですが、渋谷に出かけることはほとんどないそうです」

「それについて、あなたはどう思いますか」

「……世のなかにはあれほどそっくりな人間がいるものかと、少しぞっとしましたね……」

「では、そういった経験はそのときだけだったのですか」

「……いえ……」

その言葉は重く澱んだ汚泥のなかから浮き出た泡のように、ぽつりと弱々しく呟かれた。

「似たようなことがあったのですね」

「……いえ。それだけです。……そのときだけで……」

「結構です。では、不安が今のようにどうしようもなくなったのはいつ頃からですか」

「それは最初にお話しした……」

「つまり、地震のあった少しあとですね」

「そうです」

「ああいったことはもう起こっていませんか」

「……いちおう、あのときだけで……」

「地震そのものはどうでしたか」

「びっくりはしましたが、ただそれだけです」

「地震について、何かそれ以前に予感はありませんでしたか」

数瞬、相手はその質問の意味を推し量りかねるように言葉を切ったが、

「ありません」

「よく思い出して答えていただきたいのですが、あなたには身のまわりを調べられるような心あたりはありますか」

「ありませんね。……私自身の知る限り」

「UFOを見たことはありますか」

「……見たいとは常づね思っているんですが……」

「テレパシーの存在を身近に感じたことはありませんか」

「……勘の鋭い人間ならまわりにもいますが、はっきり膚身で感じたことは……」

「最近、よく夢を見ますか」

「ええ」

「どんな夢ですか」

「私はあまりストーリー性のある夢は見ないので……。いつもイメージ的なものばかりなんですが、例えば昨夜は狐になった夢でした」

「狐？」

「ええ。一面の雪野原のなかを狐になった私がさまよい歩いているんです。……きっとここしばらくの大雪のせいでしょうね。遠くのほうに白い山がふたつ見えました。私はどちらの山に帰るか忘れてしまっていたんです。……歩いていくうちに、ふたつの山は右と左にどんどん離れていって、私は困ってしまいました。立ち止まっても、山のほうはおかまいなしに離れていくんです。そればかりか、だんだん遠く見えなくなってしまって……。そんな夢です」

「ほかに印象に残っている夢というと」

「そうですね。……海の底に沈んだ船の夢とか、眼鏡を買いに行く夢とか……。いずれもぼんやりしたもので、あまり参考にならないかと……」

「結構です。……では、何か私に訊きたいこと、仰言りたいことはありませんか」

再びしばらくの沈黙があった。しかしそれはぴんと張りつめたものではなく、止め金を失ったゼンマイのようにゆるゆるとほぐれだした静寂だった。

「ひとつだけお訊きしたいことがあるのですが……」

「どうぞ」

「……人間にとって、視線は圧力なんでしょうか。それとも奪い取るものなんでしょうか」

今度は今まで問いかけていた側の声が途絶えた。けれどもいったん止め金を失ったゼンマイはゆるゆるとほぐれ続け、すっかり伸びきってしまうまでその弛緩をやめないだろうと思われた。

「……どうしてですか」

返事はなく、弛緩は続き、とすればそのゼンマイの大きさも、伸びきってしまうまでの時間から推し量ることができるのかも知れない。その空間に静寂は一分の隙間なく貼りつき、もう耳鳴りさえも響かないような気がした。

十七　舞うような髪

いつもはすんなりと咽を通る酒が、口に含むたびに嘔吐を催す。眼の奥がじんじんと熱い。しかしいくらグラスを傾けても、頭のなかの一部分は酔うことを拒否し続けるかのように冴えきっていた。

十二月三日付けの新聞を手に取る。

『問いなおされる地震対策』
『都心直下型も時間の問題か』
『地震予知の新データ総括』

最終的に死者七百人を出した地震関係の記事。しかし、とりあえずそれは彼の興味の範疇にはない。

『火事場泥棒に御用』
『日暮里《にっぽり》駅操車場に謎の遺失物』
『早くも雪崩事故——旗野スキー場』
『お手柄、三人組の人命救助』

……

彼の視線はそんな見出しのなかをぼんやりと漂っていたが、日当てのものはすぐに眼に止まった。

『地下鉄駅で飛びこみ――独身ＯＬ即死』

恐る恐る記事を追う。これで今日、様ざまな種類の新聞に何度眼を通したことだろう。

『二日の午後五時二十分頃、地下鉄半蔵門線青山一丁目駅で、世田谷区桜新町に住む水野礼子さん（二七）が電車に飛びこみ、死亡した。同時刻はラッシュ時で、プラットホームは会社帰りの乗客でごったがえしており、はずみによる事故かとも思われたが、周囲にいた乗客は水野さんの悲鳴なども聞いておらず、それを否定している。水野さんは神田の印刷会社に勤める独身のＯＬで、係累もなく、孤独な性格だったらしい。友人の話によると、最近「誰かに殺されるかも知れない」と洩らすなど、言動に不審な点が多く、孤独癖も強まっていたとのことで、強迫的な衝動からの自殺という可能性が強い……』

白い手が眼に浮かぶ。慌ててそれを追いはらおうとするが、一度浮かんだ幻影はなかなか消え去ろうとはしなかった。

白い。いやに白い。

新聞を放り出して、再びグラスを取る。

そのとき突然彼の肩を叩くものがあった。彼の心臓ははっきり分かるほど縮みあがり、ビクンと体を浮かしかけた拍子に、テーブルの上のボトルをひっくり返しそうになった。

「どうしたってのよォ。珍しく新聞なんか読んでると思ったらさァ」

髪をぴったりと後ろに撫でつけた、派手なメイクの女が彼の向かいにまわる。

「何だ。ミーコか」

「誰だと思ったのよ」

女はにんまりと大きな口をひろげる。

「──誰でもねえよ」

「教えてくれたっていいじゃん」

「知るかよ」

グラスに半分残っていたウイスキーをいっきに呷《あお》り、彼は椅子に凭れこんだ。なぜかそれまで注ぎこんでいたアルコールがどっと体にまわりはじめるのを感じた。

「最近フーちゃん、冷たいよ」

「そうかい」

うわの空の返事に女は少しムッとした顔を見せたが、

「面白い話、しようか。『恐怖の問題』って知ってる？」

「ああ」

「何だ、知ってるの」

するとそのときカウンターのほうから声がかかった。

「ミーコちゃん。このあいだ、変な女のコが来たのよ」

四十近いのだろうが、化粧っけのない、おかっぱ頭のずいぶん若く見える女性だった。

「なあに、ママ。関係あるの」

「今言ってた『恐怖の問題』。誰がいつ頃言いだしたのかって、ずいぶん熱心に訊いてたわよ」

「ふうん。何だろうね。雑誌記者かな」

「そんな感じじゃなかったわよ。齢だってミーコちゃんと変わらないくらい。十七、八だったもの」

「へえ。……で、ママ、何て言ったの」

「話は七月くらいから聞くようになったけど、誰が持ちこんだか知らないわって」

「なあんだ。ママ、憶えてないの」

ミーコと呼ばれた女は鼻の頭に皺を寄せながら手を振って、

「ここへ持ちこんだの、アタシよォ」

「あら、そうだったかしら」

「アレ、何だか知らないけど、ずいぶん流行ってるのよね。もともとはアタシたちの学校で流行ってた話なのにさ」

「まあ。じゃ、あの女のコに悪いことしたわね」

「いいじゃん、そんなコ」

表情をくるくる変えて、女はカウンターのむこうと喋り続ける。女どうしの会話にうんざりした彼はそのままふらりと立ちあがった。

「あッ。ちょっ、ちょっと待ってよォ」

急ぎ足でドアの外に出ようとする彼を女が追いかけてきて、

「フーちゃん、変よ」

腕に縋りつこうとするのもかまわず、道に出る。夜の街はネオンが踊り狂い、積もった雪に反射して、ぼおっと涙のように滲んでいた。

——手袋だったのだろうか？

雪の放つ仄青い蛍光を眺めながら、彼は一本だけ残った煙草を皺くちゃのケースから取り出した。くしゃっとそれを握り潰すと、肩ごしに後ろに放り棄《す》てる。

「ねェ。どうしたのよ」

心配そうに女は彼の前にまわる。しかし彼の視線は、スノー・タイヤ独特の粘りつくような音を混じえて車が走り交う車道のほうに向けられたままだった。

——白い手袋だったのか？

何せ、一瞬のことだった。舞うような女の髪。悲鳴ひとつなく。

「ちょっと車道のほうを向いて立ってみろ」

彼は譫言《うわごと》のように呟いた。

「え」

女はちょっと首を傾げたが、

「こう？」

素直に彼の言葉に従う。キュルキュルというタイヤの音。雪に映るヘッドライトの明かり。青や緑が重なって、童話のような光景だな、と一瞬思う。

女の背中を思いきり突いてみる。

女は凄まじい悲鳴をあげ、手足をばたばたさせながら二、三歩車道につんのめった。

「何すんのよ！」

泣きそうな顔で駆け戻り、彼の胸につかみかかる女の声を遠くに聞きながら、彼は解けないパズルを睨み続けるように立ちつくしていた。

十八　白衣で腕を組む

「藍原さんから、これ、届いたよ」

智久がドアから顔を覗かせるなり、須堂はにやりと笑って、その包みをテーブルに放り出した。

智久は、あ、という顔をして、

「これにあの怪談のことが書かれてあるって言ってたよね。どんな本かな」

牧場智久様と宛名書きされた包みを破ると、出てきたのはB６判の本だった。藍原が言った通り、表紙には『奇策縦横』と題されてある。

「変な題ね」

典子もそれを見おろしながら呟いた。小首を傾げながら、智久はパラパラとページをめくる。

「あれえ？」

頓狂な声をあげたのも無理はない。そこに印刷されているのは夥しい将棋の棋譜だった。呆気に取られながらもしばらく眼を通していた智久は、

「これ、詰将棋の本だよ」

「おかしいな。どうしてこれにあの怪談が――」

須堂ものっぺりした眉根に皺を寄せる。典子は智久の横に腰をおろして、

「藍原さん、確かにあの噂のことならこの本に書かれてあるって言ってたわよね」

「ボクもそう聞いたけど。変だなあ」

智久はなおも目次をひっくり返したり、なかの文章を改めたりを繰り返していたが、

「大道棋……。これ、大道詰将棋の本だよ」

「ダイドウ――？　何だい、そりゃ」

「あまり詳しくはないんだけど。詰将棋の流れのなかでも、ちょっと特殊な分野なんだよ。……街のなかで詰将棋を出題して、お客が正解を出せば景品をつける、詰まな

ければ一手いくらを授業料として出させるという商売があって、その人たちが出題するものとして発達したのが大道詰将棋なんだ」

「ああ。上野あたりで見たことあるよ。街頭に将棋盤を持ち出して、『さあさあ、解いていかないか、兄さん』……」

妙に嗄《しわが》れた声を出してみせる。

「そう。あれだよ。何でも、大正時代からはじまったものらしいけど……」

「へえ。……だけど普通の詰将棋とどこが違うの。まさか、インチキな詰まないものじゃ」

「そんなことはないよ。大道詰将棋の特徴は、一見すぐ詰むように見えるけど、実は王側の受け手にうまい手が隠されてて、なかなか詰まないようにできていることなんだ。……将棋盤、ある？」

智久はキョロキョロと首をのばす。

「あることはあるけど」

須堂は机のいちばん下の抽斗からプラスチックの箱を出してきた。

「榧《かや》の盤に、黄楊《つげ》の盛上駒でないのは悪いんだけどね」

蓋をあけて、ざあっと転がしたのは紙の盤とプラスチックの駒だ。智久は手速くそ

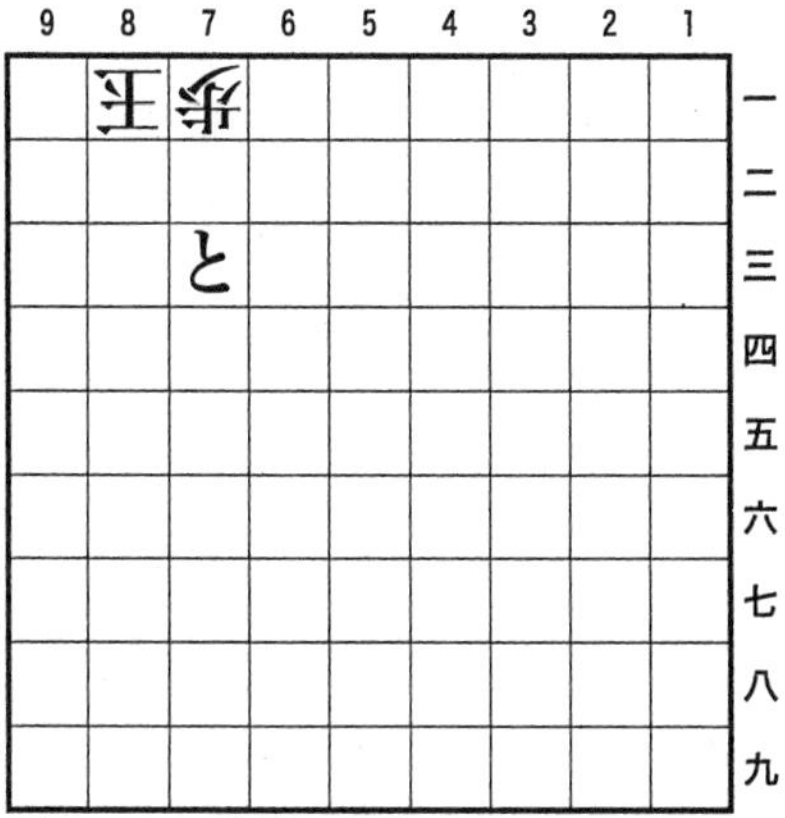

図3　　　持駒　香歩4

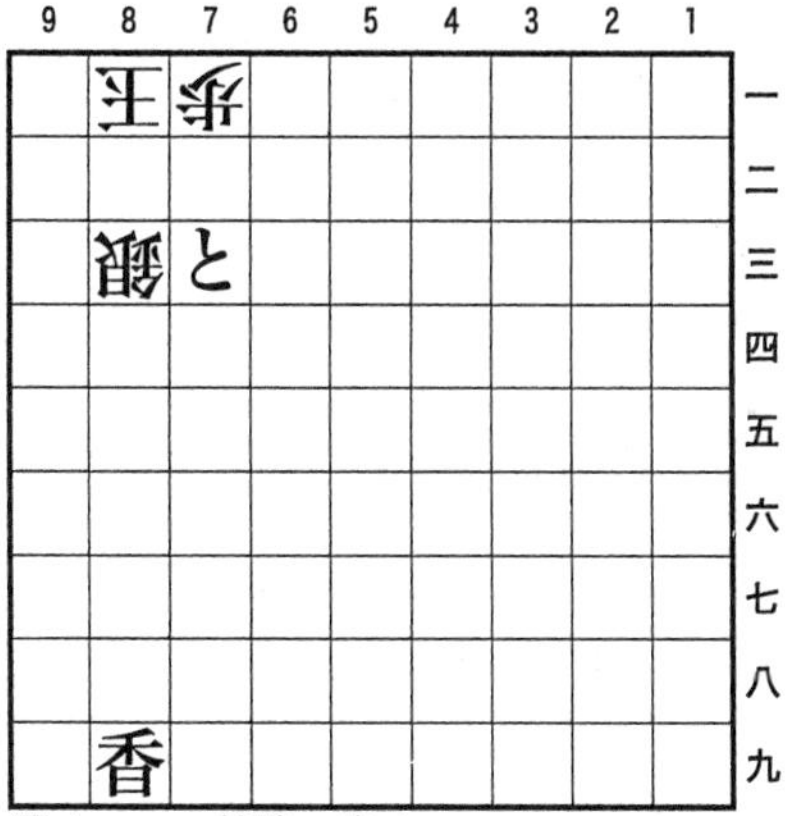

図4　　　持駒　歩4

れを動かして、ひとつの図を作りあげた。

「ねえ。須堂さん。これ、詰ませられる？」

「あちゃ、案の定、出題かい。難しいのはダメだよ」

しかし見ると盤面三枚。いかにも簡単そうだ。

「持駒は香に歩が四枚？　なあんだ。8九あたりに香を打てば、逃げても合駒してもダメじゃない。何かの間違いでしょ」

「そうかな」

典子が見物する前で、智久は悪戯な笑みを浮かべると、8九に香を打たせた。

「こうやると、どう」

山のような残り駒から銀を選び出すと、ぽつんと8三の地点におろす。

「へえ。変なところに合駒を打ったね。……ちょっと待って。ええと、香で銀を取るよ」

「9二玉」

すいと逃げた王は、もういくら須堂が考えても、到底つかまるとは思えない。

「あれえ……変だなあ」

須堂は、待った待った、と香をもとに戻して、

「銀を取らずに8二歩とするよ。今度9二玉なら、香が銀を取って成る」

「9一玉だよ」

「あれえ……？　9二歩なら銀で取られるか。困ったなあ」

智久はアハハと頭をのけぞらせた。

「8九香で即詰みと思う人にはなかなか最後まで解けないよ。正解は最初から、8九香、8三銀、8二歩、9一玉、9二歩、同銀、8一歩成、同銀、9二歩、同玉、8三香成、9一玉、9二歩、同銀、8二と、までの十五手詰さ。……こんなふうに思いもよらない受けの妙手が隠されているのが、大道詰将棋の恐いところなんだよ」

「ふええ。なるほどね。8三銀か」

「この問題は大道詰将棋のいちばん基本的な図なんだよ。この図が原型になって、似たパターンで持駒が香と歩の、いわゆる《香歩問題》千数百種が作られてるんだ。これが大道詰将棋の主流で、ほかに持駒銀の《銀問題》、攻め方の王も加わっている《双玉問題》、あと《金問題》《角問題》《香問題》など、様ざまなパターンの類型が作られているんだ。難しいのになると、プロでもおいそれとは解けないものもあるくらいで……」

「それだわ！」

得意になって喋っていた智久がびっくりしてとびあがるくらい、典子の声は大きかった。須堂も小さい眼をパチクリさせて、

「それって、な、何だい」

「今、何て言ったの。持駒が香と歩で《香歩問題》？　藍原さんが間違えたのはそれなのよ。ホラ、キョーフモンダイ——恐怖の問題」

「あッ」

智久も指をパチンと鳴らした。

「そうだったのかあ。変だと思ったよ。あのとき、『恐怖の問題』を早くやっつけなくちゃと言ったら、藍原さん、この本のことを持ち出したんだよね。その前に詰将棋のことも喋ってたし……。間違えるのも無理ないか」

「香歩と恐怖か。これはいいや」

須堂は膝を叩いて笑いこけた。

「まあ、藍原先生らしい早とちりだね。……で、トムのほうの捜査網はどうなってるの」

「うん、まだ調査中だけどね。中間報告すると、対象人数のべ八十人。そのうち八割が十月以降に聞いたとするもの。九月が十人。八月にはもう聞いていたというのが六

人。……どうも七月の終わりから八月の初めにかけて、急に六本木あたりにひろまったらしいというのは確かなんだけど」

「ふうん。なかなか本格的なんだね」

「話の内容は細かいところでいろいろ違いがあってね。謎々を拾ったのが男の人だとはっきり言いきってるのもあれば、藍原さんが聞いた話のように、女の人だとしているのもある。須堂さんがボクに聞かせてくれたのは、どちらともせずにぼかしてあったよね。……それから、その人が住んでいたのが普通の一軒家というのもあるし、アパートやマンションだというのもあるし……。あとをつけた人も、友達だったり、恋人だったり、夫だったり、兄弟だったり、ボクらの聞いたように隣の住人だったり……。屍体といっしょに掘り出されたものは本か、紙束か。ふたつの屍体を埋めたあとで、それもいっしょに埋めたか、持ち帰ったか。全体にあっさりと短い話もあるし、あとをつけはじめてから相手を殺すまでの経過がウンとネチっこい話もある。ほんとにまちまちだよ。つけ加えると、舞台が六本木の墓地というのが七割以上。青山墓地というのと、特に場所を指定しない《ある墓地》というのが十件くらいずつ。……もちろん二人の人物の関係が夫婦なんかの場合、最後のオチみたいな謎々はくっついてないよね」

調査の内容に感心したのか、それだけのことをそらで語った智久に感心したのか、須堂は蝿でも追いはらうような勢いで首をひねって、

「でも、よくこれだけのことを調べたよね。トムの親衛隊って、それだけ手になり足になり、いろんなことをやってくれるんだね」

それを言われると智久はちょっぴり渋い顔になって、ようやく雪のあがった外の景色に眼を泳がせた。

「そんなことないよ。これだって、ほとんどひとりの人がやってくれたんだから」

「だあれ、それ」

典子は窓のほうを眺める智久の脇腹をつつく。

「姉さん、知ってるだろ。三崎《みさき》祐子って人」

「ああ。あの、いちばんイカレた感じの子」

「あ、そりゃ可哀そうだよ。多分、ほかの人よりは頭がいいよ。碁だっていちばん強いし」

「へえ。どのくらい」

「二級かな。少なくとも姉さんよりは強いでしょ」

「ふうん。……見かけによらないものね」

軽く言って白衣のまま腕を組んでみせると、なかなか姉らしい威厳があるだけに、須堂にはいささか滑稽に映った。

十九　見えない魔の手

「まず、これを読んで下さい」

編集者は手にした三つの封筒のひとつから便箋を抜き出して寄こした。何となく奇妙な胸騒ぎにかられて、それをひろげる手がかすかに震えた。

『歩を十八枚使用の《豆腐図式》です。個人的な見方ですが、《豆腐図式》というものには一種の残酷性があるように思います。最も性能の弱い歩によって、王をじわじわと死に追いやっていく、真綿で首を絞めるような残酷性です。二度の単純な打歩詰打開が主眼ですが、攻め方が手段をつくせばつくすほど、その残酷性はより深いものになっていくようです。とすれば、途中の着手非限定のキズなどは、むしろ救いの意味があるのかも知れません』

「これは――」

「ええ。先月号に載せた赤沢真冬さんの、《豆腐図式》を送ってきた手紙です。……

で、次にこれを」

編集者は二番目の封筒から便箋を取り出した。

『再び、歩十八枚使用の《豆腐図式》です。前に《豆腐図式》の残酷性のことを書きましたが、今回、あえてそれに徹してみました。打歩詰打開などという明確なテーマは影をひそめ、変化がふくれあがっているところが、いっそうなぶり殺し的な観を強めているのではないかと思います。初形はそっくりで、手数も同じ三十七手。しかし、この双生児の性格は大きく違っています』

「こりゃどうだ。……赤沢さんは互いに瓜ふたつの詰将棋を送ってきたのか。これはいつ届いたんだね」

「今月号が出る少し前です。だから笹本さんの文章のことは当然知らなかったのですね」

「ふうむ。ということは、笹本氏指摘の図とあわせて、そっくりの《豆腐図式》がこれで三つ。……ただ、あとのふたつは最初のものとは作者が違っているということで、類似作のレッテルを貼られてしまうわけだが……」

「次に、これを」

三つ目の便箋が差し出された。

趣向

	9	8	7	6	5	4	3	2	1	
			桂		桂		そ	と		一
					王			桂	と	二
			歩						桂	三
			と	と	歩	桂	と			四
					と	と	と			五
										六
										七
										八
										九

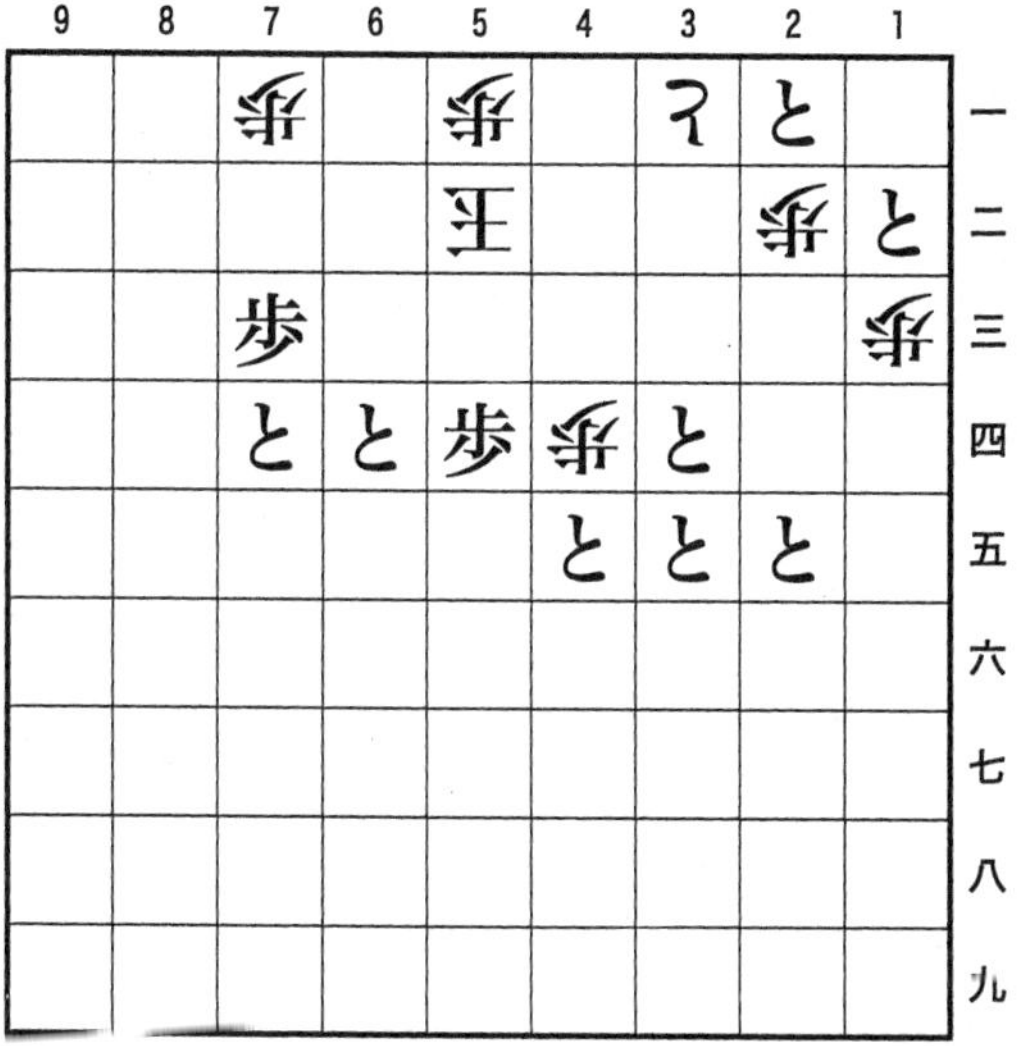

図5　　　持駒　歩2

それに眼を通しはじめると、たちまち藍原の表情は驚愕と不審の色で覆いつくされた。

『前略

貴誌十一月号が出た時点で連絡を怠《おこた》ったことをまことに悔やんでおります。十一月号、十二月号と驚きの連続でした。本当に驚きました。そして現在、気味悪くなっております。

それというのも、十一月号に私の名義で掲載された《豆腐図式》は私が送ったものではないからです。

その時点で連絡をしなかった以上、今更こんなことを言ったところで、十二月号の笹本氏の指摘を恐れての責任回避ではないかと疑われても仕方ないかも知れません。しかし本当に、私はあの詰将棋を貴誌に送った憶えはないのです。従って、『詰将棋の泉』という同人誌のことも、冴野風花という作家も、その作品も全く知らなかったことをあわせて、ここに明言しておきたいと思います。

私は応募の際、いつも住所を書き添えずに参りましたが、今度のことでいろいろ不都合もあるかと思い、念のため、お知らせしておきます』

藍原は編集者と顔を見あわせた。

「どういうことだね。あれは赤沢さんの作品じゃなかったのか」

「封筒の文字を見較べて下さい」

編集者は飽くまで無表情を保ちながら、その三つの封筒を差し出した。

手紙の文面でも感じたが、宛名書きの同じ文字を比較すると、最初のふたつと、残りのひとつとでは、よく似た筆跡ではあるが、細かい癖が少し違うような気がした。

「別人の悪戯だったのか」

裏返すと、三通いずれにも同じ住所が書かれてある。

「今まで赤沢さんは全然住所も知らせてこなかったのに、こっちのふたつにも書かれてあるね。……悪戯の主は赤沢さんを知ってる者らしいな。この手紙は次の号に載せるんだろう」

「ええ、そのつもりですが、その前に藍原さんのご意見をお伺いしておこうと……」

「というと、編集部ではまだ疑ってるのかね」

「そういうわけではないですが」

「本人がこう書いているんだから間違いはないだろう。……しかしひどいことをする奴がいるもんだね。どういうつもりなんだろうなあ。しかも二通も――」

「いえ、それが二通だけではなさそうなんです」

編集者はボソリとつけ加えた。藍原は二重三重の驚きに、思わず言葉もなくその顔を見返した。

「これが昨日届いた手紙なんです」

バッグの奥から取り出された四番目の封筒から、便箋を抜いて藍原に手渡す。読む前に封筒の宛名書きを前の三枚と較べると、確かに《豆腐図式》の送られた二通の筆跡とそっくりだった。

『今回は《純四桂詰》を送ります。詰上りが一種類の駒のみになる詰将棋は《一色詰》などとも呼ばれ、作品数も稀少のようですが、なかでも特に少ない桂馬で構成してみました。《豆腐図式》が真綿による絞め殺しなら、今回の《純四桂詰》は見えない魔の手による吊し首でしょうか。私のひそかな意見では、詰将棋というのはもともとそういった残酷性を秘めているような気がします』

藍原はそれだけを読んでしまうと、すぐにその図と、添え書きされた作意手順のほうに眼を戻した。そうしてしばらくその手順を眼で追い、変化などを検討していたようだが、ややあってのけぞるように頭をあげると、

「素晴しい作品じゃないか！　他人の名を騙《かた》って作品を送るというのは解せんが、いずれにしてもこんなレベルのものを送りつけてくるくらいだから、ズブの素人ではな

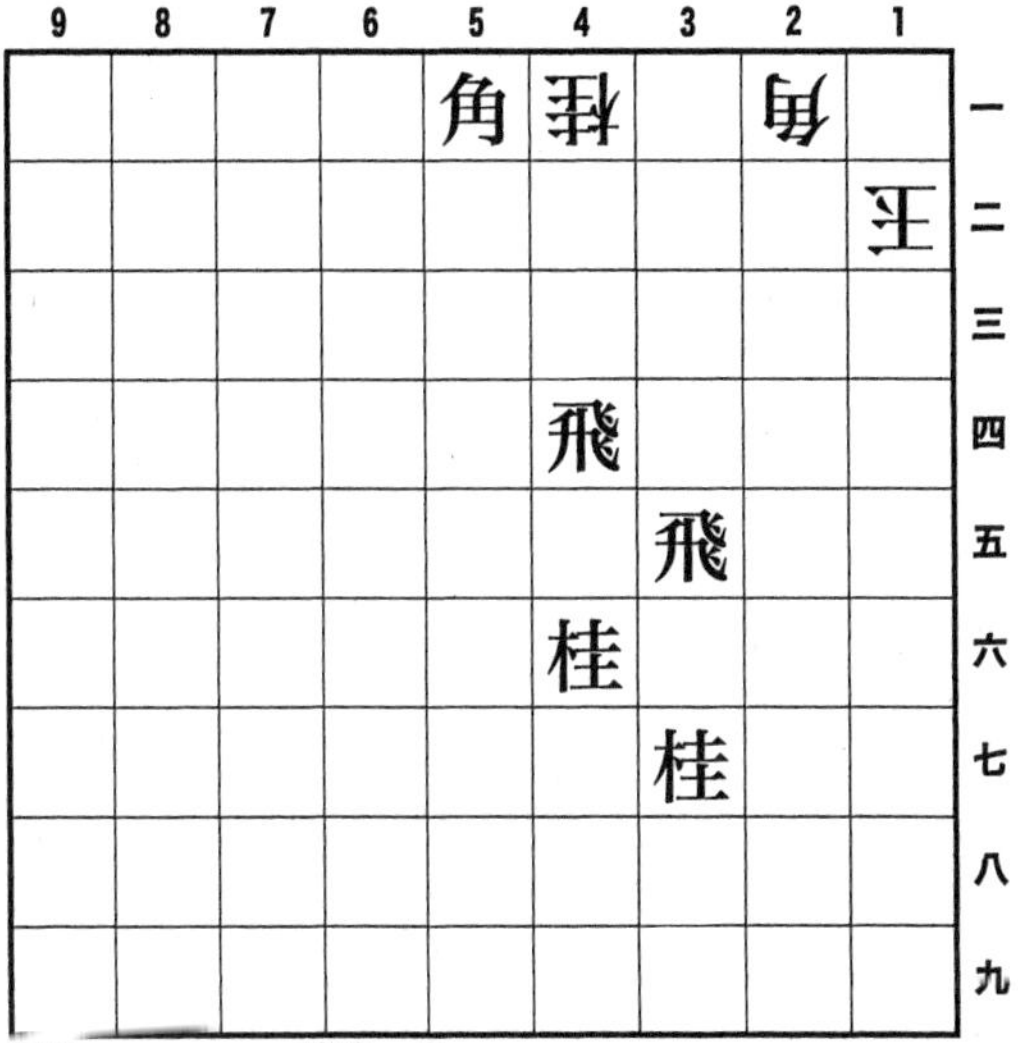

図6　　　持駒　歩

いね」

「そうですね。これほどの作品なら、何も有名作家の名を騙るまでもないでしょう」

「この人物の目的は、そうするといったい何だろうね」

「この詰将棋も誰かの盗作ではないのですか」

編集者は初めてそこでかすかに表情を動かした。しかしその表情がどういった種類のものか、底を読み取るにはあまりに短い時間だった。

「いや、そんなことはまずないだろう。《豆腐図式》などと違って、《純四桂詰》ほどわずかな作例しかない分野なら、今まで発表されたものは何だかんだ僕の眼にもふれているはずだと思うんだよ。確か四、五作くらいしかないはずだが、これはそのどれとも違うようだ」

「すると、いよいよ分かりませんね」

「分からんね。――しかもこの人物は今月号の笹本氏の文章を眼にしているはずだろう。とすれば当然赤沢さん本人からも連絡が来るだろうし、《豆腐図式》の送り主が赤沢さんでないことも発覚するだろう。そういったことは容易に想像できるはずじゃないか。それなのにこの人物は、なおもヌケヌケと新しい詰将棋を送ってきておる――」

「そうですね。むしろ赤沢さん自身の言葉通り、すぐに連絡がなかったのが不思議なくらいですから、笹本さんの指摘のあるなしにかかわらず、既に名前を騙ったことは判明していると考えるのが自然ですからね」

「どういうことかな」

「不思議ですね」

藍原はふと背中から肩へと寒気が走るのを感じた。

「赤沢さんには心あたりがあるかも知れんね。本人に聞くのがいちばんいいんじゃないか」

「分かりました」

編集者はバッグのなかに四つの封筒を放りこんだ。

「しかし、第二の《豆腐図式》、それにこの《純四桂詰》はどうするのかね。次号への掲載は見あわせるにしても」

「今度のことがはっきりすれば処置のしようもあるんですが。何しろあまり例のない事件でしょう。もしもこの人物の正体が分からずに終わった場合、作者不明というかたちにせよ、果たして掲載していいものかどうか……」

二十　たちまち町じゅうに

「だけど、この部屋、凄いね。研究室なんか全然較べものにならないね」

「そりゃあ、あそこは私がいるから救われてるのよ。ここと較べると、私がどれだけきれいにしているかが分かるでしょう」

智久と典子が口ぐちに言う通り、その部屋は畳から座卓、背の低い箪笥や万年床の蒲団の上にまで、本棚の収容量をはるかに上まわった本が積み置かれ、足の踏み場もとうになくなっている。上に本が載せられていないのは蒲団のそばに置かれた電気スタンドと、座卓の上で偉そうにふんぞり返っているパソコンくらいのものだろう。

「こんなところに来たいって言ったのはトムのほうだろう。もういいじゃないか。こっちの部屋で話をしようよ」

須堂はピシャリと襖《ふすま》を鎖《とざ》し、二人をキッチンのほうに押し戻した。とはいっても、そちらも畳の間に較べていくらかましなだけで、やはり中央のテーブルには本の山ができあがっている。

智久はひとつだけクッションの敷かれてある椅子を占領すると、

「須堂さん、本のなかで食事するの」

「僕の勝手でしょ。それより噂の調査はどうなったの」

怒ったように言うのだが、もともと小さい眼や口がそれぞれ離れたところでわずかに形を変えるだけで、至って迫力がない。

「最新情報によると、噂は六本木の近くの女学園あたりではじまったらしいことが、とうとうつきとめられたんだって」

「中学と高校がいっしょになってて、寮制なんだそうよ」

「へえ。女学園」

どういうわけか、急に須堂の顔がゆるんだ。しかしすぐに何かが心にひっかかったらしく、不審そうな面持ちになると、

「似たような話を聞いたな……。ああそうだ。オルレアンの噂だ！」

二人は聞き慣れない言葉に、ポカンとした顔を返す。

「ちょっと待って。僕、持ってるんだ」

須堂は先程の部屋にとんでいった。しばらくして戻ってくると、手には分厚い本が一冊携えられている。見ると、題名は確かに『オルレアンのうわさ』とあった。

「これは実際にあった事件を扱った本だよ。事件といっても、その中身は噂なんだけ

どね」

よく分からないことを言って、須堂はテーブルに肘をついた。

「何年だったか憶えていないけど、そう遠くない昔、フランスのオルレアンという町である噂が立ったんだ。それは、町なかにある大きな服飾店の地下で、試着室にはいったまま女の人が何人も行方不明になっているという噂だったんだよ。この噂はたちまち町じゅうにひろがった。その店の経営者がユダヤ人だったこともあって、女の人をさらってどこかに売りとばす悪い組織の店なんだという、差別的な尾ヒレもついてね。町じゅうがただならないヒステリー状態に陥ってしまったんだ」

「店に火をつけたり？」

「いや、そうなる前に危険を察知した警察が介入してね。そんな事実はまるでないということを叫んでまわったので、その噂も徐々におさまっていったそうだよ。でも、何日間か、その噂が猛威を振るっているあいだは、なかなか凄まじいものだったらしい。……で、この本はその噂の研究から、噂というものの神話作用を論じているんだ。後半はともかく、噂の発生から鎮静までの経過がなかなか面白くてね。特に、それが最初に女学園の寮のなかでひろまっていたという点はなかなか示唆するものが多いんじゃない？」

「へえ。おんなじだね」

　智久は感心したように頭をあげた。

「うん。もちろんみんなそうじゃないだろうけど、噂というのは世間にひろがる前に、まずそういった閉鎖的な空間で潜伏期間を送り、飽和し、発酵し、ボルテージを高めておくほど強力な力をのちに発揮するというのはいかにもありそうな話じゃない。で、今回もそれと同じケースだったとしたら」

「なるほどねえ。私も友達が寮にいたから知ってるけど、あそこは独特な雰囲気があるもの。……そうか。夏休みで密室から解放された女の子たちが、いっきに六本木界隈に噂をまき散らしたってわけね」

　典子もあちこちへこんだ古いポットでコーヒーを淹れながら、納得したように頷いた。

「問題は、その寮のなかの誰が最初に掛川からその噂を仕入れてきたかよね。そこまではなかなか調べられないのかしら」

　智久は首を傾げて、

「さあ。今冬休みだから調べようはあるんじゃないの。祐子さん、あちこちでその話が女子寮から出たと聞いたそうだから、その人たちからもっと詳しいことを訊けば

「……」

「よくやってくれるわね、彼女。何かお礼でもしとかなくちゃ」

典子がちょっぴり気の毒そうに言うと、

「いいんだ。もうお礼は決まってるから」

智久はきゅっと唇を窄《すぼ》めた。

「あら、そう」

どういう取引きが交されているか知らず、典子は軽く眉をあげて、

「で、噂の原型はどういう話だったのかしら」

「それはよく分かんないな」

「お得意の推理をしてみたら」

須堂は差し出されたカップを恭《うやうや》しく受け取りながら、その典子にけしかける。

「まあ、ある程度ならできるわね」

自分もちょっとコーヒーを啜って、

「まず、私たちが聞いたものより、藍原さんが聞いたもののほうが原型に近いだろうってこと。……だけど、それもやっぱり原型そのままじゃないでしょうから、それを修正するものとして、東京での噂との共通項を持ってくればいいわけね」

ろげた。

「ふうん。じゃ、その方法論をとると、どういうことになるのかな」

須堂はそばの茶箪笥の上に積まれた新聞紙のなかからレポート用紙を取り出してひ
「まず、いろいろな違いがどういった点に表われているかだね」

「私が書くわ。ひとつひとつ並べていくと……」

典子はそう言って、澱みなくボールペンを滑らせた。

1　《恐怖の問題》という題名が　(a)ついている。(b)ついていない。
2　墓地の場所は　(a)六本木。(b)掛川。(c)その他。(d)不特定。
3　墓地へ行った人物Aは　(a)男。(b)女。(c)不明。
4　墓地で拾ったのは　(a)謎々。(b)こわい話。(c)暗号。(d)〝あること〟(e)白紙で何も書かれていなかった。
5　Aはそれを吹聴するとき　(a)自分の作とした。(b)墓地で拾ったものとした。(c)不明。(d)吹聴しない。
6　どんな謎々か　(a)不明。(b)『この話の最後で言う』と予告。
7　あとをつけていった人物Bは　(a)男。(b)女。(c)不明。

8　AとBとの関係は　(a)隣人。(b)恋人。(c)友人。(d)夫婦。(e)兄弟。(f)その他。
9　Aが掘り出したのは　(a)本。(b)紙束。(c)屍体だけ。
10　そのあとの話は　(a)逃げて便所に隠れる。(b)ただちに組み討ちになってしまう。
11　殺してしまう手段は　(a)石で殴る。(b)絞め殺す。(c)不明。
12　殺されたのはどちらか　(a)A。(b)B。(c)曖昧。
13　最後の問題は　(a)『殺されたのはどちらか』(b)『墓場に落ちていたのはどんな謎々か』(c)なし。

「……と、こんなところだと思うけど」

「へえ。よくスラスラと出てくるね。よっぽどこのことばかり考えてるんだろうね」

からかい半分に須堂が言うと、典子はぷっと頰を膨らませる。

「まあまあ、姉さん。そのあとを続けようよ」

典子はなおも口を尖らせながら、しぶしぶとその横に書き添えた。

Aタイプ＝(b)(b)(b)(a)(a)(a)(a)(b)(a)(b)(a)(a)(c)

Bタイプ＝(a)(a)(c)(a)(a)(a)(c)(a)(a)(b)(a)(c)(a)
Cタイプ＝(a)(a)(a)(a)(b)(b)(a)(c)(c)(b)(b)(a)(b)
Dタイプ＝(b)(d)(a)(b)(d)×(a)(c)(c)(a)(b)(b)(c)

「今まで蒐集された話を大きく分けると、こんな具合になるみたい。Aタイプは藍原さんが聞いたという、掛川あたりで噂されてるもの。Bタイプは六本木あたりで主流を占めるもの。Cタイプは最後の質問が違うもの。Dタイプは怪談性が強調されたもの。……Aは例がひとつだけだけど、B、C、Dにはそれぞれ少しずつ違った変形もあるわ。例えば私たちが最初に聞いたのは、Bタイプで9の項目が(b)になっているものだったわけね」

「なるほど」

「そして私たちがこの噂を調べてるのはあの掛川の屍体との関係を探るためなんだから、そのことを念頭におくと、この十三個の項目で重要なものとそうでないもの、また自《おの》ずとどれが原型かが決定される項目も出てくるわけでしょう……。まず、後半のサスペンスを膨らませたDタイプなんてのは最初から除外していいわよね。また、『恐怖の問題』という題名も話の重要な要素ではあり得ないし、現にAタイプには題名はついてないから、これも無視していいでしょ」

典子は鼻の先でボールペンを振りながら鹿爪らしくそう続けた。

「なるほど、なるほど。……そうすると、最後につけ加えられた問題も除外していいわけだね」

「そうね。……まあ、最初から順にいくと、1は今言った通り。2は当然掛川に決まってるでしょ。4は謎々以外のものは変形でしかない。5なんかどうでもいいし、6も無視していい。9は本に決まってる。10と13は除外……。すると残る重要な問題は、

1　謎々を拾った人物とあとをつけた人物の正体。その関係。
2　死んだのは誰か。
3　殺害方法。

と、この三つになるわけ」

「ふんふん。何だか知らないけど、核心に迫ってきた感じだね」

須堂が身を乗り出すと、智久は嚙み殺すように笑って、

「昨日、必死で無い知恵絞ってたからね」

そう典子のほうに指を立てた。

「あんた。ベンジュラム、シュミット流バックブリーカーから、ダブル・アーム・スープレックスの連続技にかけてほしいみたいね」

何のことかよく分からないながらも、須堂も震えあがるような脅しを典子がかけると、

「うう、暴力反対って言ってるだろ」

智久は頭の後ろに両腕をまわした。

「続けるわね。……この三つのうち、最初のふたつに関しては、『恐怖の問題』という名称を多分女子寮の生徒たちが勝手につけたものだということを考えあわせると、何が原型かということが見えてくるわ。つまり、もとの話をそういった一種クイズ的な形式に仕立てあげるには、二人の人物の性格をぼやかしてしまうほうが都合がいいわけでしょ。それまでの話には恐らく二人の人物の性別なり関係なりがはっきり伝えられてたと思うんだけど、その部分が彼女たちのあいだで剝奪されてしまったと考えるべきよね。ということは、いったん『恐怖の問題』という題名がつけられてから広まった東京での噂は、この問題に関しての一切の資料的価値を失ってしまっていると

見ていいわけ。だから『殺されたのはどちらか』なんていう後日的な発想の含まれていない藍原さんの聞いた話によって、その点は決定されなくちゃいけない……。結局、人物Aは女。人物Bは男。二人は恋人。殺されたのは女ということになるわけ。もっとも藍原さんの聞いた時点で、この部分が既に変形していることも考えられるから、もっと掛川あたりでの資料がほしいところね」

須堂は「え？」というように眉をひそめた。

「ひょっとして、本当に掛川まで行くつもり？」

「今度の日曜をはさんで二、三日休みを取れば、ゆっくり調べられるわ」

事もなげに典子は嘯《うそぶ》いた。

「物好きもここまでくるとアッパレだね。なにもそこまでして調べなくても……。あの屍体と関係があるっていったって、存外つまらないことかも知れないよ」

「そうかもね。でも、存外凄いことにぶつかるかも知れなくてよ」

典子は組んだ手の上に顎を乗せて、楽しそうにやり返した。

「とにかく、調べるなら早くしないと。そろそろ深夜ラジオのディスク・ジョッキーなんかがこの噂を取りあげはじめてるのよ。掛川のほうにそれが逆輸入されて、東京で変化したものとゴッチャになってしまわないうちに、原型に近いものを採集しておかなくっちゃ」

「ご苦労さん」

須堂は諦めたようにそう言って、

「三つのうちの最後、殺害方法はどうなのかな。……この点に関しては東京での噂だって充分資料的価値があるんじゃない？」

「そうね。この点は保留しておいたほうがよさそうだわ。いちばんいいのは、あのふたつの屍体の死因が判明することなんだけど、その問題はどうなってるのかしら。新聞には検死の結果なんて書かれてなかったから……」

典子がそこまで言ったとき、安アパートのギシギシ揺れる階段をけたたましく駆け登ってくる音が聞こえた。下駄履きらしいその足音は階段を登りつめると須堂の部屋へと近づき、続けてドアがせっかちにノックされて、

「オーイ。信ちゃん。いるかあ」

「いるよ。はいれよ」

須堂の返事もそこそこに、その足音の主は三和土《たたき》にとびこんできた。

「オッ。お客さんか。これは失礼」

しかしすぐに典子の顔を思い出したらしく、

「ああ、助手の――牧場さんでしたね」

典子も会釈を返して、智久に、

「先生のお友達で、精神科のお医者さんの天野《あまの》さんよ。……私の弟で智久といいますの」

「あ、聞いてますよ。なるほど、頭がよさそうな顔をしてるね。よろしく」

眼のギョロリと大きな、しかしなかなか二枚目の天野は、智久のほうに敬礼を放って下駄を脱ぎ捨てた。

「持ってきてやったぞ。詰将棋のプログラム」

「わ、エライ。プログラミングの天才」

須堂は顔じゅう嬉しそうに崩して、天野からフロッピー・ディスクのケースを受け取った。

「詰将棋？」

智久が不思議そうな顔をすると、

「うん。パソコンでいろいろ詰将棋をいじくりまわして遊びたかったんだけど、なかなかいいソフトがなくてね。こいつ、こんな顔をしてる割にはプログラミングの才能があるので、前からちょっと頼んでたわけだよ」

須堂は自分の顔を棚にあげて、そう説明した。

「へえ。凄いんだね。難しいんでしょ」

智久が感心したように言うと、天野はますますギョロリと眼を剝いて、

「いやいや、何でもございませんよ、こんなもの」

と、手を振った。

「面白いや。須堂さん。早速パソコンに詰将棋を解かせてみようよ」

「え。……いや、それはあとで僕ひとり、こっそりと……」

「そんなのないよ。ボクらが見ても減るもんじゃないでしょ」

智久が大いに不満そうな声をあげると、天野も須堂の肩を突いて、

「そうだぜ。俺だって自分の成果をこの眼で確かめたいからな。今すぐやろう」

「たは。どうしてもあの部屋を使わなくちゃなんないの。あんまり人に見せたくないんだよね」

仕方なく腰をあげて、二、三分待つように言い、須堂は大急ぎで片づけをはじめた。蒲団を畳み、散らばった本を壁際に押しやり、場所を取るものは簡単に積み重ねて整理すると、それでも座卓の周囲に四、五人ぶんの空間ができた。

「よしよし。たまに片づけくらいやらないと、そのうち部屋じゅう腐っちまうから

な」

天野の言葉を苦い顔で聞き流しながら、須堂はストーブの火をつけ、パソコンにディスクを差しこんだ。

天野は煙草に火をつけ、須堂の横に坐りこむと、ふと思い出したように話しかけた。

「そう言や、信ちゃん。おたくから紹介された患者さんな。あれ、どうやら精神異常じゃなさそうだぜ」

「……ああ、皆川八段のお兄さんの友人とか言う。もう診察したのか。様子がおかしくなったとか言ってたけど、やっぱり単なるノイローゼだったの」

「そのようだな。発展的な妄想は認められないし、論理もちゃんと一貫してるようだったよ。強迫観念はつきまとっているみたいだが、自分の猫が妙な殺され方をしたというのが本当なら、それも充分了解できるしね。まあ、中程度の神経症といったところだろうな」

「それはまあ何よりだよ」

気軽に返す須堂に天野は、

「しかしな。それだけに、猫が殺された云々の出来事は謎だぜ。ちょっと聞いただけでは妄想じゃないかと思うのは無理ないもんな」

しかし須堂はインストールの操作を続けながら、

「いや、きっと何かつまらないことだと思うよ。真実は常に簡単なかたちで存在するんだ」

いつもの調子で典子や智久に語ったのなら吹き出してしまいそうな言葉だが、そうやって天野に対して向けられたものをそばで聞いていると、奇妙にもっともらしい響きがあった。

「さあて。これでいいかな」

「何か試しにやってみろよ」

「これに簡単なのがたくさん載っているから……」

須堂は『初心者向き・楽しい詰将棋』を取り出し、最初のページを開くと、首っぴきで駒を指定していった。

「さあ、どうかな」

智久と典子が興味津々に覗きこむなか、須堂がスタートボタンをクリックすると、十秒とかからず解答が出た。それを本と照合し、うんと頷いた須堂は、

「あってる。エライ！　あんた天才」

天野にではなく、ディスプレイに向かって賞讃の声を投げかけた。

「じゃあ今度はもう少し難しそうなのを試してみようか」

「打歩詰《うちふづめ》回避のものをやってみろよ」

天野に言われて、

「ようし。それじゃ、これだ。十七手詰。変化も多いよ」

再び須堂は駒を指定する。今度は一分近くかかったが、出てきた答はやはり正しかった。

「少なくとも僕の頭より優秀みたいだよ」

「結構、結構」

天野は力強く、満足そうに頷いた。

「ではこのプログラムを《SŌFU》と名づけようか。……あはは、俺の名前に続けると、江戸時代の棋聖、天野宗歩というわけさ」

二十一　水の層を滑る

祐子もそろそろ智久が何のためにこんなことを調べたがっているのか、見当がつきはじめていた。それというのも、深夜ラジオのあるＤＪ番組で、例の噂がまたひとつ、奇妙なオマケつきで取りあげられていたからだ。

曰く、『恐怖の問題』は掛川市の身元不明の二屍体にまつわる話である。

「そんなことって、あるかしら」

祐子はぽつりと呟いた。ないとは言えない。現に、智久から調査を頼まれたのは、あの地震のあったすぐあとだったではないか。

どちらかといえば、それまでの調査もけっこう大変だったとは言え、やけり遊び半分のものでしかなかった。何日か前に二度目に訪れた店で、やっとある女学園が噂の発生源らしいという情報を得たことも、そういった意識でやっていた割には予想外の成果と言うべきだろう。

ともあれ祐子はその時点で、もう謝礼を受け取ってよかったのだ。

彼女は自分自身、そう頭の悪いほうではないと思っていた。成績はあまり芳《かんば》しいものではないが、それは生来の気質のせいであり、さして重要な問題とも思われなかった。熱中できるのは意識を半ば混濁させてしまうような遊びの世界と決めていた彼女は、だから今度の調査のように妙にストイックなところを要求される行動にも、ちょっと目新しい遊びのつもりでとびこんだに過ぎない。従って彼女はその時点で、再び混濁した世界に戻っていってもよかったのである。

けれども振り返って、彼女は遊びと戒律との不思議な同居について想いを巡らせていた。ごく小さなつまらない発見だったが、エピキュリズムとストイシズムはどうやら対立するものではなさそうなのだ。剰《あまつさ》えその途上で新たな疑問に行きあたっては、彼女はあと戻りを躊躇せざるを得ない。本当にふたつの事柄には関係があるのだろうか？

結果、祐子はその問題をとことん調べてやろうと決意したのだ。そんなふうに今ここにいる経緯を反芻しているうちに、ふとおかしくなって、彼女はひとり苦笑を禁じ得なかった。

店の戸があいて、ひとりの少女がダッフルコートの脇に一枚のレコードを抱えてはいってきた。

「はい、ママ。レコード返すわ」

髪をぴったりと後ろに撫でつけた少女はそう言って細長い店内を見まわした。

「あなたが美智子《みちこ》さん？」

祐子のほうから声をかける。少女は自分の齢とそれほど変わらない彼女をしばらく値踏みするように見つめて、

「そうよ。ミーコでいいわ」

「あたしは祐子よ。電話で言った通り、あの噂のことを聞きたいの」

「坐りましょ」

美智子はゆとりを見せて自ら腰をおろした。

「でさ、どうしてあの話、調べてるの」

「ちょっとね。クラブの研究なの」

美智子はすんなりとそれを信じたようだった。

「アタシたちの寮で流行ってたのよ」

「それ、いつ頃？」

「今年の春くらいからかな」

「そのときはどんな話だったの」

「どんな話って？」

「話の内容、六本木あたりにひろまってからどんどん変わっていったでしょ。最初はどんな話だったか訊きたいの」

「ふうん……。ちょっと待って」

思い出し思い出し彼女が語ったのは、しかし意外に最近のものと大差ない内容だった。

「最初から場所は六本木のあの墓地だったの」

「そうよ」

「話に出てくる二人は隣あった部屋の住人で？」

「そう」

「最後についてる謎々も最初からあったの？」

「だって、それでなきゃ『恐怖の問題』って題名が意味ないじゃん」

祐子はしばらく考えこんでしまった。彼女の予想では話は寮内の誰かが掛川のほうから仕入れてきたもので、そのなかで噂されているうちに今のような怪談形式になっていったというのが自然らしかったからだ。

「寮って何人いるの」

「三百人くらいかな」

「学年としては、どのあたりからはじまったの」

「そうね……」

美智子は派手なアイシャドウの瞼を瞬《しばたた》いて、寮内の部屋部屋で噂が交されている光景とその時間関係を頭のなかで組み立てなおしているふうだった。

「やっぱりアタシたちの学年だったと思うよ。三階からひろまったもん」

「おたくが聞いたのは、じゃ、相当最初の頃なわけ？」

「そ」

「本当にそのときから謎々がついてたの」

「『死んだのはどっち』ってやつ？——ちゃんとついてたって」

「その二人は恋人とか、……そんなこと、なかった？」

祐子が駄目押しに言うと、相手は急に吹き出し、頭をのけぞらせてケラケラと笑った。

「あんた、なんかカン違いしてるんじゃない。あれ、怪談よ。寮のなかでどっかの男と女の話したって、恐くも何ともないじゃん」

祐子は頭を後ろから殴られたような気がした。

そうだ。確かにそうだ。あの話は寮内を想定しての話だったのだ。

隣あった部屋の二人。しかしそれはアパートやマンションなどではなく、女子寮という特定の空間を意味していたのだ。自分たちの住む建物と、近くにある墓地。それが前提になくては彼女たちの膚身を寒からしめ、その口から口へ、悪疫が感染するように囁き交されることはなかったに違いない。二人の人物の性別がはっきりしない話が多いのもそのせいなのだ。夏休みで寮から解放された少女たちからいっきょに吐き出されたために、寮内では大前提とされていたものが省略されたまま、六本木の街へとひろまったのだろう。

しかし、そうなるとどういうことになるのか。少なくとも寮内では発生時から既に怪談形式が完成していたというのなら、掛川近辺から話を仕入れた人物が自分ひとりでそういった潤色を加えたということだろうか。

「いちばん最初にその噂を言いはじめたのが誰か、分かんないかな」

祐子は最も知りたい部分に話を進めたが、その質問には相手は首を傾げて、

「さあ、どうかなあ。アタシが聞いたのはミチだったかな。……きっと五室か六室のグループの誰かだろうけど……」

「そのなかに静岡あたりに田舎がある人、いる？」

「静岡ァ？　リョーコがそうかな。分かんないよ。聞いてみたら。電話番号なら知ってるよ」

メモを読み取るのがやっとというほどではないにしても、照明の落とされた店内は薄暗く、並べられたボトルに反射する赤い光がぼおっと滲んだように輝いている。濃い暖色や黒っぽい服装の人影もその薄闇のなかにゆらゆらと揺らめいて、祐子はふと

幼い頃に見た幻燈芝居を思い出していた。

その芝居はことごとく海の底の物語に思えた。

細長い鰻《うなぎ》の寝床のようなその店の奥で、男が二人、笑いながらダーツに興じている。祐子はそれを眺めながら、なぜかしら不意に時間の流れがゆるゆると遅くなり、投げ放たれる鋭い矢羽根も水の層を滑っていくモリのように見えた。

その二人の会話のなかに掛川という言葉が混じっていたからである。

祐子は必死で記憶を数秒巻き戻した。

「変な女、乗せちまってよ」

「どんな」

「掛川で屍体がふたつ見つかっただろ。あそこの墓地まで乗せてってくれってさ。俺、冗談だと思ってたんだよ。冗談なもんか。雪んなかを、その女、墓を調べてまわってるんだ。ありゃ、ちょっとおかしかったぜ」

前後の言葉などどうでもいい。祐子はいきなり立ちあがった。

「ちょっと。その話、詳しく聞かせて！」

その見幕に店じゅうの客が振り返った。

二十二　ひとつひとつ指を

「それ、ほんとの話？」

海の底からぽっかり姿を現わした物影。しかし、それは果たして意味のあるものなのだろうか。智久の声には驚きとともにそんな危惧が混じった。

「やっぱりあの事件との関係が念頭にあったのね」

祐子は予想以上の反応に北叟笑《ほくそえ》んだ。

「それだけじゃないわ。例の女学園の寮で、誰がどういうふうに噂をひろめたか、それもほぼつきとめたわよ。電話じゃ話をしきれないって言ったでしょ。今回はいちばんの大漁だったたんだから」

「ううん。ほんとにゴメンね。……そこまでやってくれるとは思わなかった」

智久は言いながら、感謝の気持ちと戸惑いとで眼が眩みそうになった。『ガトー』というその店には今日は他の親衛隊の女の子たちは来ていない。とすれば、ここで謝礼を要求されても智久は断る理由も術《すべ》も持ちあわせていないのだ。

祐子は咽を鳴らすように笑って、

「まあとりあえず、説明するわね」

生殺しの楽しみを思うさま味わいながら、そう前置きした。

祐子が偶然聞き咎《とが》めた話は、その男が詳しく語ったところによると、次のようになる。

静岡地震の少しあと、大雪の降り始めた日だから、十二月一日。男は渋谷のゲームセンターで、ある女に声をかけた。どこかにドライブでも行かないか、というわけだ。

女は掛川の墓地に行きたいと言った。

男は洒落のつもりでそれを引き受け、東京から掛川まで車をとばした。女は若く見えたが男より歳上で、二十七、八だったようだ。乗せてみるとひどく無愛想だし、墓地に行きたいというのも思いつめたように真剣なので、さすがに途中で後悔しはじめたが、毒喰わば皿までと腹を括った。

掛川では女のほうが墓地までの道順を指図したという。

丘陵の手前で大きな道祖神が倒れていたので、そこからは歩いて登った。女は雪が降るのもかまわずに、墓をひとつひとつ見てまわる。最後に目当ての墓を見つけたらしく、その前で立ちつくしていたが、急にその場から走り去ってしまった。男は次第に薄気味悪くなっていたところだったので、強いてあとを追う気にもなれず、それっきり車に戻って名古屋の友人宅に向かったというのだ。

「変な話だね」

「でしょう」

祐子はまだ、手のうちにある切り札を愛《いと》おしむような笑みを浮かべたままだった。

「目当ての墓って、どういう人のだろ」

「何とかって言ってたけど。もちろん全然知らない名前だったたって」

「ふうん。……だけど、考えてみるとそれだけのことかな」

智久は首をひねったが、祐子の笑みは消えなかった。赤い口紅が血のように光って、仕切りガラスのむこうの闇からそこだけぽっかりと浮き出たように見える。祐子はしばらくじっと智久を見据えて、奇妙なことを言いだした。

「ちょっと前、地下鉄の青山一丁目駅で女の人が飛びこみ自殺したの、知ってる？」

「ああ、知ってるよ。地下鉄で自殺なんて珍しいじゃない。……でも、それが？」

「その男が乗せたのが、地下鉄で死んだ女だっていうのよ」

「え!?」

智久は頭を突かれたように、ぽんと背凭れにのけぞった。

「新聞やテレビで顔写真を見ただけだからはっきり断定はできないけど、自分の乗せた女とそっくりだって。面白いじゃない。ふたつの屍体との関係は確かじゃないにしても、あの墓地と地下鉄自殺とのあいだには何か繫がりがありそうでしょ。……しかも話はそれだけで終わんないのよ」

「まだあるの」

智久は両手で頰をごしごしと撫でさすった。

「あたしが男からそのことを聞いてたとき……。最初に言ったミーコって女がね、急に『地下鉄の自殺!?』って大声で叫ぶのよ。何だろうと思って訊いてみると、ミーコの彼氏というのがその現場近くに居あわせてたんだって。しかも……驚くじゃない。その彼氏、女は自分でとびこんだんじゃないって言ってるそうよ」

次々に晒される祐子の持ち札に、智久は言葉も出なかった。

「一瞬だったけど、白い手のようなものが女の背中を押したんだって。警察にも誰にも言わなかったのを、どうも様子がおかしいからって、ミーコがとうとうその彼氏から聞き出したのよ。つまり、これは自殺に見せかけた殺人じゃないかってことね。こうなるといよいよ謎めいてくるでしょ」

「うーん」

智久はコツコツと自分の額を叩きだした。

「訳が分かんないよ。『恐怖の問題』……ふたつの屍体……掛川の墓地……お墓を捜す女の人……自殺に見せかけた殺人……」

ひとつひとつ指を折って、

「どう繋がってるのかな。まだデータ不足なんだろうけど、もし本当に繋がりがあるとしたら大変だね」

「じゃ、それはそれとして、次に噂のほうね。ミーコって女の話だと、寮のなかでひろがりはじめた頃から今のとそれほど変わらない内容だったんだけど、これは電話でちょっと言ったでしょ」

「うん。それ、ボクも意外だったよ。てっきり寮のなかでだんだん今みたいな話になっていったと思ってたから。……でも、人物の性別が曖昧なところとか、隣あった部屋とかが、寮という設定だと不自然じゃなくなるというのは気がつかなかったなあ。考えると迂闊なんだよ。女子寮のなかではその女子寮を舞台にした話でないと、怪談としての迫力に欠けるものね」

「分かってんじゃない」

祐子は嬉しそうにウインクを寄こした。

「つまりあの女子寮では、噂は最初から怪談のかたちで、しかも『恐怖の問題』という題名つきではじまったのよ。二人の人物は女。それも、寮の生徒。最後はやっぱり『殺されたのはどっち』という謎々がくっついている。——これがそもそもの原型なわけ。……というところで、ねえ、トム」

「え」

智久はびくんと顔をあげる。その様子がおかしかったのか、祐子は再び咽を鳴らすように笑って、

「どうしたのよ。そんな顔して。……訊きたいのはね、あの噂と掛川の事件との関係に気がついたのは、本当にふたつの屍体という類似点のせいだけなのかってこと」

智久は一瞬ほっとしたようだったが、

「もちろんそうだよ。でも、気がついたのはボクよりも姉さんのほうだったんだけど」

「ああ、典子さん。……へえ、そうなの」

祐子は少し意外そうな顔をした。

「そうだよ。いちばん熱心なのも姉さんなんだ。今、掛川まで行って、噂のこととか調べてるよ」

「そういえばミステリ・マニアだとか聞いたわよね。……やっぱり噂は掛川のほうから来たんだと思ってるの？」

「うん。寮の誰かが掛川あたりが田舎だとか……。それでむこうから噂を仕入れてきて……。違うの？」

祐子はそこで初めて表情から笑みを消した。

「それがね。ミーコって女から最初に話をひろめたグループのひとりの電話番号を聞いて、そこから順々に連絡を取って調べてみたの。……でも、おかしいのよね。もともとの言い出しっぺはおよそ掛川とは関係なさそうな女なの」

「というと、つまり、祐子姉さん、その言い出しっぺを捜しあてたの？」

「まあね」

「わあ、凄いじゃない。とうとうそこまでつきとめたのか」

カン高い智久の声がガラスに仕切られた部屋のなかにびいんと響いた。

「まあね、としか言わなかったわよ。ほぼ秋村沙貴《あきむらさき》という女に間違いなさそうなんだけど、まだ本人には連絡が取れてないの。その女、冬休みも寮に残ってて、外からの電話は取り継がない規則なんだもの」

「へえ。でも、それが確かなら……」

「そのグループの連中、口を揃えてその女が言い出したと言ってるからね。……でも今言った通り、その女がどうやって掛川の噂を知ったのかはちょっとした謎よ。秋村沙貴って、田舎は三重県だそうだけど、ここ何年か帰ったことがないそうだし。……まあそれは直接掛川に行かなくても、噂なんて耳にはいるものかも知れないけどさ」

「でも、どういう経路にしろ、それを耳にしたことは確かなんだから、そこまでつきつめて調べる必要はないんじゃない？　あとは掛川での姉さんの調査を待つだけだよ」

智久が威勢よく言い放つと、祐子は少し驚いたように眉をつりあげた。自分の立場を忘れて貰っては困るのだ。

「じゃあ、これであたしのやるべきことはすべて完了したってわけね」

祐子は首を突き出して、ことさら意味ありげに抑揚を強調してみせた。自分でも少々あざといかしらと思うほどだったが、しかしそれだけに効果のほうは絶大なものがあった。智久の頰は見るまに紅く染まり、萎《しお》れた朝顔のように俯《うつむ》いて、その口からは全く言葉が返ってこなかった。

二十三　遡る前に消える

智久からの報告を聞いた典子も驚いたが、典子の調査の結果もまた驚くべきものだった。

「掛川に噂はなかったんだって!?」

慌てて智久は訊き返したが、ようやくそれと分かるほどの小さな頷きは典子の話が冗談でないことを示していた。

「いろんな人に尋ねてまわったんだけど、変な顔されちゃったわ。テレビ局の人間と間違えられたりね——」

典子はそこで乾いた咳をした。ガス・ストーブの上ではヤカンから激しく湯気が立ちのぼり、部屋のなかはその温もりで充たされている。闇を背景にして、曇った窓ガラスに水滴がいくつも流れ落ちていた。

「確かに藍原さんが聞いた噂ってのは、かなり広く伝わってたわ。ところがそれを追跡していくと、みんなあの地震まで遡る前に消えちゃうの。地震以前にこの噂を聞いた人物はただのひとりもいなかったのよ。ううん、正確にはひとりだけいたけど、その人が聞いたのは東京でだったわ」

花模様のシーツを敷いたベッドの上にいかにも大儀そうに横たわって、典子はぽつぽつと説明を続けた。

「それでも最初は、地震の前に噂されていたのはごく限られた範囲かも知れないと思ったから、そりゃもう足を棒にしてあちこちとびまわったわよ。でも無駄だったわ。墓地のまわりの学校、病院、アパート、公民館とかね。……人の集まりそうなところは片っぱしからやっつけたけど、収穫ゼロでしょう。確信したわ。掛川あたりにもともとあの噂はなかったって」

「じゃあ結局……」

口ごもるように言いかけた智久の言葉を遮って、

「あんたのほうの話をあわせて考えてみても、噂の究極的な発生源はあの女子寮ってことじゃない？……思い違いのために、とんだ無駄骨、折らされちゃったわ。藍原さんの聞いた噂は、地震以降に東京のほうから伝えられてひろがったものだったのよ」

「でも、それじゃ変だよ」

智久は首をひねりながら言い返す。

「何が変？」

「だってそれじゃ、『恐怖の問題』と掛川の屍体とのあいだに繋がりがなくなっちゃうよ。あれは単なる偶然なの」

「ああ、そうそう。……そうなのよ」

典子も渋い顔をしながら、指にくるくると柔らかな髪を巻きつける。

「まあとにかく、鍵はその言い出しっぺらしい女の子が握ってるわけね。うまい口実を使って聞き出せないかしら。その女子寮自体も調べてみたいものね……」

智久も胡坐《あぐら》をかいた上に頬杖をついて考えこむ。もうクリスマスも近い。そんなことがふと頭にのぼる。

「そうだわ！」

それほどたたぬうちに典子は大きく指を鳴らした。

「先生よ。研究のためだとか適当な口実をでっちあげて、先生といっしょに寮に乗りこむの。寮の生徒たちをその研究の対象にしたいって言って」

「なるほどね」

智久は二度三度と頷いて、

「うまくいけば、須堂さんも念願の女子寮探訪ができるってわけだね」

二十四　元凶は退屈

「結構です。お待ちしております」

そう答え、電話の切りぎわに少年のものらしい声がかすかに混じったが、彼女は別段気にも止めず立ちあがった。

濃い飴色に輝く大きな机を離れると、彼女はもう使用されることのなくなった暖炉のほうに歩きだす。部屋のなかは巨大な建物の重みをそのまま受けたかのように、そよがぬ空気が貼りついていた。

彼女は暖炉の前で立ち止まり、再びゆっくりと窓のほうに向かう。部屋のなかを歩きまわるのは考えごとをするときの彼女の癖だった。窓の外には凍りついた校庭がひろがり、そのはずれに給水塔がふたつ、寒ざむしげに並び立っている。

ドアがノックされ、はいってきたのは枯木のように痩せた五十近い男だった。

「何ですか」

とうに還暦を過ぎ、なお矍鑠《かくしゃく》とした彼女の言葉には威厳があった。

「例の噂のことですが」

「まだおさまりませんか」

彼女は困ったことだというふうに首を振った。

「何とかしなければいけないのではないですか」

頭蓋骨の形が浮き出たようなその男は不健康な眼の下の隈を蠢《うごめ》かせて、ぼそぼそと言葉を告げる。

「津村《つむら》先生は何か考えをお持ちなのですか」

「むしろ遅きに失したことですが、厳重に禁止したほうがよろしいかと思いますが」

彼女はその言葉にぴくりと眉を動かした。

「そこまでする必要はないでしょう」

「しかし、校長」

津村と呼ばれた教師は細い眼を見開いて、

「最近噂は学園の外にもひろがっておるようですし、このままでは何かと不名誉なことになるかも知れませんぞ」

「かといって、無理矢理禁止するというのも大人げないではありませんか」

彼女は落ち着いた声で返した。

「だいいち、私たちが止めようとして止められるものではないでしょう。根も葉もない怪談がうちの生徒たちのように若い女の子のあいだで言い交されるのはよくあることですし、それが少しばかり世間にひろがったからといって、禁止や処罰を考えるのはかえって内外の眼にも不自然だと思いますよ」

「では、校長はこのまま放置しておかれる考えなのですな」

「たかが噂ですよ。津村先生のように、そう神経を尖らせることはないでしょう。そのうちにおさまりますよ」

「そうであれば、結構ですな」

津村は生硬い表情で頭を下げた。彼女は表情を少し和らげて、

「訓育主任のお役目はご苦労と思いますよ。噂をしている生徒に注意を与えるくらいはかまいませんから」

「は。どうも」

男は再び軽く頭を下げて、

「研究所の依頼の件はどうなりましたか」

「承諾しましたよ。寮の生徒たちにも、退屈さからの気分転換になっていいでしょう」

「なるほど。そうですな」

生徒が問題を起こす元凶は退屈さにあることを膚身に感じてでもいるのか、津村は強く頷いた。

「しかし、いったいどのような調査をするのでしょうな」

「何でも、生活環境と心理状態の関係を詳しく調べたいそうですから、特に問題がない限り、その方法はむこうに任せることにしましたよ。特殊な調査で、何日間かの時間が必要らしく、研究所の人がひとり、その期間、寮を使用することになります。内容はそのあいだの生徒たちとの対話と、不定期の筆記テストということです」

「は?」

津村は訝しげに首を突き出した。

「寮を使用するというと、寝泊まりもですか」

「調査の責任者の須堂という学者さんは男の方ですが、寮を使用していただくのはその助手の女性ですから、問題はないでしょう」

「はあ、なるほど。そうですか」

安堵したような口調で言って、

「で、いつからになりますか」

「うちの生徒はむこうの予定している対象の一環に過ぎないそうで、早ければ早いほどいいということでしたから、火曜からはじめていただくようにしました」

「それはまた、急ですな」

「今、寮に残っている生徒数は三十人ほどでしたね」

「二十八人です」

そう答えるとき、表情の乏しい津村の口の端に妙に誇らしげな笑みが浮かんだ。

「結構です。それくらいが都合がいいそうです。……このことで気が紛れて、生徒たちが噂話に憂身《うきみ》を窶《やつ》さずにすめばいいのですが……」

二十五　成立しない策略

笹本が静岡を訪れたのは、詰将棋仲間との親交のためといった理由ではもちろんあるまい。まして同好会などの集まりにも加わることを好まぬと聞いていたため、その彼から連絡があったのは藍原にとって意外だった。しかしあまり好感を抱いていないとはいえ、わざわざ地方を訪ねた同好の士との面談を断る理由もなく、藍原はむしろ進んで来宅を願った。

和服党ではあったが、さすがに旅先とあってラフな洋装で藍原邸を訪れた笹本は、

最初のうち、近況めいたことや詰将棋理論の軽い話題などを綯《な》い交ぜて語っていたが、

「そういえば、このあいだの類似作問題はどうなりましたか」

思い出したように話をそちらに向けた。

「さあ。……何しろ、まだ作者の赤沢氏と連絡が取れないようですから」

藍原はなるべくその後の奇妙な手紙のことに触れぬよう、あたりさわりのない返事をしたが、笹本は勧められるままに傾けていたアルコールのせいで、少しばかりとろんと眼を潤ませながら、

「いや、実はですね」

と、吊鐘のように首を突き出した。

「私は『図式ロマン』の編集部にも寄ってきたんですよ。あのあと、あれにそっくりの《豆腐図式》や《純四桂詰》を送ってきたそうじゃないですか。しかも、あれは私の作品じゃないという手紙まで来たとか。――どう思われます?」

「どう思うと言われましても」

藍原は胸の奥で小さく舌打ちしながら首をひねってみせた。

「誰かの悪質な悪戯だとしか」

「イタズラですって」

笹本は眼を瞠《みは》った。

「つまり、あの内容を信じてらっしゃる。イヤ、こいつは驚きましたな」

「というと」

「あれはていのいいごまかしですよ」

今度は藍原が眼を瞠る番だった。

「それはまた、どうしてですか」

「考えてもみて下さい」

笹本はグラスをテーブルに置いて、

「もしもあの手紙のいうことが本当だとしたら、ふたつの《豆腐図式》と《純四桂詰》を送った人物は、誰もその顔さえ知らない赤沢氏の住所をよく知っていたことになりますね。またその人物は、『詰将棋の泉』というほとんど世に知られていない同人誌に掲載された《豆腐図式》も知っていたわけです。そこまではまあいいですよ。しかしそれならその人物は、どういうつもりでこの一連の作品を赤沢名義で送ってきたのでしょうか。……少なくとも好意であるわけはない。とすれば、赤沢氏に盗作の罪を押し着せるつもりとしか考えられないでしょう。だけども、やはりそれも不自然ですよ。たまたま私が例の同人誌を持っていたからいいようなものの、もしかすると類似作という指摘がないまま終わってしまうかも知れない埋もれた作品を本歌取りの題材に選ぶなどとは……」

眼だけはやや充血しているが、言いつのる笹本の顔はアルコールがはいればはいるほど青白くなっていく。藍原は慌てて言葉を挿《はさ》んだ。

「それは私も考えましたよ。でも、盗作の罪をなすりつけるには、まずその作品が雑誌に載ることが必要でしょう。なまじ有名な作品を対象にすれば、最初に編集部に送られてきた段階で、編集部での検閲にひっかかってしまう。それでは策略は成立しないわけですよ。それよりはあまり知られていない作品を選んだほうがいい。有名ではないといっても、読者のうち、一人や二人は指摘する者も出てくるでしょうからな。現にあなたが指摘したじゃありませんか」

「ふむ……。まあ、それはそうとも考えられますね」

笹本の表情は一瞬白く強張った。

「しかしそこまで譲っても、どうですかね。そんな身に憶えのない作品が雑誌に載れば、普通に考えて、赤沢氏はすぐさまその作品が自分のものでない旨を知らせるはずでしょう。悪戯の主のほうでも当然それくらいは予測するはずですよ。しかしそうなると、読者の一人が盗作だと投書しても、編集部はやはり赤沢氏の名を騙った悪戯として処置することになる。つまり、どうしたって策略は成立しないわけです。成立するには、赤沢氏が一ヵ月間、その作品が自分のものではないという連絡を怠る必要があるわけですね。……アハハ、不思議、不思議、実際はそうなってしまった。なぜでしょうね。面白い謎々ですよ」

笹本は言いながらちらりと腕時計に眼をやった。

「しかもその人物はそんなごく可能性の薄い謀みが成功したあと、ご丁寧にふたつの作品を送ってきていますね。ふたつめの《豆腐図式》は駄目押しとしても、《純四桂詰》のほうは何でしょうか。私の見たところ、あれは別の作品の盗作ではないようです。とすれば、赤沢氏に罪を押しかぶせるには全く不必要な、いえ、むしろ自らの謀みをも台なしにしかねないシロモノですよ。どう考えてもこれは不合理じゃないですか。……まあ、いずれにせよ私には、すぐにあれが自分の作品でない旨を連絡しなかった赤沢氏の心理が理解できませんね。あり得ないと言っていいくらいですよ」

つまり、あの一連の手紙は盗作が発覚したための赤沢氏自身の偽装工作と言いたいのだ。藍原は不愉快な酩酊を感じ続けていた。なぜ不愉快なのだろう。自分は赤沢作品が好きなのだ。超弩級の作品を次々に発表していく大粒の才能を愛し、尊敬すらしているのだ。作品の魅力と作家の人間性とのあいだにさしたる関連があるわけでないことは分かっているつもりだが、それでも藍原はまだ顔も知らぬ赤沢真冬という作家に、子供のように心を奪われていたのである。

個人的に言えば、それは彼が初めて伊藤看寿の作品に触れ、少し遅れて黒川一郎や奥薗幸雄の名を知った、あのときの胸のときめきと憧れに近いものだっただろう。そうなのだ。彼は同様に詰将棋を、詰将棋作家たちを、詰将棋の世界を愛してきた。そしてこの今、眼の前にいる存在を彼は何と名づければいいのだろう。

「こういうことは考えられませんか」

子供じみた弁護かも知れない。それも彼には分かっていた。しかしそれをも棚にあげて弁護を続けようとする彼の胸中を占めていたのは、好きなものを庇《かば》うためにはいつだって子供に戻ってやるという、一種居直りめいた感情なのかも知れなかった。

「今のところ、あの《純四桂詰》には先行する作品が存在しないように思われますが、それだって実際は分かりませんよ。私たちの知らないところで、既に発表された原型作があるかも知れない。――そうだ。ひょっとしてあの《豆腐図式》の作者、冴野風花とかいう人に、やはり似た作品があったとすればどうです。すると、その人物の思惑は赤沢氏を陥れることではなく、冴野という作家をクローズ・アップさせてやりたいがためにあんな工作を行なったと考えられるわけで……」

「クローズ・アップ……？」

笹本は真実呆気に取られたような表情を見せた。

「しかしながら、それはいささか強引すぎるのではないですか。《豆腐図式》のほうはともかく、《純四桂詰》のような目玉があるなら、何もあんな工作を行なわずとも、普通に紹介するだけで充分に注目を集められるはずですからね……」

そこまで言って、しかし笹本は何となく毒気にあてられたように下を向いた。

「ま、いいですか」

そうしてすぐに皮肉な笑みを取り戻すと、

「私は東京に戻り次第、赤沢氏を訪ねてみるつもりですから。……ところで東京での話ですが、藍原さんは最近ある女性が地下鉄で自殺したという事件をご存知ですか」

「いいえ」

奇妙な話題の転換に、藍原は小さく首を傾げた。

「そういうことがあったんです。新聞記事の切り抜きがありますが、ご覧になりますか」

差し出されるままにその記事に眼を通した藍原は、

「……で、これが？」

「実は私がこちらに来たのと関係がなくもないので……。私はその水野礼子という女性に会ったことがあるんですよ。もう八年も前だったと思うんですが、将棋の歴史を調べているとかで、うちを訪ねてきたんですね。ご存知でしょうが、私は詰将棋に限らず、棋書関係の蒐集をやっているものですから。……何日かうちへ来て本を調べ、彼女と顔をあわせたのはそれだけですが、その後、礼状が来て、ああまだ研究を続けているんだな、などと文面から推測したりしていたわけです。

五年以上もあいだを置いて、思い出したように二度目の手紙が舞いこんできたのが去年の暮でしたね。前の手紙とはガラリと違って、妙な内容でしたよ。会ったときからどことなく陰気なところを感じさせる女性でしたが、そんなものじゃない。何かぞっとするような文面でして……。例えば『私は幽霊を見た』だの『頭が痛いのは誰かに監視されているからだ』だの、そんな言葉が研究の情況報告めいた文章のなかに混じってるんです。コツコツと五年以上も調査を続けていたのは驚きですが、とにかくその文章が気味悪かったですし、そんな手紙をなぜ私に送って寄こしたかも理解できなかったので、ろくに読み返すこともないまま、いつしか紛失してしまいましたがね。

それが今度のとびこみ自殺ですよ。今考えれば、去年の手紙を寄こした時点で既におかしかったんですね。そして私はその手紙に書かれてあった調査報告の内容を思い返して、逆に興味を抱くようになったんです。はっきり記憶しているわけではありませんが、その手紙には、現在の将棋のルーツをたどる手がかりの一部はこの静岡あたりに収束するというようなことが示唆されていたんですよ……」

「ホホウ、静岡に、ですか」

意外な話に、藍原は疑い深く眉をつりあげた。二人のあいだにパイプの煙が糸のように立ちのぼる。

「ええ。最初は私も文章の異様さに眼を奪われて、その内容を顧《かえり》みる気になれないでいたんですが、今度のことで彼女の精神に異常があったことがはっきり分かると、かえって文章の異様さをさっぴいて考えることができるようになったんです。もしかすると、彼女が続けていた研究だけは本物ではないかと。……ご存知かとは思いますが、将棋に関する最初の記述は藤原行成《ふじわらのゆきなり》の『麒麟抄《きりんしょう》』に見られます。また平安後期の事典『二中歴』には詳しい解説もあり、それらの資料から考えて、平安時代には小将棋と大将棋、ふたつの古将棋があり、現在の将棋へと繋がるのは、このうちの小将棋のほうだと考えられていますね……」

歴史学の教授であり、愛棋家である藍原にとって、そのあたりのことは言わば常識だったが、話の興味もあって、しばらく水をささずに聞き続けることにした。

「南北朝時代の『異制庭訓往来《いせいていきんおうらい》』になると、平安の頃と違い、何種類かの将棋の存在を仄めかす文が現われます。また『雑芸叢書』の『象棋六種之図式』などから、小将棋、中将棋、大将棋、大大将棋、摩訶大大将棋、泰将棋の六種が室町中期には存在していたと考えられるわけですね。……ただし、平安時代の大将棋と室町時代以降の大将棋とははっきり別のものですが。

江戸時代の様ざまな文献によれば、今言った六種以外にも、和将棋、天竺大将棋、禽《とり》将棋、七国将棋、広《こう》将棋、大局将棋など、たいへんな種類の名が見られます。小将棋以外の大型将棋はこんな具合に発展していったのですが、とりあえず、我々にとって重要なのは小将棋のルーツですね。その小将棋は江戸初期に将棋所《どころ》が設けられ、家元制度が確立した頃には既に現在の将棋と同一の形になっていたことがはっきりしています。ところがそれ以前の形については不明な部分があまりにも多いのですね。特に問題となるのが酔象と猛豹《もうひょう》の駒です。

ほかならぬ看寿の『将棋図巧』の序文は、『将棋家の伝承では、古来の小将棋は王将の上に酔象、左右の金将の上に猛豹があり、その二種の駒を取り除いたものが現在の将棋である』という記述ではじまっています。また、それより少し前の『諸象戯図式』では、元禄七年版によると古来の小将棋は『縦横各九間、駒数四十二枚、近代、酔象を除いて駒数四十枚』であり、さらに元禄九年版には『天文年中、つまり一五三二年から一五五五年のあいだに、後奈良天皇が命じて酔象の駒を除かせた』という説明もあります。それに宝永四年の『将棋綱目』は有名な『酔象のある詰将棋』を収録し、『昔は今の小将棋に酔象をそえて指していたそうである』と注記されていますね。それらの文献を総括すると、どうやら少なくとも一五二〇年代までは、酔象を含む駒数四十二枚の小将棋が存在していたようです。このことは、昭和四十八年に発掘された、室町時代のものとされる《朝倉駒》が、墨書不明二十枚を別として、王将三枚、飛車二枚、角行十枚、金将八枚、銀将八枚、桂馬八枚、香車八枚、歩兵二十九枚のほかに、酔象一枚を含むものだったことからも、ほぼ間違いはないでしょう。

　さて、平安から南北朝の頃まで、小将棋の駒数は、飛車、角行を含まぬ三十六枚だったことが種々の文献から窺えます。飛車、角行、あるいは酔象、そして猛豹は、小将棋でなく、一三五〇年頃には成立していたと考えられる中将棋の駒として現われるのです。昭和五十一年発掘の、現在日本最古の駒とされる、南北朝の頃の《上久世駒》は、たった一枚発見されて、しかもそれが酔象だったのは暗示的ですね。これらの駒は中将棋から小将棋へと流れていったわけです。

分からないのは十四世紀半ばから十六世紀半ばまでの、その二百年間なんです。そのあいだに小将棋へはどのように飛車、角行が取り入れられたのか。酔象も同時に取り入れられたのか。そして猛豹を含む駒数四十六枚の小将棋は本当に存在したのか。……文献からは知れない空白の期間なんですね。……藍原さんにはあたり前の説明がずいぶん長くなりました。水野という女性が調べていたのは、その期間の研究だったようなんです。彼女の手紙にはその手がかりが静岡にあると書かれてあったんですよ」

「それでこちらにお越しになったのですね。分かりました。しかし、そのような手がかりが静岡にあるとは……。いったいどういったものなのです？」

藍原は滔々《とうとう》と澱みなく説き終えた笹本に、感心まじりに首を傾げてみせた。しかしそのときにはもう笹本の表情に皮肉な笑みが戻っていて、

「さあ、それが分からないのです」

数瞬、瞼を閉じてそう答える口調には、どこかしら重い疲労の陰さえつきまとっているような気がした。

「具体的なことは書かれていなかったんです。ただ、静岡にあるその資料はその空白

期のみならず、平安期、さらにそれ以前の将棋の実態を解明する糸口になるといったことが書かれてあって……」

二十六　鏡に映る像

須堂たちが目的の寮に持ちこんだ研究は全くのでっちあげというわけではなかった。もちろんそれは大脳生理学というより実験心理学の分野に近い研究内容ではあったが、須堂が最近の研究テーマのひとつとして掲げる〝ゲームと大脳生理〟のためには、むしろ願ってもないデータ採集の機会だった。

「はい。それでは後ろから用紙を集めて下さい」

その須堂は三十人近い女子高校生の前に立って、どこかぎこちない声をあげた。

学力テストなどと違って気楽な、そしていかにも目新しい内容のテストに、少女たちはかえって夢中で取り組んでいたのだろう。快い緊張がほぐれるような、わあ、というざわめきが戻り、教室を充たした。

「これで終わりですが、テストはもう二回、明日と明後日にも行ないます。それと、先程説明したように、こちらの牧場さんからの質問が不定期に出されます。誤解のないように強調しておきますが、これらはすべて、皆さんの人格に関わるような調査ではありませんから、気楽に考えて下さい。では、どうもご苦労さま」

少女たちが教室から出ていくと、須堂と典子は隣あった椅子に腰かけて、机の上に用紙の束をひろげた。

「どう、女子高生に囲まれた雰囲気は。だいぶ緊張してたようだけど」

典子がからかうと、須堂は眉を寄せて、

「何言ってるんだよ。……それより、秋村沙貴というのはどの子か分かった？」

「ええ。テスト中にあいだを歩いて、名前を確かめてたの。わりと大人っぽい感じのする子よ。その子の答案、見せて」

須堂が選び出したその用紙には、かっちりした文字で名前が記されてあった。

「それにしても、つくづくユニークなテストよね」

典子の言う通り、そこに並べられた五十ほどの項目は、アンケートのようなもの、パズルのようなもの、文で答えるクイズのようなものなどが織り交ぜられていた。

「こんな質問はひらめきと手探りでつくっていくよりないからね。ここまでまとめるには苦労したよ。これを機会にいろんな集団でテストしてみたいね。……特に囲碁の院生や将棋の奨励会員を対象にやってみたいなあ」

「ホラ、この『鏡に映る像が上下は逆にならず、左右が逆になる理由を述べよ』ってとこの答が面白いわよ。『一度、そんなことを考えて、鏡の前に立ってみたことがあります。もしかすると左右も逆になっていないんじゃないかと思って、ずっとそう考えていたら、急に上下のほうがさかさまになったような気がしました』……ですって」

「へえ。こりゃオドロキ。どういうことかな。だいぶ変わった子らしいね」

「うまい具合にこの子と同じ部屋を借りられることになったし、いよいよ噂の謎が解きあかされるのも時間の問題になったわね。夜が待ち遠しいわ。先生はその場に立ちあえなくて残念ね」

「まあ……ね」

須堂はからかわれるたびに複雑な表情を露わにして、

「まあそちらの目的はともかく、僕のほうの研究も忘れてもらっちゃ困るんだよ」

「重々心得ております」

ムキになる須堂の前で、典子は神妙に返しながら笑いを嚙み殺した。

「でも、どういうわけかしら。いやに将棋がつきまとうような気がするわ」

「え？……何に」

「何にって、その――」

典子は笑みを崩さぬまま、ちょっと困ったように言い澱んだ。

「何となく……。そうね。言わば、詰将棋も謎々の一種なのよね」

独り言めいて典子はぽつりと呟いた。

二十七　疑惑は疑惑として

須堂が研究室に戻ると、机の前で智久が何やら苦吟しているところだった。

「やあ、トム。何してるの」

呼びかけると、智久は首だけこちらを振り返って、

「あ、どうだったの。寮のほうは」

「いや、なかなか古い、立派な建物でね」

「違うよ。うまくいきそうかってこと」

智久は顰《しか》めっ面になって訊き返す。

「ああ、そうか。――うん、うまくいきそうだよ。噂のほうは今夜にでもカタがつくんじゃない」

「それならいいんだけど」

唇をきゅっと結んで、再び机に向かう。

「何やってるんだい」

「うん。ツメショーギ」

確かに机の上には紙の盤と安物の駒が置かれてある。アマ三段とはいえ、須堂程度の棋力から見れば雲の上である。しかも智久のゲーム能力に対する神格化された感情もあって、その彼がこれほど苦吟するとはいかほど難しい詰将棋なのだろうと、須堂は興味を惹かれて後ろから覗きこんだ。

「ダメだなあ。また余詰だよ！」

急に智久は叫んでそり返り、苛立つように頭を掻き毟《むし》った。

「そんなに難しいの」

「う……ん。解いてるんじゃないの。作ってるんだよ」

「ゲゲ。そうなの」

須堂は小さい眼を見開いて、

「明治は遠くなりにけり」

訳の分からないことを口走った。

「何にでも手を出していくんだね。囲碁をやめて詰将棋作家になる？……さっき言った余詰って何？」

智久は訊かれて、手に持った何枚かの駒をパラパラと盤に崩すと、

「詰将棋って、必ず作者の意図した作意手順ってのがあるでしょ」

須堂は頷く。智久は続けて、

「でも当然、ひとつの詰将棋にはいろんな変化手順が枝分かれして存在するよね。……そのうち、王方の受け手によって詰めを逃れる手順がひとつでもあれば、その詰将棋は不詰といって、詰将棋の価値を失っちゃうよね」

「詰まない詰将棋は詰将棋じゃないから、それは当然だねえ」

「うん。でも、詰将棋の規則はそれだけじゃなくて、作意手順から、攻め方の着手で枝分かれして、しかも王方が最善に受けても詰んでしまうような変化が存在する場合――つまり詰手順がふたつ以上ある場合も余詰といって、詰将棋の価値を大きく失っちゃうんだ。詰手順はたったひとつじゃなくちゃいけないんだよ。いろんな詰め方があっちゃダメなんだ」

「それくらいは僕もぼんやりと分かってたよ。だけど、へえ、そのことを余詰っていうのか」

須堂は何度も首を振ってみせた。

「変化詰手順が作意手順より短い場合は早詰、作意手順より長い場合を余詰といって区別することもあるけど、一般には両方をまとめて余詰、または別詰と呼ぶんだ。あと、詰上りの時点で、攻め方の持駒が余っちゃうような詰将棋も駒余りといって、詰将棋の価値を失う。……この不詰、余詰、駒余りの三つは、詰将棋を作るとき、いつも大きな壁になるんだよ。これを乗り越えて初めて完全作品になるの。大変なんだから……」

「そりゃ大変だろうとも」

「しかも、もちろん、作意手順には妙手が織りこまれていなくちゃならない。そしてその手順にはオリジナリティがなきゃならないし……。考えてみれば、これだけたくさんの作品が作り出されてるなかで、いくつかが偶然似たようなものになるのはあたり前って気もするよね」

智久は思いついたように、須堂の机の抽斗から『図式ロマン』を引っぱり出して、

「ねえ、赤沢真冬って人の作品が問題になったの、読んでる？」

「藍原先生が言ってたやつだね。面白そうだったから読んだけど。……そうするとトムはこれもやっぱり偶然だと思ってるの」

「さあ。それなんだよ」

智久は腰かけたまま、ぐるぐると椅子を回転させた。

「いくら類似作の発生が避けられないって言っても、これだけの駒数と長手順で、初型、持駒数、前半の手順がそっくり同じってことはさすがにねえ……。でも不思議なのは、笹本って人が指摘している冴野風花という作家の作品と、この赤沢さんの作品との繋がりだけじゃないんだ。もしもこれが意識的な盗作にしろ、うっかり記憶違いしたためのものにしろ、赤沢さんがこんな作品を発表するってこと自体、ボクにはどうしても納得できないんだよ」

「というと」

須堂が処どころ革のはげたソファーに腰をおろすと、智久も回転椅子からぴょんととび降り、その向かい側に腰かけて、

「作風の問題っていうのかなあ……」

両手を頭の後ろにやって、高だかと足を組んでみせた。

「藍原さんに会ってから詰将棋への興味が湧いてきて、ボク、いろんな本を捜したんだよ。古本屋とか出版社とかから雑誌のバック・ナンバーを集めたりして。おかげでお正月までおこづかいゼロだけど……。まあいいや。とにかくそれを片っぱしから読

んでいって、いちおう詰将棋の流れを頭に叩きこんだつもりなの。スッゴイ作品がごろごろあるんだよ。ビックリしたり呆れたりで……寝食を忘れるっていうのがあれだよね」

と、生意気なことを言って、

「詰将棋なんて、指将棋に較べたら全く陽のあたらない分野だけど、こんなにも奥深い世界なのかと知れば知るほど眼が眩む感じだったよ。たかがパズル。冗談じゃないんだよなあ。人間はこんなことまでできるんだ、人間の頭脳は奇蹟をなしとげることができるんだという証明だよ。……ちょっと前の『詰将棋パラダイス』だったかな。伊藤果四段をして『夢を見ているのでしょうか、この詰上りは』から『稀にみる大秀作』と言わしめた《四銀合四銀一色詰》が、『詰パラ』主催の看寿賞に決まったときの、作者の新ケ江《しんがえ》幸弘さんの言葉がよかったね。……『拙作四銀合四銀詰は作者の夢が実現できた作品ですが、その創作にあたっては幸運だったとしか言いようがありません。着想から完成まで約三年間かけて、大切に逆算していたのを、詰将棋の神さまが救いの手をさしのべて下さったのでしょう』……ボク、じんときちゃった」

須堂はその言葉に、生白い頰をぴしゃりと叩いた。

「うえぇん。僕の棋力じゃ、その凄さが今いち実感できないよ。……でも、その言葉はいいね」

「いいでしょう。キャッキャッキャッキャ」

智久は須堂の両手を突き出させ、その掌を上からバシバシと叩いて、

「ボクもその神さまの優しい手を感じてみたくて、詰将棋をやってみようかなんて思ってるの」

再びソファーに凭れかかって、うっとりと最上級の笑みを浮かべる。

「こんな厳しい手じゃないことは確かだね」

須堂は今叩かれて赤くなった掌に息を吹きかけながら返して、

「で、それが赤沢氏の作品とどういう関係があるの」

「ああ、そうか。脱線しちゃった」

智久は慌てて咳ばらいし、すぐに真面目な顔に戻って、

「そうやって実際の作品に触れてみるとさ、赤沢さんて、ここ二年ほどしか作品を発表していない新人だけど、本当にもの凄い作家だよ。特にあの《七種連続合》……。ああ、神か悪魔か……てな感じ。詰将棋作家もほかの分野と同じように、それぞれ作風があるんだけど、赤沢さんのをひとことで言えば、〝記録追求型難解派〟だろうね。三代伊藤宗看を代表とする難解派の流れを汲む作家は、現代ではまず宗看をしの

ぐと定評のある駒場和男さんを筆頭として、高木秀次さん、七条兼三さん、田島暁雄さんなどがあげられるけど、赤沢さんもこの人たちに負けない難解作をつくるよ。……記録追求志向のほうでは、《七種連続合》はもちろん、《飛不成十六回、角不成十一回》とか、《王の盤端から三段全格巡り》とか、《銀鋸プラス金鋸プラス角鋸プラス飛鋸》……。よくもまあこれだけの条件を作ってみせるなと呆れちゃうほどさ。それが赤沢さんの作風なんだよ」

智久は『図式ロマン』のページをめくった。

「ええと……あ、これこれ。例の《豆腐図式》が掲載された号の解説を見てよ。『驚異的作品をデビュー以来、矢継ぎ早に発表してきた超人、赤沢真冬氏のやさしい息抜き的な作品です。手順の解説は不要でしょうが、打歩詰回避が一回、不成と捨駒で構成した歩十八枚使用の《歩と図式》。作者「途中、着手非限定のキズはありますが……」とある通りですが、作品の特殊性からやむを得ないか』……ねえ、これは眼くらましだよ。この解説がなきゃ、たいがいの人が本当にこれが赤沢氏の作品かと首をひねるはずなんだ。でもこの解説を先に読んでいると、ナルホド、ずいぶん初心者向けの作品だな、で終わっちゃうんだよ。

例えばこういう解説だとしたらどうかな。……『驚異的作品をデビュー以来、矢継ぎ早に発表してきた超人、赤沢真冬氏とは思えぬやさしい息抜き的な作品です。二回の打歩詰回避がテーマの全歩使用《歩と図式》ですが、手順の解説は不要でしょう。作者「途中、着手非限定のキズはあり……」とある通り、作品の特殊性を考えても頷けないところ。氏ほどの腕があれば、はるかに高度な《歩と図式》が期待されるはず』というふうにね。そうすると、少なくとも読者たちのあいだには、この作品に対する不審感は残ったはずなんだ」

「へえ……すると、結局？」

淡い暖色に染められたと思える空気の流れを膚に感じながら、須堂はその流れと流れの合間に起こるかすかな渦に押し重なって、何やら黒ぐろとしたものを垣間見たような気がした。我知らず窓のほうを振り返ると、しかし室内の湿気は冷えきったガラスを曇らせ、そこにも白く濁った光景を映し出すばかりだった。

「結論はちょっと突飛なんだけど、あれは赤沢さんの作品じゃないってこと。……うん。もちろん彼があれを盗作したと言ってるわけでもないよ。つまり、あの作品が自分名義で発表されたことは彼の全く与《あずか》り知らぬことだって意味で。……早い話、誰か別の人が赤沢さんの名前を使ってあの作品を発表したんじゃないかというのが、まあ、ボクの推理なわけ」

放った。

無論、智久の表情には自信が漲《みなぎ》っていたわけではないが、それでもきっぱりと言い放った。

「へえ。確かに突飛なというか、突拍子もないというか……」

須堂はぶるぶると首を振って、

「……だけど、あり得ない話でもないか」

「あり得ないどころか、ボクにはそうとしか考えられないんだよね」

智久はそう言ってぱたんと雑誌を閉じた。

「意識的な盗作は問題外として、過去の作品の手筋を発想のヒントにして、手順を構成しなおしたり、別の手筋と組みあわせたり、なんてことはあるよ。詰将棋創作では《モンタージュ法》なんて言われてるらしいけど、どこからどこまでが別の作品で、どこからどこまでが類似作かは飽くまで主観の問題だから、騒がれる場合も出てくるかも知れない。……また、既にあった作品のことを忘れちゃって、よく似た自分の作品を新しいものだと思いこむような場合もあると思うよ。でも、どっちにしても、赤沢さんがあの作品を発表するというのは考えられないな。作風から言っても、単に作品のレベルから言っても、赤沢さんがあの《豆腐図式》を自分の作品として発表することをよしとするなんて、ボクにはどうしても信じられないんだよ」

「ハハァ、なるほど。作家のプライドの問題か」

「まあ、そういうことだね。まして着手非限定なんて大キズ。……考えられないよ。赤沢さんが豆腐図式を手がけるならもっと極端に難解なものとか、あるいは北原義治さんの《鶏》七十一手を超える長手数とか、豆腐図式の煙とか、そういった趣向で攻めてくるはずなんだ。今まであれだけ困難な条件をものにしてきた赤沢さんだもの、それくらいはやっちゃうと思うよ。少なくともあんなキズのある不完全作は作らないよね。……喩えは悪いかも知れないけど、あんな作品を赤沢さんが発表するなんて、ドストエフスキーが『若さま侍捕物帳』を書くぐらい不自然なことなんだ」

須堂はブッと吹き出した。

「そりゃ不自然だね」

「どうしてもそこが信じられない以上、ボクはあれが赤沢さんの発表したものじゃないと考えるほかないんだよ」

ソファーに沈みこんだまま、智久はそう言葉を置いた。須堂も智久の言いたいことを理解すると、そんなことも考えられるかも知れないなという表情を見せたが、しかしそれも一瞬のことで、

「だけどやっぱりちょっと変じゃない？　それだけプライドある作家なら、身に憶え

のない作品が自分の名義で公表されていた場合、すぐにその旨を雑誌社に連絡するはずだよ。しかるに、次の号には読者からの類似指摘文があるばかりで、本人のコメントはまるでないじゃない。編集部で本人の主張を無視するなんて考えられない以上、この現状を説明する理由はただひとつ。赤沢氏はあれが自分の作品ではないことを通報しなかったということでしょ」

「まあ……そういうことになるね」

　智久もその反論を予期していたように頷いて、

「そこが謎なんだよ。どうして赤沢さんは通報しなかったのかなあ……」

「それこそ、あれが赤沢氏本人の作品だという証拠じゃないの」

　簡単なことだというふうに須堂が言うと、

「そうかな。……ボクは何らかの理由で通報ができなかったんだと信じたいな。そのほうがボクにとってはよほど自然に思えるんだけど」

「そんなものかね」

　いずれにせよ、須堂が納得したのは智久が赤沢という詰将棋作家にぞっこん参っているという事実だ。典子は噂に、智久は詰将棋に、そうすると結局僕は研究に没頭するよりないな、などと須堂はひそかに考えたりもした。とりあえずその疑惑は疑惑として、二人にとってさし迫った重要な問題だろうとは到底思われなかったからである。

その日の夕刻、藍原からたまたま電話があり、須堂が最前の話題を持ち出して、むこうの声色がはっきり驚愕のそれに塗り変えられた、その瞬間までは――。

二十八　喰いつくのが悪い

白く秀《ひい》でた額を露わにした髪型のせいだけではないだろうが、年齢よりもずいぶん大人っぽく見える少女だった。部屋には照明をつけぬままスタンドの明かりで雑誌を読み耽る彼女は、その濃い眉を先程からぴくりとも動かさず、机に向かう姿勢も崩れない。

控えめな暖房のせいで、校庭のはずれの木立ちが青っぽいシルエットとなって、わずかな曇りもなく眺められる。宙天高くかかった月の光はサラサラと乾いた音をたてて、その光景に降り落ちているようだ。そして少女を包む仄暗い空気は、そこにさしはさまれる声を拒絶するようにどこか生硬く張りつめていた。

典子はその張力に押されて、思わずかすかな咳ばらいをした。

「そろそろ何かお尋ねではないのですか」

こちらを振り向かず、先に口を開いたのは沙貴のほうだった。どういう心理状態に由来するものなのか、意識が逃げ去りそうな感覚を制禦《せいぎょ》するのに気を奪われていた典子は、その問いかけに一種の戦いを予感した。こういう相手には出たとこ勝負しかない。——それは典子の一瞬の判断だった。

「『恐怖の問題』をひろめたのはあなたね」

その間合と抑揚は完璧だったと思う。その場の張りつめた空気を拮抗する磁場にすり換えるには。沙貴のなかで沈黙が蠢き、その場をびりびりと揺り動かすのが分かった。

「用意周到なんですね」

沙貴はゆっくりこちらを振り返った。

「用意……？　いいえ、目的はただそのことだけだったのよ」

答えながら典子は自分の向かいあっている磁場の強さを思い知っていた。たかだか十七ほどの小娘が。——いったい何によるものなのだろう。けれども立場的には彼女は絶対に優位なはずなのだ。そうだ方法さえ誤らなければ。

「それは驚きだわ」

沙貴は初めて笑顔を見せた。大人っぽく見えるとはいっても、やはりその笑顔は十七の少女のものだった。

「光栄といってもいいですわ」

寮内には一律の廉価《れんか》な机しかなかった。異様にも見える無地の緑に染めぬかれたテーブルクロスの上に、小さな写真立て、鏡、マスコット人形の類いが他の少女と変わらず並び置かれ、そのなかに金属製のヤジロベーがかなりゆっくりした周期で揺らめいていた。あれが揺れはじめたのはいつだろう。それが何かしら重要なことでもあるかのように、典子は必死で思い出そうとした。

「では訊いて下さい。あれのどういうことが知りたいのですか」

典子の素姓を聞こうとするでもなく、沙貴は背筋を伸ばして言った。

「どういうことを尋ねられるかで、私の正体を判断するってわけ？」

典子は少し意地の悪い質問をした。

「ええ。いい機会ですから」

事もなく沙貴は答える。

「機会？」

「私、パズルやクイズみたいなこと、大好きなんです」

「それであの怪談にも『恐怖の問題』って題名をつけたの」

その問いに少し考えて、沙貴は首を横に振った。

「題名をつけた、という言葉はあたっていません。題名はあとでつけたのではなく、最初からあったんですから」

「どういうこと――。最初にあの題名を思いついて、それからあんな話を作りあげたってことなの？　掛川の屍体とは関係ないの？」

典子はまたぞろ意識が逃げ去るような感覚に襲われていた。次第に分かってきたことだが、この少女にこういった方法は通用しないのだろう。むしろパズルやクイズが大好きだというこの少女には、飛んで火に入る夏の虫だったに違いない。しかし、もう遅い。典子はその対話がくらくらと相手の制空圏にめくれ落ちてゆくのを感じていた。

「そう言っていいかも知れません。あの話は三題噺みたいなものなんです」

「とにかく、あの話を創作したのはあなたなのね」

「そうです」

平然と沙貴は答えた。

「聞きたいことってそれだけなんですか。牧場さんは掛川でふたつの屍体が見つかったこととあの噂との関係に興味を惹かれて、それで出どころを探りにきたんですか」

「そうよ。あなたみたいな人、初めてだわ。やりにくいったらありゃしない……」

典子は投げ出すように言って、こうなれば正攻法しかないと、今までの経緯を洗いざらい説明した。

「それはまあ、何と大変でしたこと」

じっと耳を傾けて聞いていた沙貴は典子の説明が終わると、表情のない顔でぽつりと呟いた。

「あなたが作った話のせいで、いろいろ頭をひねったり、掛川まで出向いたり、とにかくさんざん振りまわされちゃったわ。気の毒と思ってよ。……先生の言った通り、所詮根も葉もない噂に過ぎないのね。単なる偶然だったなんてがっかりよ」

典子はベッドの上にひっくり返った。そうやって彼女は磁場の拮抗をご破算にしたのだ。しかしどういうわけか、その場の空間に漲る緊張はそれでも相殺されることなく続いていた。

「こうなれば仕方がないから、せめて事後のインタビューでもしておくわ。自分の作った怪談がこれほどまでにひろがるなんて予想してた？」

相手は首を横に振った。

「まさか。寮のなかにひろまるだけならともかく……」

「それでも今やマスコミに乗って、日本じゅうにひろまる勢いだわ。作者としてはどんな気持ち？」

しばらく答は返ってこなかったが、ふと口もとにかすかな笑みが浮かぶと、

「まあ、少なくともひとり、作者を尋ねあてようとする人が出現するくらいのささやかな謎と興味は提供できたということ……」

「冗談じゃないわよ！」

典子は叫んで、しかし抑えることができずにケラケラと笑いだしていた。

「おかしい人ね。だけど、あなたには参ったわ。噂がひろがっちゃったのも、たまたま現実に同じような屍体が出てきたのも、あなたの責任じゃないし。結局、それに喰いついた私が悪いのよね。馬ッ鹿みたい」

そうしてなおも気の毒な自分自身を典子は笑った。

けれどもやはり緊張は消えることなく留まっていた。典子はふとそれを訝しんだが、しかし、とりあえず噂が現実の屍体と無関係な地点で創作されたことが分かった今、その小さな疑問はやはり一瞬のものでしかなかった。

二十九　いくつかの脳細胞

暗く長い廊下。その途中のひと区間はそこだけ建物が凹形に窪んでいるのか、片側に窓が続いている。扉の上の扇形の明かり取りは黒ぐろと室内の闇を映し出し、いずれの部屋も深い眠りに似た沈黙に沈みこんでいた。

窓からは広い校庭が眺められる。凍りついた土膚はどんよりと厚い雲に遮られて月明かりさえなく、陰そのもののように押しひろがっていた。動くものは何もない。校庭を取り巻く木立ちの影も身を揺るがすことを禁じられているかの如く、じっと硬直したままだ。死者の唇めいた色で異様な形に夜空を切り抜いたように見えるのは、ふたつ並んだ給水塔だった。

月のない窓の外からの明かりでは、廊下に垂れ落ちた闇を追いやるには全く不充分だった。まして窓のない、長いながい区域ともなれば、その古い建物自体、巨大な影と化してしまったような錯覚に囚《とら》われる。その通路は一本道でなく、処どころ階段や袖廊下に分かれ、そちらにも闇はべったりと貼りついていた。建物のつきあたりまで行けば、当然廊下はそこで行き止まりになるか、鉤に折れるかなのだが、しかしそのあたりからは、どこまでも果てしなく続いているとしか思えない。闇はその先を押し包み、呑みこみ、すべてを悠久と無限の地平にまで引きずりこんでしまっているのだから。

そんなふうに続く闇のなかで、今、突然ひとつの扉の上から明かりが洩れた。部屋の照明が点けられたのだ。

厚い壁のせいか、物音はない。

他の部屋が全く無明《むみよう》の底に沈みこんでいるなかで、しかしその部屋だけがひそかに息づき、活動しているのだ。眠りについた人間の脳のうち、いくつかの脳細胞だけ覚醒しているのが夢を見ている状態であるならば、それは建物のなかに浮かび現われた夢に違いなかった。依然音はなく、その活動は何事であるにせよ、極めてひそかに行なわれているのだろう。何十年もの時に晒されてきたこの洋館は、こうして時どき人知れぬ夢を見てきたとしても不思議でない。

三十　額を二度叩く

情報の交換は無意味な謎を羅列する作業でしかなかった。謎は収束しない。――ただそのことだけがたったひとつの単純な真実のように思われた。

「とどのつまり、噂は掛川の屍体と何の関係もなかったわけだね」

最初に自分が予測した通りの結果になって、須堂はしかし、幾分慰めるような口調で囁いた。

「そういうことらしいわ。それはそれで諦めるよりしようがないとして、……でも、その藍原さんの話にはびっくりね。智久の直観もたいしたものだわ。だけどいったい何がどうなっているのかしら」

「さっぱり分かんないよ」

二回目のテストがはじまる十五分前、まだ生徒たちの集まっていない教室で、二人は代わるがわる首をひねった。

「水野礼子という将棋の歴史を研究していた女性が掛川の墓地を訪れた。……まあ、そのことはいいわ。でも、その女性がそれから何日もたたないうちに何者かによって自殺に見せかけて殺されたとなると、やっぱり……」

「そうだね。それと、赤沢氏名義の詰将棋にクレームをつけた笹本という人物が彼女と面識があったなんて、奇妙な偶然だねえ」

「その仕組まれた盗作問題がまた謎だわ。詰将棋界のことは分からないけど、いったい誰が何のためにそんなことをしたのかしら。赤沢って人も、どうしてそれを見過ごしたままにしておいたのかしらね……」

「とにかく、いろんなことが将棋に関わりすぎるよ」

須堂はそう言って、ぼんやりと窓の外を眺めた。校庭のはずれの駐車場に一台の車が止まるのが見えた。

「それぞれ興味ある問題だわ。私、もう一度掛川へ行ってみようかしら」

典子の言葉に須堂は驚いて振り返る。

「本気かい。……懲りないなあ。物好きもここまでくれば立派だよ」

「だって、これは殺人事件よ。礼子って女性、少々精神のバランスを崩してたようだけど、彼女があの墓地に行った理由にはそれなりの意味があったはずなんだから」

典子は別の獲物に眼を移した猟犬のように、いきいきと眼を輝かせた。

「そりゃそうかも知れないけどさ――」

須堂は自分の額をコツン、コツンと二度ばかり叩いて、

「でも、こんなふうにも考えられないかな。その水野って女性も君と同じように噂に興味を抱いて、それを調べようとしただけだって」

「墓地に行ったのは地下鉄に突き落とされたことと無関係だって言うのね」

典子はにっこりと受け止めた。

「まあ、それは関係ないかも知れないわ。でも、彼女が私と同じようにあの噂に不審を抱いて、それで墓地へ行ったというのは頷けないわね。話を聞いた限り、彼女は屍体の出てきたあとを調べようとは全然しなかったっていうし、むしろ、誰かのお墓を捜しに来たようだって——」

「そうか。……でもねえ」

「となると、ここで問題がひとつはっきりしたわね。彼女は誰の墓を捜しに来たのか。……彼女を車に乗せたって男が憶えてるかしら」

「いいのかねえ。この事件を調べようとする人間はみんな殺されていくのかも知れないよ」

「いやだ。……変なこと言わないで」

「そろそろ生徒たちがやって来たよ」

須堂は現われた少女たちに向かって笑顔を見せた。

五分ほどで教室には生徒たちが全員揃った——ように思われた。しかしテスト用紙を配ろうとした須堂に典子はそっと耳打ちした。

「秋村沙貴がいないわ」

「本当？」

須堂は眼をパチクリさせて、

「ま、噂のほうはいちおうの解決をみたんだから、いいんじゃない。テストもひとりくらい抜けたって、どうってことはないし」

「でも、おかしいわね……」

首を傾げる典子に、

「いや、昨日帰ってから解答を調べなおしてみたんだけど、つくづくあの秋村って子、風変わりな思考法をしてるね。もしかすると一種の天才かも知れないよ」

早口に須堂は告げて、用紙を配るために立ちあがった。

「要領はきのうと同じです。気楽に書いて下さい」

前列の女の子たちに手渡しながら言うと、

「質問――」

まんなかあたりの生徒がひとり手をあげた。

「何ですか」

「先生の下の名前、何ていうんですかあ」

二日目ともなると、少女たちもリラックスしたのか、そんなことを言いだす者も出現する。

「え、ぼ、僕ですか。信一郎といいますが」

「独身ですかあ」

「ハイ、いちおう」

教室にどっと歓声が揺らめいた。テストのお返しというわけではないだろうが、少女たちのからかいはどんどんエスカレートしていく。典子はドギマギと立ちすくむ須堂に、こりゃダメだというふうに眼を覆った。

三十一　真実らしい匂い

典子の発案はすぐに須堂から智久、智久から祐子へと伝えられた。

祐子は早速控えていた男の電話番号をまわした。

「憶えていないかしら。そのお墓の名前」

「ううん。ちょっと待って……。そのときははっきり憶えてたんだ。ええと、誰だったかな。歌手の名前と同じで……」

声はしばらく途切れていたが、

「そう！　思い出した。加納房恵って書かれてあったよ」

「有難う」

派手すぎるほどのキスの音を送って、祐子は電話を切った。

「この情報をただ電話で教えるって手はないわね」

祐子は戸棚から地図を引っぱり出した。先程の電話で智久が言っていた研究所は彼女の家から十五分見当だ。それだけ調べると、彼女はベッドからとびおりた。

きっかり十五分後、祐子は須堂の研究室を訪れた。電話口で現在いる場所をしつこく尋ねられたときから何となくそんな予感がしていた智久はともかく、須堂のほうは眼をパチクリさせるばかりだった。

「突然お邪魔してすみませえん。……へえ。ダイノウセイリガクって、こんななかで研究するの」

祐子は肉色や暗褐色の写真が夥しく貼られた壁を見まわしながら、ちょっと臆するように呟いた。

「だんだんこの部屋に来る人が賑やかになるね」

智久が肩を竦めて言うと須堂は、

「冗談じゃないよ。ここは待ち合い室でも喫茶店でもないんだからね。……全くもう」

「まあ、いいじゃない。せっかく情報を持ってきてくれたんだから」

あいだに立って智久は須堂を宥《なだ》めにかかり、それにあわせて祐子が首を縮めたが、こちらももともとそれほど迷惑がっているわけではない。

「いやいや、いいんですよ。ちょっと言ってみただけ。ご覧の通り、今は暇ですしね」

「甘いんだからなあ」

「何か言った？」

「ううん。……それでお墓の名前、分かったの」

智久は祐子のほうに水を向ける。

「まかしといて。バッチリよ。名前は加納房恵だって」

「加納房恵――」

智久と須堂は鸚鵡《おうむ》返《がえ》しに呟いた。

「どんな人なのかな。お墓を調べれば生年月日や死んだ日が分かるんだろうか。……そのお墓を調べに行って、数日後に水野礼子という女の人は誰かに突き落とされて殺された――」

智久は祐子とともにソファーに腰かけ、大きく腕組みしてみせた。

「ま、それはここで考えててもしようがないわね。それより噂のほうの調査はどうなったの」

祐子は二人に尋ねかける。

「それがね。結局あれは寮の生徒の創作だったんだって」

智久と須堂は代わるがわる説明した。祐子はがっかりしたようにそれを聞いていたが、

「そうなの。それはあてがはずれたわね。……でもその子、ちょっと妙な子ね」

「うん。だいぶ変わってるようだよ。少なくともあんな話を作り出してみせるくらいだから、ちょっとした作家的才能はあるみたいだね」

須堂は彼女が結局二回目のテストをすっぽかしたことを思い返しながら頷いた。

祐子はしばらく物想いに耽るふうだったが、やがて青っぽいマスカラに縁どられた眼を勢いよく瞬くと、

「どうしてあんな話を考えたのかなあ」

心底不思議そうに首をひねった。

「それはもちろん、まわりの女の子たちを怖がらせるためだよ」

須堂があっさり答えるのにも、

「だって、変よ、それ」

「何が？」

智久が訊き返すと、祐子はぴしゃりと自分の額を叩いて、

「まあ変っていうのは言いすぎだけど、話自体は充分怪談ぽいのに、そこにどうして謎々なんて要素を持ってきたのかなって。墓地で見つけた紙に書かれてあったものとしてはあまりにも不釣合いっていうか……。いくら風変わりな思考法にしても、ちょっと突飛すぎるんじゃない」

「なるほどねえ」

須堂もその意見には感心したように膝を乗り出したが、

「でも、こういうことも考えられないかな。……ああいった怪談なんて、机を前にしてあれこれ話を組み立てながら考えるんじゃなく、むしろ誰かと別の話をしてる瞬間なんかに、フッと思いつくものじゃないのかな。そんな情況で作られた話なら、そのときの話題が影響してもおかしくないよ。何人かで謎々の話をしてるときに、その秋村って子が即席の怪談を持ち出したとしたら？」

「でも、即興にしては最後のオチがデキすぎてるわ」

「そうかな……？」

須堂は首をひねった。

「あんなもんじゃないの」

「じゃ、須堂先生ならあんな話はすぐに思いつく？」

そう訊き返されて、須堂はしばらく上眼遣いに考えこんでいたが、

「無理かな」

デヘヘと笑うと、横で智久ががっくり肩を落とした。

「……ま、どっちでもいいけどさ、祐子姉さん、あの怪談に謎々を持ってきたのは何か特別な理由があったんじゃないかって言いたいの？」

「そう改めて訊かれると困っちゃうけどね」

ピンク系の口紅を引いた唇をきゅっと結んで、

「でももしそうだとしたら、どんな理由なのかな。……ねえ、どう思う」

「ううん、ボクには分かんないよ」

智久はソファーの上に胡坐をかいて、細い髪を掻きまわした。

「あたし、絶対何かあると思うな。噂の追及をそこでやめちゃうって手はないと思うよ。……それにその子が本当に自分で考えたのかどうか……」

「え。それまで疑ってかかるわけ」

驚いたように須堂が声をあげた。

「疑うのは個人の自由でしょ」

「そりゃまあそうだけど」

智久もにやにやと笑みを洩らして、

「考えてみると、謎ってのはつきないもんだね。……おかしいや」

ごろりと背凭れに体を投げ出す。

「今夜も時間を持てあますだろうから、姉さん、どうせその沙貴って人にそのあたりのことも尋ねるだろうけど……。でもまあ掛川の事件との繋がりなんて最初から可能性うすだったんだから。全部の謎がひとつに繋がるって、期待するほうがおかしいんだよね。……加納房恵だっけ。加納……」

しかし、そう言いかけた智久の表情は突然ぴくりと強張った。

「――あは、そんな――。偶然かな……」

訳の分からないことを呟いたまま、どこか知らない遠くのほうへ意識を泳がせている。

「どうしたの」

祐子はその顔を下から覗きこむ。智久ははっと首をあげて、

「あ。いや、何でもないんだよ。ちょっと、馬鹿馬鹿しいこと——」

けれどもその表情は、まだ眼の前に掠め過ぎた幻影がはっきり残像として焼きついているふうだった。

「何だい。喋ってもいいじゃないか」

「いや、ホントにつまんないことなんだ。……それより」

「え？」

智久はぴんと背筋をのばして、

「須堂さん、藍原さんに電話してくれない？　ボク、笹本という人の連絡先を知りたいんだ」

須堂と祐子は不思議そうに顔を見あわせた。

「へえ。また急に妙なことを言いだしたね。……まあ、そんなことならおやすい御用だけど」

そう言いながら立ちあがって、

「でも、どうしてなの」

「まあ、いいじゃない。ちょっとね。ちょっと」

「……ふうん」

首をひねりつつ、須堂は電話をかけた。幸い藍原は笹本の名刺を受け取っていたらしく、電話番号はすぐに分かった。

「ありがとう、須堂さん。ボクちょっと用事があるから。祐子姉さん、帰ろうよ」

番号を控えると、智久は慌ただしく席を立つ。またしても呆気に取られた顔の須堂を残して、二人は研究所をあとにした。

「いったいどうしたってのの」

祐子が尋ねかけるのもかまわず、智久は大通りをずんずんと歩いていって、繁華街の中心に近い一軒の喫茶店の前で立ち止まると、

「ねえ、ちょっとこのなかで待っててくれない。ボク、電話するところがあるから」

白い息を弾ませながらそんなことを言ったので、

「さっき聞いた人のところね。……誰なの、それ。須堂先生にも聞かれたくない内容なの」

「……あとで説明するからさ」

祐子はすんなりその言葉に従い、ウインクを投げて店にはいった。窓から眺めていると、智久は公衆電話のボックスのなかで四、五分のあいだ受話器を耳にあてててい

た。ようやくそれをフックにかけおろし、それで終わりかと見ていると、少年は再び別のところに電話をかけはじめる。

——おやおや。いったい何の用事なんだろ。

そうして十分近くも話していただろうか、ようやくそれも終わって、今度こそボックスのドアを開いて出てきた。

店のなかにはいってきた智久は糸の絡んだマリオネットのようだった。

「こっちよ。こっち」

祐子の呼びかけでふらふらと席に近づいたが、少年の表情は悪い熱にうかされたようだ。

「どうしたってのよ」

ぺたんと腰をおろした智久の顔の前で、祐子はひらひらと手を振った。ただごとではない。さすがにちょっと心配になる。額をつけあうほど見つめられたまま、しばらく智久は黙ったままだったが、

「……やっぱり、アナグラムだったんだ……」

聞き慣れない言葉を呟いた。

「え、何て」

「アナグラム。文字の入れ換えだよ。……馬鹿馬鹿しいと思っていたのに。……加納房恵と冴野風花……」

「ちょっとォ。いったい何のことよ」

智久は盗作事件に関することを最初から詳しく説明した。詰将棋の世界をいきなり持ち出されて祐子は少しびっくりしていたが、話を聞くうち、すぐに興味を惹かれたようだった。

「すると結局、水野礼子が捜していたお墓の主は、その〝歩だけの詰将棋〟の原作者だったわけ？」

「そうなんだよ」

智久は大きな音をたててテーブルを叩いた。

「こんなことってある？……盗作問題と殺人事件。たまたまボクたちの耳にはいってきた別々の謎がどうしてこんなふうに繋がっちゃうんだろ。訳が分かんないよ」

それでもすぐに落ち着きを取り戻して、

「最初、笹本さんのところに電話をかけて、『詰将棋の泉』という同人誌の発行者を教えてもらったんだ。次にその発行者だった人のところに電話をかけて、冴野風花という作家のことを聞いたんだよ。……風花なんていかにもペンネームくさいけど、本名は何ていうんですかって……」

「そしたら加納房恵って答えたのね」

「そうだよ」

興奮を露わにぶつけてくる祐子の顔を真正面に受け止めながら、智久はぽつりとそう答えた。最初のショックから醒めるにつれ、智久の眼の前にはかえって非現実の光景がさえざえとひろがっていた。

「姉さんが掛川に行ったとき、ボクもついていってたらなあ……。〝かのうふさえ〟と〝さえのふうか〟が換字《アナグラム》だってことにもっと早く気づいてたかも知れないのに」

「まあ、それはしようがないわよ。今、分かっただけでもめっけものでしょ。でも、凄いじゃない。あたしだったら両方の名前を知ってても永久に分からなかったと思うわ。ホント、よく気がついたわね」

祐子はたまらなく嬉しそうだった。

「でも、これでますます面白いことになったわね。ふたつの謎が五年前に死んだ加納房恵って人物で結びついてる……。ああ、変だわ、変だわ。……しかもその墓地では身元不明のふたつの屍体が見つかってる……」

祐子の声はそこで急に掠れるように震えた。

「ねえ……。単なる思いつきだけど、あの墓地に関係したことを調べている人間はみんなあの水野って女のように殺されていくんじゃないでしょうね」

再び智久の眼の前でちりちりと空気がめくれあがった。そうだ、そうかも知れない。確かに奇妙な思いつきだけれど、そこには奇妙に真実らしい匂いがあった。それでなくとも——。

智久の背筋に凍りつくような戦慄が這いあがった。

そうなのだ。現実の世界ではあり得ないことが非現実の世界では成立してもおかしくはない。今少年の眼の前にひろがりかけた光景のなかでは、むしろそれこそが唯一の真実かも知れないのだ。

三十二　モリアーティ教授

「それにしてもあなた、どうしてあんな話を思いついたの」

典子はベッドに寝そべったまま沙貴のほうに声をかけた。少女はいつもそうであるように机に向かい、何かいっしんに考え事をしているふうだ。

「あの怪談のことですか」

相手に顔を向けないまま喋るというのも、また彼女の癖のひとつであるらしかった。

「そうよ」

「三題噺だと昨日言ったように思いますが――」

「……そういえばそんなことを聞いた気もするわね」

典子の問いかけには無論たいした意図があるわけではなかった。本当のことを言えば、彼女にしても最初から噂と現実の屍体とのあいだに深い繋がりがあるなどとは心底からは信じていなかったのかも知れないのだ。ただ、彼女は謎を追いかけること自体にスリルと興奮を覚えていたのだろう。幸か不幸か、彼女のとびついた〝噂の発生源捜し〟は簡単なパズルのようにすぐ解けてしまうものではなく、ある程度の期間を必要とし、かつ終点にたどりつくまではその道がいったいどこへのびているのか予測のつかない類いのものであったために、それに引きずられて進むうち、何となくそういった幻想を押しかぶせていたに過ぎない。だから発生源にたどりついてしまった今、典子は既に噂に対する興味を失ってしまっていたのだ。

とどのつまり、こうして沙貴へ問いかけているのは単に惰性でしかなかったのだが、

「で、その三題って？」

「簡単に言うと、詰将棋――」

「え？」

思いがけない答に典子はびくんと体を強張らせた。不意に後頭部を殴打されたような感覚だった。

「もうひとつは盗作――」

冷たい月の光に濡らされた沙貴の横顔は、机や床やスタンドとともに不意に蠟細工になってしまったようだった。氷の棒を呑みこんだかと思うほど典子の頭はしんと凍りつき、沙貴の言葉だけがその奥で何度も谺《こだま》しているのが分かった。

「そして最後がふたつの屍体――」

そんな馬鹿な。馬鹿な。ベッドに横たわり、肘をついた手で頭を擡《もた》げた恰好のまま、典子は声にならない叫びを繰り返していた。何の謀みなのだろう。いったい何がどう謀まれていたのだろう。

しかし思い返せば、確かにそうだったのかも知れない。詰将棋もひとつの謎々よねと語ったのはほかならぬ典子だったではないか。

けれどもやはり、彼女はそんな馬鹿なと唱えるほかなかった。盗作。あれのはずはない。そんなわけはない。からんとひろがった眼の前の薄闇に、彼女は恐ろしく太い、黒いパイプのようなものが犇《ひしめ》いているのを見た。それらは現実の世界の裏側で、うねうねと縺《もつ》れながら繋がりあっているのだろうか。ひょっとすると、これは巨大な生き物のドス黒い血管なのかも知れない、そう思った。

「何なの。――何なの、それ」

典子の声のオクターブがあがった。しかし答える沙貴のほうはそれに気づかぬように、いっこう顔をこちらに向ける様子はない。

「この三つにどういう意味があるかということですか。……それは私にもよく分からないんです」

「だって詰将棋なんて、どこから――。それに、ふたつの屍体って」

典子はようやく金縛りが解けたように体を起こした。そうなのだ。ふたつの屍体。それが最初にあったというなら、再び話は違ってくる。

「どう説明すればいいのかしら。……とにかくその三つを組みあわせて、適当に怪談仕立てにしてみせたのがあの話だということは納得していただけるかしら」

「それは――そうね。納得するわ」

「納得……できるんですって？」

沙貴はそこで初めてゆっくりこちらを振り返った。その瞳は月の光のせいか、青白い炎を宿しているように見えた。

「ということは、あなたも詰将棋に全く不案内というわけではないんですね。……ひょっとして、あの題名が何を意味しているのかくらいのことはご存知なのかしら」

典子は背筋に冷たいものを感じながら、その問いにオズオズと訊き返した。

「じゃあ……やっぱりあの題名は『香歩問題』のことを指していたの」

それに驚いたのは沙貴のほうだった。濃い眉のあたりがかすかに震えることで、ようやくそれと分かるほどだったが、確かに少女のなかでは予測しない驚きが波打っているに違いなかった。ややあって少女は小さな笑みを洩らすと、

「びっくり。……ちゃんと切り札をお持ちだったんですね。だとすれば……そこまで詰将棋をご存知だとしたら、盗作問題のことも？」

「あの、赤沢さんの《豆腐図式》のこと？　でも、分からないわ。どうしてそのことがあなたの口から出なくちゃならないの」

「やはり知ってたんですね」

沙貴の笑みは次第に明確なものへと移っていった。

「面白いわ。昨日は恐ろしく好奇心旺盛な女性がとびこんで来たものだと思っていた

けど、ちゃんとそれなりの理由があったわけね。……肝腎の獲物は喰いついてこなくて、網にかかったのは女ホームズだったなんて」

「肝腎の獲物ですって？」

やはり謀みだったのだ。典子はほっと溜息をついて、

「じゃ、その獲物は――モリアーティ教授は誰なの」

しかしそれには沙貴は直接答えず、

「誤解のないように言っておきますが、盗作と言っても、赤沢氏の作品のことを指しているわけではありません。ふたつの屍体というのも、掛川で見つかったという例のものを指したわけではないんです。私があの怪談を最初に作ったのはそれよりずっと前のことですから……。いえ、むしろ現実にあんなことが次々に起こって、驚いているのは私のほうなんです」

「それじゃ、いったい」

訊き返しながらふと典子は、例の盗作騒ぎが実は別人の奸計《かんけい》であるらしいことをこの少女は知っているのかどうか考えていた。しかし相手はそんな典子の疑問をよそに、かすかな声をたてて笑うと、

「あなたって本当に不思議な人ね。何だか隠し事ができないわ。……三つの題材は、

モリアーティ教授の周辺からやっと探り出した手がかりなの」

「手がかりって、何の」

「私にもはっきりとは分かっていないんです。……何かよくない不吉な匂いを感じたとだけ言っておきますわ。そしてどうやらその不吉なものというのが、その三つの事柄に関わっているらしくて。だから私、それを組み立てた怪談をひろめて、教授がどんな反応を示すか待っていたんです」

次第にこちらに対する緊張を解いていく少女の話を聞きながら、典子はふと恐ろしいことを考えていた。

詰将棋に詳しい少女。——彼女は単にそれだけなのだろうか。ひょっとすると。その思いつきは典子の頭をじいんと痺《しび》れさせた。そうなのだ。ひょっとすると赤沢真冬はこの秋村沙貴という少女ではないのだろうか。

「ところがさっきも言った通り、あては見事にはずれてしまったわ。……そのかわりあんな屍体が出てきたり、盗作問題が持ちあがったり……」

「モリアーティの反応はなかったのね」

沙貴はこっくりと頷いた。

「言わば、あれはあなたの仕掛けたテストだったのね。……そういえば、あなた、今日のテストには出席しなかったわね。何してたの」

典子が思い出して言うと、相手はぴくりと眉をあげた。

「教授のところにお客さんがあったものだから、私、その様子を探ってたの」

「お客さん？　モリアーティはこの学園内の人物なの」

青い光に濡れた少女のほうに驚いた典子が首を突き出すと、

「それはもちろん。怪談が学園外にまでひろがると思っていなかったことは昨日も言った通りですから」

「ああ、そうか。……そうね」

典子は納得すると同時に、ふと今日のテスト前、駐車場に一台の車が止まったのを思い出していた。お客さんというのはあの車に乗ってきた人物なのだろうか。典子がそれを口にすると、沙貴は頰に手をあてるようにして、そうかも知れませんと答えた。

「でも結局うまくいきませんでした。窓の外から話を聞こうと思ったんですけど、よく聞こえなくて」

沙貴がそのまま語るには、来客が訪れたときに限らず、〝教授〟の身辺の調査はたびたび行なっていたという。

「言っちゃいなさいよ。モリアーティは誰なの」

しかし典子がそう促したとき、扉のほうで板が軋むような物音が聞こえた。二人は思わず振り返ったが、音のした方角はそれっきり、もう何事もなかったようにしんと静まり返っている。

「何かしら」

ぞくりとするものを背中に感じながら、典子は沙貴の顔を見返した。少女の表情は再び青白い蠟細工に戻っている。

典子はそっと立ちあがった。

古い洋館にふさわしい、黒ずんだ頑丈そうな扉だった。月の光はそのあたりまでは届かず、更紗《さらさ》を重ねたような薄闇が垂れ落ちている。

勇気を奮い起こして典子はその扉に近づいた。依然物音はない。しばらくためらって、典子は扉を押しあけた。人影はなく、廊下は百年も昔からそうだったように深い沈黙を保ち続けていた。首をのばして左右を見透かしたが、並ぶ部屋部屋の明かり取りから洩れる乏しい光しかない一本道は、先のほうですっぽりと闇のなかに呑みこまれている。

「おかしいわね」

首を振りながら典子はベッドに戻った。

「校長先生よ」

硬い声で沙貴は呟いた。

「え？」

「校長先生よ。モリアーティ教授は校長先生なの」

「何ですって！」

典子は恰幅のよい老婦人を思い出して、呆れたように叫んだ。

三十三　一本の釘

「へえ？　あの校長が」

須堂は誰もいない教室で眼をまるくした。そう言う息が一瞬白く立ちのぼる。

「そうなの。沙貴って子の話では、校長のメモとか独り言とか、いろんな言葉の切れ端を繋ぎあわせて、その三つの要素を抽出したんですって。……彼女にどんな不吉な影がつきまとっているのか、もうひとつはっきりしないんだけど、何かに怯えているのは確かなんだそうよ。ひとりでいるときはひどく思い悩んでいるふうだし、一度あの子が校長室の窓から覗いてみると、血相を変えて手紙のようなものをビリビリ引き裂いていたこともあったって」

「へえ」

「あの子も相当好奇心の強いほうらしいわ。あとでゴミ箱をあさって、その手紙の切れ端を何枚か捜し出したそうよ。ほとんど意味は読み取れなかったけど、そのうちの一枚に、例のふたつの屍体がどうのこうのという文章があったんだって」

「ふうむ……。なかなか興味深いね」

様ざまな謎がひとつに絡みはじめて、須堂もようやく関心を惹かれたように、のっぺりした顔に眉根を寄せた。

「実は昨日、夜になってトムから連絡があったんだ。意外な事実がこちらでも明らかになったんだよ。……ホラ、地下鉄で死んだ水野礼子って女が掛川の墓地に行ったでしょ。そのとき捜していたのが、何と赤沢氏が盗作したと問題になっている《豆腐図式》の原作者、冴野風花のお墓だったんだ」

典子はぽっかりと口を開いて、声も出なかった。

「その人の本名は加納房恵というんだって。……いやあ、僕もそれを聞いたときはびっくりしたよ。眼が眩むようだったねえ。何がどうなっているのやら」

「……何で智久がそんなこと」

　やっとそれだけ尋ねると、

「アナグラムだとさ。加納房恵と冴野風花が文字の並べ換えだということに気づいたんだって。さすがに天才少年と言われるだけのことはあるね。感心したよ」

　それを聞くと、典子はようやく納得したように胸を撫でおろして、

「洒落たところに気づいたわね。これでますます面白くなってきたわ」

　面白くなってきたのは確かだろうが、謎がいよいよ深まっていくのもまた事実だ。典子も心の底でそれを認め、言いながらふと、窓から昨日と同じように駐車場のほうを眺めた。

　無論そこに昨日の車はない。

　今までどんな車か思い出せなかったが、不思議なことに、同じ情景を見て急にその像がまざまざと浮かびあがった。黒い自動車。横に一本、プルシアン・ブルーのストライプが走っていた。

　そのとき生徒が四人、談笑しながら部屋にはいってきた。

「オヤ、まだテストの時間まで二十分近くもあるんだよ」

　須堂がそちらに呼びかけたが、

「いいんです。須堂先生とお話ししたかったから」

ひとりの生徒がそう答える。見ると、昨日テストの前に須堂に質問をあびせかけた少女だった。

「はあ……？」

須堂はポカンとした顔で典子のほうを振り返った。ほかの三人もその年頃独特のクスクス笑いを寄こす。典子はそこにこめられた気分が分かるような気がした。悪意だけではない、かと言って好意だけでもない、それらの混じりあったリバーシブルな笑いだ。

「何ですか、話って」

「まあ坐りましょうよ、先生」

笑うと鼻の頭に小さな皺の寄る、小悪魔的な愛くるしさを最大の武器にしていると思《おぼ》しい少女は、その場の主導権を簡単に握った。

「あたし、森川彩子《もりかわあやこ》よ。よろしくね、先生」

「森川――。ああ、テストの内容は憶えてるよ。なかなかユーモアある解答だったね」

「わあ、憶えてくれてたの。嬉しいわ、先生」

そうやって五人の他愛もない会話がはじまった。典子は少し離れて、それを呆れるように眺めていた。

須堂のどこが気に入ったものか、とにかくこの少女たちは、モーションをかけるというほど積極的なものでないにせよ、幾分その気味をちらつかせていることは確かだった。

「あんなことやって、何を調べてるの」

「大脳生理学って、どんなことするの」

「研究所って、この近くなんですって」

そんな質問が矢継ぎ早に出されるところを見ると、少女たちの須堂に対する興味には、あまり一般的でない彼の肩書きも大きな割合を占めているのだろう。もう少しつっこんで言えば、その肩書きと須堂の外見との奇妙なアンバランスに少女たちの興味は集中しているに違いない。

須堂は幾分ぎこちなく、それらの質問に几帳面に答えていた。しかし、しばらくするとその不思議な人気集中をどう誤解したものか、その応答には次第にゆとりのようなものが加わっていった。

――すぐ図に乗る性格なんだから、もう。

典子はおかしいやら阿呆らしいやらで、プイと窓の外に視線を戻した。

――さて、私はこれからどうすればいいんだろう。

不可解な絡みあいを見せはじめた謎をどうやって追いかけていけばいいのか、典子は考えを整理しようとした。

――まず赤沢真冬というのがどういう人物なのか、それをはっきりさせなくちゃ。彼に罪をかぶせようとした人物もつきとめないと。……そしてその人物は何のために名前を騙ったのか。その人物と加納房恵＝冴野風花との繋がりは何なのか。赤沢はどうしてすぐに自分の作品でないことを通告しなかったのか。謎はいっぱいあるわ。

――水野礼子を突き落とした人物は何者なのか。何のために殺したのか。……水野礼子と加納房恵＝冴野風花との関係は。

――それらのことと、あの墓地で見つかったふたつの屍体とはどんな因縁があるのか。そもそもあのふたつの屍体はそれぞれどういった人物なんだろう。

――そしてこの学園の校長は一連の謎のなかでどういった位置を占めているのか。あるいは全く無関係なのか。

整理すればするほど謎は絶望的に深いような気がした。

「たどり来て未だ山麓……か」

典子はぽつりとそんなことを呟いた。所詮一人や二人の力では、大海の底から一本の釘を見つけ出す作業には限界があるのかも知れない。――ともすればそんな諦めに傾こうとする気持ちを、しかしわずかに奮い起こしてくれるのは、それが確かに一本の釘であるという信念だった。

表面に浮かびあがる謎がどんなに複雑であろうとも、その核心である真相自体は常に単純なもののはずなのだ。ぼんやりとではあったが、典子はそんなことを考えていた。

ふと自分の名前が呼ばれたような気がした。須堂たちの会話からだ。

「先生と牧場さん、恋人なの？」

細く落とした声だったが、それは典子の耳に届かぬほどではなかったのだ。典子は振り返らず、その会話に注意を戻した。

「そ、そんなこと、ないよ」

須堂は慌てて打ち消す。少女たちの黄色い笑い声がそれに重なった。

――そんなこと、ない、か。

ぼんやり胸の奥で反芻《はんすう》しながら、典子は奇妙な苛立ちを覚えていた。その苛立ちに気づくことが再び自分自身を苛立たせるような、奇妙な感情だった。

——ああやってからかわれているのに、まだ気づかないのかしら。

しかしそのまま会話は続いて、須堂は話題を学校のほうに移していった。

「厭な先生とかいるんだろうね。やっぱり」

「そりゃあそうよ。みんな須堂先生みたいだといいんだけどな」

「そりゃ有難う」

典子は背中を向けながら、鼻の下を伸ばした須堂の顔を想像した。

「どの先生が厭かな」

「それはもう、まず訓育主任の津村先生ね」

一人が答えると、

「私も」

「私もよ」

「いやァね、あの先生」

次々に賛同の声があがる。

「青虫って渾名なのよ。名前呼ばれただけでゾーッとしちゃう」

「その次が化学の南先生。ヘンに明朗ぶっちゃってさ、話聞いてると気持ち悪くなるわ」

「それ、言える」

寄ってたかって、少女たちの批評は手厳しかった。

「ナルホド、ナルホド……じゃあ、あの校長先生なんか、どう」

典子ははっとした。先生、これをこの子たちに訊こうとしていたのか。

「ううん。そうねえ」

口を開いたのは彩子という少女らしかった。

「最初はやさしい、いい婆さんだと思ってたけど……」

「ここんとこ、何となく情緒不安定気味ね」

「うん、そんなときもあるわ」

ほかの少女たちも同様の評価を並べたてる。

「へえ。だんだん怒りっぽくなってきたの」

「怒りっぽいっていうか……ねえ」

「うん。最初はあたしたちにもよく話しかけてたけど、そんなこと、今は全然——」

「ムッツリしてることが多いわよね」

須堂はひと呼吸置いて、

「ふうん、いつ頃からなの」

「そうね。……ここ一年くらいかな。そうなったのは」

「そういえばそうね」

沙貴の話とも合う。典子はひそかに頷いた。

「校長先生はこの学校のなかに住んでるの」

須堂の質問に彩子が答えた。

「……家は別にあるわよ。週に二回くらい、そちらに帰ってるみたい。校長先生、オールド・ミスなのよ」

「欲求不満かしら」

別の少女が言うと、再びキャッキャッと笑い声が打ち重なる。

「そういえば、面白いこと聞いたわ」

そんな話題のなかで、ひとりが突然に言いだした。

「校長先生が住んでるの、マンションなのよ。そこに私のママの友達も住んでるの。ううん、階は違うんだけどさ。……その人から聞いたんだけど、同じマンションに男の人がいて、最近頭がおかしくなっちゃったんだって。ホラ、『恐怖の問題』みたいにさ。それが校長先生の隣の部屋の人なんだって」

「へええ」

須堂のあげた声と同じく、その話は典子の興味を惹いた。

「おかしくなったって、どんなふうなの」

「ううん、又聞きだからよく分かんないけど、鍵かけて出てった部屋のなかで猫が殺されたとか……そんなこと言って」

「猫!?」

その勢いに驚いたのは少女たちのほうだった。典子も思わず振り返る。どうなっているのだろう。どうしてそんなことまでが結びついてくるのだろう。そんなはずはない。そんなはずは。須堂と典子は顔を見あわせた。

「先生……天野さんに紹介したという患者さん――」

「うん」

茫然と須堂が答えたとき、ほかの生徒たちがゾロゾロとはいってきた。

テスト中、二人ともほとんどうわの空の状態だった。その日のテストには秋村沙貴も出席したが、そんな二人を彼女は不思議そうな顔で見つめていた。

三十四　バンザイを叫ぶ

須堂は研究室に戻ると、早速天野に連絡を取り、紹介した患者の氏名と住所を確認した。瀬川謙一。そして彼の住むマンションは、やはり少女に聞いた名称と同じだった。

「つい何日か前、もう一度会ったよ。やはり単なる神経症だね」

天野の言葉を遠くに聞きながら、須堂は激しい惑乱に囚われるのを意識していた。

「これでいったいいくつの謎が結びついたんだろうね」

電話を切った須堂に、智久がそばから声をかける。

「ああ、トム。参ったね。今は頭がおじやになってて、冷静にものを考えることができないよ」

暖房がききすぎているのか、額に浮かんだ汗を須堂はつるりとハンカチで拭った。

そのままほとんど一分も沈黙が続いたが、

「でもやっぱり真相が分かれば、案外単純なことなのかも知れないよ」

智久は力づけるように言って、

「とにかく、とりあえずボクらにできることはいくつかあるよ。……藍原さんに赤沢さんの住所を教えてもらって、ボクらが直接訪ねてくんだ。それと『詰将棋の泉』の発行者から加納房恵のことをもっと詳しく訊く。……そうだ。それに掛川で出た屍体の調査がどうなってるのか、いっそのこと警察に訊いてみたらどうなの。……あとはその校長先生とか瀬川って人に……」

すると須堂は半ばうんざりしたような顔をあげて、

「そうだね。ヤレヤレ、電話代がかさむなあ。……じゃ、まず、いちばん料金がかかるところからやっつけようか」

「アームチェア・ディテクティブじゃなくって、テレフォン・ディテクティブだね」

「変なこと言ってないで、同人誌の発行者の電話番号、教えてよ」

智久からそのメモを受け取ると、須堂は受話器を再び手に取った。

それで得られた情報は、しかし重要な推理の材料と言えるものかどうか分からなかった。ただ、加納房恵という人物がプロ棋士を目指していた、まだ十二歳の少女だったという事実は充分意外だった。

死んだのは五年前。当時まだ中学にはいったばかりだったという。女流棋士を目指す少女にとって、だから詰将棋の創作など、全くの余技に過ぎなかったのだろう。彼女の叔父がその趣味を持ち、同人誌の主宰者と親しかったという関係で、時折りそれに掲載していたのである。家族で紀伊方面に旅行に行き、その途中、バスが海に転落して死者を二十人近く出したという事故に巻きこまれ、不運にも加納家は三人全員が亡くなったというから、例の墓のそばには父親と母親のそれも並んでいるのだろう。

須堂はあまり気乗りがしなかったが、念のためにその叔父という人物の連絡先を訊き、電話を入れてみた。

けれどもそれ以上の重要そうな話は聞き出すことができなかった。水野礼子という名にも心あたりはないという。しかも、

「……ひどいじゃありませんか。そのバスの運転手、それまでブツブツ独り言を呟いてて、突然ハンドルから手を離し、〝バンザーイ〟と叫んで、それでそのまま海に転落したっていうんですから。頭がおかしかったんですよ。どうしてそんな運転手をねえ……。また、そんなバスに何でたまたま乗りあわせたんだろうと思うと、もう情けなくってねえ……」

そんなゾッとするような暗澹《あんたん》たる話を聞かされて、受話器をおろした須堂はすっかり気が滅入ってしまった。それに対して直接応接していない智久は、囲碁と将棋の違いはあれ、加納房恵が自分と同じプロ棋士を目指していたという事実に興味津々ので

いだった。

「何をふさいでるの。今度は警察、警察」

その智久に急《せ》きたてられ、須堂は静岡の県警の番号を案内に尋ねる。

けれどもなかなかそんなことを教えてくれないだろうという予想を裏切って、割に詳しいところまで聞くことができた。別に秘密にするようなことではなかったせいか、それともたまたま担当の人間の機嫌がよかったためか。こんなことならもっと早く訊いておけばよかったと思うほどだった。

「ああ、あれね。もう身元ははっきりしましたよ」

相手はあっさりそう言って、

「一人は高木敏子《たかぎとしこ》、七年前に行方不明になっていた、当時二十歳だった学生で、もう一人は坂田祐介《さかたゆうすけ》、こちらは五年前から行方不明だった、当時五十くらいの香具師《やし》。……女の屍体からは毒物反応があり、男は後頭部の頭蓋骨が陥没していましたが、二人が何であそこに埋まっていたかはまださっぱり分かっていないんです……」

続けて説明するには、白骨化の状態から見て、女のほうが男よりも先に埋められたのは確からしい。つまり、まず女が埋められ、何年か後に再び掘り返され、そこに男がいっしょに埋められたということだ。そのあたりは例の噂の内容と奇妙な一致を見せるが、須堂はその暗合に対してももう驚く気にはなれなかった。

さらに、両者のあいだに具体的な繋がりをどうしても見つけられないでいるため、この二人が同じ場所に埋められていた理由も不明だが、それ以前に他殺事件かどうかもまだはっきりしていない情況が続いているという。

「ただ、奇妙な共通点がたったひとつあるんですわ。何だか馬鹿馬鹿しいようなことなんですがね、女のほうは大学で将棋の歴史を研究していたというし、男のほうも主な仕事は大道将棋だったというんですよ――。ほれ。よく道のはたで将棋盤をひろげて……」

今度こそ須堂も驚いた。相手に不審がられぬよう声を抑えるのに苦労するほどだった。

同時に、須堂の脳裡に閃くものがあった。

「その女性、何という大学に通っていたか分かりますか」

少し声が震えていたかも知れないが、相手は別段怪しむふうでもなく、その名称を教えてくれた。

大学に尋ねると、須堂の直観はまさしく的中していた。水野礼子はそこに在籍していたのだ。年齢的に言っても高木敏子と同じ頃だから、同じ将棋史の研究ということで両者のあいだに交友があったのは間違いないだろう。

「やった、やった。須堂さん、エライ」

智久がはしゃぎまわる通り、それは大きな収穫だった。

「これでますます謎が繋がってきたじゃない。さあ、こんどは藍原さんだよ」

勢いに乗って次の電話を促す。

藍原は大学でなく、自宅のほうでつかまった。赤沢真冬の住所を尋ねると、しかし相手はすぐに答えず、それがねえ、と口籠《くぐも》ったように呟いて、

「……今日、『図式ロマン』の編集者から連絡があってね。手紙に書かれていた住所を訪ねたところ、そこの住人に、私は赤沢真冬なんて人物じゃない、詰将棋なんかまるで知らないと追い返されてしまったそうなんだ。……我々は二重に騙されたんじゃないのかねえ。何が本当なのか、どの手紙がニセ物なのか、よく分からなくなってきたよ……」

須堂はしばらく返す言葉もなかった。その様子を不審がった智久がせっつき、ようやく藍原の言葉を伝えると、智久は驚きながらも、オヤ、というふうに首をひねった。

「ちょっと電話、代わっていい？」

智久は受話器を受け取って、

「その人、赤沢って苗字だったの」

「いや、名前は全く別だったそうだよ」

低い声で藍原が答える。

「変だなあ」と、智久。

「何が変だって」

「……だって、所番地が同じでも、いちおうその周辺を何軒かあたってみるべきじゃないの？　編集の人、どうしてその家って限定できたのかな」

「ああ、そういう意味か」

藍原の声は和らいだ。

「家じゃないんだ。マンションだったんだよ。手紙に書かれていた住所には何号室かまで示されていたからね」

「ああ——そうか」

智久はバツが悪そうに電話のこちら側で頭を掻く。しかしその直後、恐ろしい予感が脳裡に閃いた。

「念のために、その住所、教えてよ」

「いいとも。港区六本木三の五七の二九Ｈ＊マンション四〇三号……」

智久は瀬川の住所をメモした紙に眼を吸いつけられていた。最後が四〇四号という以外、それは全く同一だった。瀬川の隣に住んでいたのは——。

「……校長……？」

「え!?」

電話のむこうで、智久の呟きを聞き咎めた藍原が叫んだ。

「どうして知ってるのかね。そうだよ。その人はある学園の女校長だった。……そのマンションにはたまにしか帰ってこないというので、編集者君、その学園まで行って彼女に会ったと言ってたがね」

「それはいつ？」

「昨日のことだと言ってたね」

「……じゃあ〝お客さん〟って編集の人だったのか！」

「……？」

洗いざらい説明するのはかなり面倒だったが、じっと聞いていた藍原は最後に坂田祐介の名前に反応を返した。

「聞いたことがあるね。……坂田祐介……。うん、そうだよ。大道詰将棋の創作でね。特に香歩問題を得意にしていた記憶がある」

「へえ。大道将棋を商売にしてる人って、創作もやるの」

「そりゃあ、やる人もいるよ。詐欺まがいの商売方法がすべてじゃない。ちゃんと良心的にやってる人もいるんだが、そうでないやからの多いのは残念だね……」

電話を終えて、智久と須堂は黙ったまま顔を見あわせた。ぼんやりと浮かびあがっては消えていく赤沢真冬の幻影を、二人はそれぞれ宙空に思い描いていたのかも知れなかった。

「校長の名前、何ていうの」

「矢島《やじま》真澄《ますみ》っていったっけ。真澄と真冬。そういえば似てなくもないな」

須堂はひとつ空咳をして、

「ともかく、これで校長と赤沢氏とが繋がってきたね。本人は否定しているけど、二人は同一人物かも知れない。……それとも、校長が赤沢氏を陥れようとした人物なのかも……」

「当たってみる一手だよ」と智久。

「校長に、直接？」

須堂は額をハンカチで拭って、

「はて。会ってくれるかな」

「だって明日が最後のテストでしょう。それが終わったとき、須堂さんからお礼を言ったり、むこうもご苦労さまなんて言ったりして、校長と会う機会があるんじゃない？……ほかの先生がいないときを見計らって、そのときうまくこの話を切り出すんだよ」

「……なるほどね。まあ、何とかやってみるけど」

「そうと決まれば、このことは姉さんにも伝えとかなくちゃ」

智久は再び電話を須堂の前に押し出す。

「トホホ、またか」

須堂はゲンナリと受話器を受け取った。

三十五　早急な結論

空は鉛色に濁り、厚く堆積した雲は色のない吐瀉物のように見えた。その幕に遮られて太陽は見えないが、そうでなくとも既に地平線に没しているのかも知れない。空は異様に暗く、給水塔の台に腰かけた典子は校庭の先に横たわった不吉な建物の影を眺め続けていた。

……二人の死者の唯一の共通項は将棋だという。

……そのうちの一人、高木敏子と、水野礼子とは関係があった。これも将棋においてである。

……女流棋士を目指し、詰将棋の創作もしていた加納房恵の墓を水野礼子は訪れた。その数日後、水野礼子は地下鉄で突き落とされて殺された。……

典子は何度も何度も、もう数えきれないくらいそれらのことを反芻していた。

……赤沢氏名義の詰将棋が雑誌に送られ、それは加納房恵が創作したものと酷似していた。

……赤沢氏はなぜか一ヵ月間、身に憶えがないという連絡を怠った。

……不審な手紙はその後も送られ、《豆腐図式》ふたつと《四桂一色詰》ひとつになった。その間、ようやく赤沢氏から手紙が届けられたが、そこに書かれてあった住所は矢島校長のものだった。

……矢島校長は自分が赤沢ではないと否定した。

……矢島校長の隣人が不思議な事件でノイローゼになった。

……矢島校長は詰将棋と盗作とふたつの屍体に関して何事か秘密を持っている。

……矢島校長は怯えている。……

これらの事柄をうまくひとことで説明するような、そんな図式が存在するのかしら。典子はそう訝しみ、思考は堂々巡りを続け、とどのつまり、再び最初から反芻を繰り返すほかなかった。

「牧場さん、考え事ですか」

典子はその声にはっと顔をあげた。いつのまに近づいたのか、眼の前に立っていたのは沙貴だった。紺の制服に赤い紐ネクタイが眼にしみる。

「考え事じゃないわ。考えようとしても考えられないの。すっかり空まわりの状態よ」

コンクリートの台に並んで腰かけた沙貴に、典子は思いきってすべてを説明した。一人で考えるより二人で話しあったほうが少しでもこの状態から抜け出せるかも知れないと考えたのだ。

「……あのお客さんは雑誌の編集者だったんですね」

じっと耳を傾けていた沙貴は眉を動かさず、ぽつりとそう呟いた。

「赤沢さんがひょっとして校長先生じゃないかとは私も疑ったことはあるんです。詰将棋と盗作……。あまりにピッタリ符合するんですもの」

「でも、校長はそれを否定したわけよ」

そこがややこしいのだと強調するように、典子は相手の顔を覗きこむ。

「そうですわね。……早急な結論は控えたほうがいいですわね」

沙貴はそう言ってしばらく考えこみ、

「逆のことは考えられないかしら」

影を濃くしていく校舎のほうを眺めたまま、そんなことを口にした。

「あの詰将棋を送ったのはやはり本当の赤沢さんで、あれは私の送ったものではないと連絡してきた手紙こそが赤沢さんの名を騙った別人のものだというふうに……」

「ええ？」

またしても頭がこんがらかってきた典子は額を指で押さえつけるように身を屈めて、

「……それはやっぱり変じゃない。それじゃ本当の赤沢さんは類作問題の指摘をまるで無視して作品を送り続けているってことになるわよ。それに赤沢さんにしろ、赤沢さんの名を騙った人物にしろ、どうして校長の住所を書いたのか。また、赤沢さんの名を騙った人物は何のためにそんな代弁をしたのか。ますます訳が分からなくなるでしょ」

けれどもそうやって突飛な意見が出たせいか、空まわりしていた典子の思考に突然様ざまな直観が閃いた。

「そうだわ。いくつかの場合に分けてみましょ」

典子は素早く考えを整理した。

「もし、校長が赤沢氏である場合。――そう、これは簡単だわ。校長が赤沢真冬というペンネームで詰将棋を創作していることを知っていたある人物が、何らかの理由で赤沢氏名義の作品を雑誌に送った。……あなた、校長が何かに怯えてるようだったって言ったわね。……そうよ。自分の作品じゃないことを一ヵ月間連絡しなかったのも、そしていったん連絡したものの、その手紙に書いた住所を訪ねて来られると、自分は赤沢ではないと言い張ったのも、みんなその〝怯え〟からに違いないわ。……その人物は校長にとって、それほど恐ろしい存在だったんじゃないかしら。

もし、校長が赤沢氏でない場合。――ややこしいのはこれよ。この場合、あれは私の詰将棋ではないと書き送った手紙が赤沢氏のものである場合と、赤沢氏以外の人物のものである場合にさらに分けられなくちゃいけないわ。……前者の場合、赤沢氏は自分にかぶせられた罪はヌレギヌだと主張しているにもかかわらず、自分の住所には別人のものを記したことになる。これはどう考えても不合理、不自然だわ。……後者の場合は、赤沢氏でない人物が赤沢氏に代わって無実を主張したことになる。……その人物が校長であるにせよ、そうでないにせよ、これもまた不合理、不自然よね。

校長が赤沢氏でないと仮定すると、いろいろの事柄がひどく不自然なものになってしまう。……いっぽう、校長が赤沢氏だと仮定すると、その説明がずいぶん単純ですっきりしたものになる。……ねえ、ちょっと背理法的だけど、これはつまり、校長は赤沢氏だという証明になるんじゃないかしら。いかが」

典子はすらすらと語って、沙貴の反応を窺った。

「牧場さん、素晴しいわ」

じっと聞いていた少女はようやく顔を典子のほうに向けた。白いつややかな額にひとふさの黒髪が流れ落ちる。どうかするとそんな一瞬、大人びた感じが影をひそめるのだ。

「ではやはり、校長先生が赤沢さんだと考えていいのですね」

「絶対確実とは言えないけど、そう考えなきゃ、とにかく先に進めないわ」

典子はそろそろ灯のともりはじめた校舎の影に眼を移し、ぶるっと肩を震わせて、

「体が冷えちゃったわ。戻りましょ」

そう言って立ちあがった。校庭のなかほどで振り返ると、濃い鉛の空に給水塔は漆

黒の影絵のようだった。

「さて、そうすると、赤沢氏名義で詰将棋を送った人物が誰かということになるわね」

典子は自分に言い聞かせるふうに、

「まず、その人物は加納房恵の詰将棋を知っていた。……詰将棋評論家で棋書の蒐集もやってる笹本さんなどは別として、『詰将棋の泉』なんて同人誌を知ってる人はほとんどないんだから、むしろ加納房恵個人をよく知ってる人物の可能性が大きいわね。……それからもちろん、その人物は矢島校長が赤沢真冬であることを知っていた。……そしてさらにその人物は自分でも詰将棋の創作ができる。……この三つの条件に該当する人物、心あたりある？」

「詰将棋ができて、二人を知ってる人間ですね……」

沙貴は靴をスリッパに履き替えながら、

「校長先生の周囲にそういう人物がいるとしたら、友人という関係にある人間でしょうね。校長先生が詰将棋をやるなんてことはほかの先生方もご存知ないようですから」

「そのことはほかの教師に確かめたの」

「ええ」

二人は並んで階段を登る。談笑しながら降りてくる何人かの少女たちとすれ違い、仄暗い踊り場を過ぎて、典子は囁くように質問を続けた。

「この学園には将棋のクラブってないの」

「ええ」

「教師のうちで将棋のできる人は？」

「女の方が多いから……。前はできる先生もいらしたけれど、もうおやめになったし、今は誰もいらっしゃらないようです」

「ふうん」

典子はしばらく滑らかな手摺の木膚に眼を落としていたが、

「それじゃ、あなたはどうして詰将棋をやるようになったの」

我ながら冷ややかと思える声でそう言った。

「やるといっても、創作なんてもちろんできないんですけど……」

沙貴は大人っぽさを取り戻した表情にかすかな笑みを浮かべて返した。

「将棋のルールくらいは小さいときから覚えてました。詰将棋に興味を持ちはじめたのは、とりもなおさず、校長先生の様子に不審を感じて、それがどうやら詰将棋に関係がありそうだと分かったときからなんです。……パズルやクイズの類いは前から好きでしたし、いろいろその関係の本を読みだすと面白くなって……」

「じゃあ、一年にもならないわけ？」

「そうです。校長先生の様子がおかしいと感じたのが一年くらい前。例の破り棄てた手紙などを調べて、三つのことがそれに関係しているらしいと分かったのが今年の三月。私がそれをもとにして怪談を作ってみたのが四月頃だったかしら」

「一年くらい前ね。……その頃矢島校長の身に何か変化が起こった。……多分、それは脅迫じゃないかしら。校長はそれに怯えるようになった。もちろん盗作の罪を着せようとしたのもその一環よ。校長が一ヵ月連絡しなかったのけその人物を恐れてのことじゃない？」

階段を登りつめると、廊下には生徒たちの姿が何人も見えた。あと三十分ほどで食事の時間になるのだ。

部屋に戻ると、典子は沙貴の椅子に腰かけた。そうしてベッドのほうに腰をおろした沙貴に向かって、

「校長を脅かしているその人物こそ、かつて二人の人間を殺害し、今度また水野礼子を地下鉄で突き落とした張本人じゃないかしら」

いきなりそう言葉を投げたが、少女は赤い紐ネクタイの端をつまんだ恰好で、

「不思議だわ」

窓のほうを見つめながら呟いた。

「校長先生はもう六十五を過ぎていらっしゃるわ。四十の頃にお父様のあとをお継ぎになったと聞きましたから、もう二十五年以上ものあいだ、ずっとこの学校にいらっしゃるわけです。もちろん、それ以前からもずっとひとりで詰将棋を楽しんでらしたのでしょう。……でも、ほとんどの時間をこの学園で過ごし、それが二十五年も続いてらっしゃる校長先生が、どうやって詰将棋関係の友人をお作りになったのかしら」

沙貴は小さく首を振って、

「いいえ、それはいいとしても、そんな校長先生が五年前や七年前の殺人事件と関わりあるはずないですわ。……だとしたら、校長先生が怯えてらっしゃるのはそのこととは関係ないはずなのに。……ふたつの屍体……あの言葉、別のものを意味してたのかしら……」

「ダメよ。早急な結論を出すのは」

典子は少女の言葉を遮った。

「確かに現在のところ、校長と掛川の殺人との関係は薄いように見えるかも知れない

けど、人間、どこでどんなことに関わっているか、傍目《はため》で分かるもんじゃないわ。だいいち、そんなにゴロゴロあちこちで屍体が転がったりしちゃたまんないわよ」

しかし典子がそうつけ加えたとき、沙貴はもうそんな話を忘れたように眼を見開いて、

「あ。雪」

弾んだ声をあげた。いかにも窓の外に眼をやると、すっかり闇に鎖《とざ》された空から幾筋もの白い軌跡が降り落ちている。

「ホワイト・クリスマスになるかしらね」

典子は溜息まじりに呟いた。すべては明日を待つよりないのだろう。次第に激しくなりつつある雪を眺めながら、ぼんやりとそんなことを考えた。

「わたしの頭はがらんどう、なくした過去を懐かしむ――」

寝転びながら少女は妙な詩を口ずさんだ。

「なあに、それ」

「ジャン・コクトーと秋村沙貴、共作」

どこまで変わった人間なのか。典子は思わずつりこまれたように笑った。

三十六　極めて稀な例

「お話は分かりました」

矢島真澄校長は須堂と典子の話を聞き終わって窓から離れた。ゆっくりと椅子に腰をおろし、しかしそれで何か言葉を返すかと思えば、机の上に手を組みあわせたまま何事か瞑想に沈むように黙りこむのだった。

決して肥満体というのではないが、骨太の頑丈そうな体軀のこの女性は、けれどもこうして見ると、やはりひとりの老婆であった。額の縦皺は今刻みこまれたものだが、純白にわずかに黒の混じった髪も、落ち窪んだ眼窩《がんか》も、苦悩に項垂《うなだ》れた人間を縁どるものとしてはあまりに傷ましく思われた。

一分近くも沈黙を続けていた校長は、固唾《かたず》を呑んで待っていた二人にようやく顔をあげて、

「はっきり申しあげておきますが、私はその殺人事件とかにはいっさい関係がありません。また、かつて私は詰将棋なぞを作ったこともないし、まして赤沢真冬という名を名乗ったこともないのです」

そうきっぱりと言いきった。その凛とした気魄《きはく》に押され、須堂は一瞬、言葉を返すことができなかった。

「……そうですか……」

しかし彼女はすぐに威厳ある笑みを取り戻して、

「でも、そのほかの点に関しては説明しておく必要がありますね」

無理をしているのかどうか、恬然《てんぜん》とした口調でつけ加えた。

「まず、私のお隣の瀬川さんが不思議な出来事に悩まされておいでのことは伺いました。でももちろん、これは私とは関係のないことです。……それから一昨日私のところに訪ねていらしたのは確かに雑誌の編集の方でした。それに実は何日か前、マンションのほうに笹本という方もお見えになりました」

そして少し厳しい表情に戻ると、

「一年ほど前から私の様子に不審なところが見られるようになったという点に関しては、振り返って、全くその通りだったと思います。……妙な手紙が送られてきたり、この部屋のなかが掻きまわされていたり……おかしなことが続くものですから。でも、詰将棋だとか、盗作だとか、ましてふたつの屍体がどうのこうのというのは私には全く心あたりのないことです」

「……ふうん」

須堂はソファーに凭れこむように首をひねって、

「その手紙の文面を憶えてらっしゃいますか」

「それが……」

再び彼女の額に深い縦皺が刻まれた。それは思い出すのが困難だというのではなく、むしろ口にするのも穢らわしいというふうに受け取れた。

「……こんなふうにはじまっていたでしょうか。……『私はもうひとりのお前である』……それから『お前がお前として存在していることは罪である』……こんな気味の悪いことがうだうだと書き並べてありましてね……」

「……ふうん？」

須堂はしきりに自分も眉間に皺を寄せて唸った。典子はその様子を横目で見ながら、それが須堂の、何か仮説が立ちはじめたときの癖であることに気づいていた。

「……それから……？」

「……ええと、何だったかしら……『お前は詰将棋の手順をたどるように、災厄のなかへと落ちてゆくだろう』とか、『駒の配置は既に決められている』とか、『お前は私から私の場所を奪ったように、盗作の罪をかぶることになるだろう』とか……。多分、こんな内容だったでしょうか。そんな意味もよく分からない文章が続いていました。それから『お前の失った時間の底には、お前の犯した殺人もある。そうだ。殺人だ。ふたつの屍体がそこにある』だったかしら。……『そしてそのあとに夥しい屍体が並べられた』とも書かれてありましたか……。とにかく、あんな気味の悪い手紙は初めてでしたよ」

「……？」

須堂は首をひねり、額に指をあてる。けれども典子にはその話から何ひとつ仮説を立てることができなかった。無論、彼女の言葉にいくつかの嘘が混じっているというのなら別だ。けれども矢島校長の表情の動きを仔細に眼で追ってみても、典子はそこに意図した虚偽があるとはどうしても思えなかった。もしもそれが嘘だとすれば、この老婆はよほど優れた演技者か、もしくは天性の詐欺師であるに違いない。

「校長先生はこの寮で流行っている噂のことはご存知ですか」

典子はそちらのほうから探りを入れることにした。

「噂。――ああ、あの怪談ですね。存じていますが」

案に相違して、その答はあっさりと返された。

「噂の題名も、ですか」

「……確か『恐怖の問題』でしたか。面白い話を考えるものですね」

「…………」

校長は噂の意味に何も気づいていないようだった。

「あれをつくった生徒は誰かご存知ですか」

「……さあ、別に調べたわけではありませんから。でも、およその見当はつきます」

須堂ははっと顔をあげ、急いで尋ねた。

「仰言って下さい。誰だとお思いですか」

「……多分、高校部の秋村沙貴ではありませんか」

「へえ……。どうして分かるんです」

「それは、ひとりひとりの性格を見れば、だいたいね。……秋村沙貴は落ち着きもあるいい子なんですが、時どき突拍子もないことを考えるところがあって。……多分、私のまわりを調べた生徒というのも彼女でしょう。本当にしようのない子です」

彼女は肘をついた両手を組みあわせ、苦笑しながら首を振ってみせた。

須堂は再び考えこむように額に手をやる。

「その、身のまわりのおかしいことはまだ続いているんですか」

「……ぽつぽつと、ですね。最初はとにかく気味悪くてならなかったのですが、さほど悪意のあるイタズラではないかも知れないし、どうしたものかとひとりでずっと悩んでいたのです。こうしてお話ししてしまうと、何だか肩の荷がおりたような気がします。……あなた方もこんなこと、言いだしにくかったでしょうが、気になさらないで下さい。むしろ感謝したい気持ちです」

「それはどうも」

校長の表情から暗さが全くふっきれたというわけではないが、その言葉にもやはり嘘はなさそうだ。典子は狐につままれた気持ちだった。

「最後にひとつ。――こんな悪戯をするような人間に本当に心あたりは全然ないのでしょうか」

須堂は額から手を離して尋ねる。それに対して校長はきっぱりと、

「いいえ、ありません。これは誓って言えますよ」

「そうですか。どうも失礼なことばかりお尋ねして申し訳ありませんでした」

須堂は立ちあがり、典子もそれに倣って頭をさげた。

「いいえ。また何かありましたら遠慮なくお尋ね下さい」

社交辞令では決してなく――少なくともそう思わせず――矢島校長は穏やかに言って二人を部屋から見送った。

建物の外はいちめん白に染めぬかれた世界だった。昨夜から激しく降り続いている雪のなかを二人は傘をさして校門を出た。

「どういうことかしら。赤沢真冬は本当に校長じゃなかったのかしら」

白い息を弾ませながら典子は須堂に囁きかける。

「何となく……否定の言葉に説得力はあったねえ」

「説得力……。探偵の言葉じゃないわ」

何センチも屋根に雪を積もらせたまま走る自動車の姿を見送りながら、典子はヤレヤレとばかりに肩を竦めた。けれども全く残念なことに、当の典子も全く同意見というほかないのだ。

「いったい赤沢真冬は誰なの？　あの手紙は誰と誰が書いたものなの？　ああ、そして殺人者は誰なのかしら……」

その呟きに答えるものはなかった。鉛色の空。空からは夥しい雪が降り落ちるばかりで、地面は縺れあった謎とともにすべて雪の下に埋めつくされようとしている。

ひょっとすると私たちは最初から大きな過ちを犯していたのだろうか。何か、とんでもない大きな過ちを。

しかし、そうだったにせよ、それはいったい何だったのか、縺れあったまま凝り固まった典子の思考回路ではその答を見つけ出すことはできなかった。

そもそも赤沢真冬などという人物はこの世に存在していなかったのではないか。そんな疑念すらちらりと脳裡を掠めて通った。そうなのだ。別に私たち自身が水野礼子の突き落とされる現場を目撃したわけではない。ふたつの屍体も実際に見たわけではない。これらすべてが架空の出来事だったとしたら――。

彼女の饒舌な妄想は浮かびあがっては砕け、泡のように頭蓋を充たした。

「ねえねえ、四通目の手紙が来たんだって」

二人が研究室に戻るなり、智久が大声で呼びかけた。最初は何のことか分からず、ポカンと口をあけていた須堂は、

「え。ニセの手紙が？」

「そうだよ。今藍原さんから電話があったの。また詰将棋が添えられてね」

「ふうん。あくまで送り続ける気なのかな」

「また赤沢真冬名義で、校長の住所が書かれてあったわけ？」

典子も興奮した声をあげると、

「そうだよ。とにかく内容を言うね。……『王の吊し首。もうひとつの《純四桂詰》です。吊すときは念入りにやらなければなりません』……だって」

「歪んでるね」

顔を顰《しか》めて須堂は言った。

「でも、また《四桂一色詰》だったとは意外ね。……ひょっとして、ずっとふたつずつペアで送ってくるつもりなのかしら」

ぼんやりと典子は呟く。赤沢真冬が誰かという問題は別として、典子はこの手紙を送り続ける人物の意図を全く計りかねていた。

「変だね。……変だね」

典子はそう呟く須堂の額に再び縦皺が寄せられているのに気がついた。

「先生、何か仮説を立ててるの」

あまり期待せずに尋ねてみる。

「いや、どうもね……」

曖昧に言って須堂は、

「何となく疑問に思ったんだけど、赤沢氏の名前を騙っているこの人物は《豆腐図式》を送ったとき、本当に誰かがそれを類似作だと指摘するだろうと思ってたのかな」

「どういうこと」

「つまり、何て言うか、この人物は本当に今みたいな盗作騒ぎを起こすつもりであの《豆腐図式》を送ったのかなってこと」

典子と智久は首をひねった。

「何を言ってんのかよく分かんないや。現に盗作騒ぎは起こっているではないか。須堂さん、ちょっと寝不足なんじゃない。それより校長と会ってどうなったのか聞かせてよ」

典子が語って聞かせると、智久はしばらく考えて、

「それ、やっぱり嘘じゃないの。校長が赤沢さんじゃないってこと、あるのかなあ。……でも、赤沢さんを尊敬するボクとしては、どっちがいいか複雑なところだけど」

言いながら髪の毛をクシャクシャと掻きまわした。

「でも、とにかくその人物が盗作騒ぎを起こすつもりであの《豆腐図式》を送ったことはこれでますます明白じゃない。『お前は私から私の場所を奪ったように、盗作の罪をかぶることになるだろう』と、ちゃんと自分自身で宣告してるんだから。……前半の意味は分かんないけど」

「……ふうん？」

須堂はしかしそれに答えず唸るばかりだった。典子と智久は顔を見あわせて肩を竦める。窓ガラスに雪が吹きつけ、カタカタと虚ろな音をたてた。

「変だなあ。須堂さん、いったい何を考えてるの」

「うん……」

須堂は急に情けない表情を見せて、

「――極めて稀な例を」

「え？」

二人は同時に声をあげた。

「なあに、なあに、聞かせてよ」

智久は須堂の袖を引っぱったが、こちらは口を尖らせながら眼を剝いて、

「……僕、秘密主義だから……」

「わ。厭な性格。それ、秘密主義ってんじゃないや。ただのケチだよ」

「そうだよ。僕はケチで厭な性格だよ。知らなかったの」

「スゴイ、居直ってら」

智久も口を尖らせた。そこで典子が、

「ねえ、冗談はいいけど、こんなことしてるまに第二第三の殺人が起こったらどうするの。解決は早いに越したことはないんだから。どんな仮説でも、いちおうみんなで検討して……」

「殺人——ふむ。そりゃそうだ」

須堂は小さく頷いてみせる。

「犯人の見当はついてるの」

けれども疑わしそうに智久が尋ねたとき、実験室からのコールのブザーが鳴り響いた。須堂はひょいと腰を浮かし、

「僕の想像があたっていたら」

そう言いかけて二、三秒置き、

「犯人を存在させなくすることができるかも知れないよ」

奇妙な言葉を言い残して出ていった。

「何、あれ。犯人を存在させなく——？」

二人はしばらく顔を見あわせていたが、結局諦めてそのまま帰ることにした。

確かに須堂は何かに気づいたのかも知れない。一連の事件の底に流れる通奏低音《つうそうていおん》の正体を。

自宅への電車のなかで智久は黙々と深い長考に耽った。囲碁の修練で身につけた直観からか、ここが大きな勝負どころではないかという気がしたのだ。しかし茫洋と手広い局面を相手にしたように、少年は発見すべき筋をどうしても見つけることができ

ないでいた。

窓の外を走り過ぎるのは、ただ雪景色。

三十七 〝まかせろ〟と三度

街はクリスマス・カラーに塗りこめられていた。けばけばしいセールの看板。ツリー。サンタクロースが何人も歩道を往き交い、大きな商店からは例外なくジングルベルが流れている。

夕暮れが近い。

降りはじめた頃より勢いは衰えたものの、厚く垂れこめた雲は依然として雪を降らし続けていた。人びとの期待通り、珍しいホワイト・クリスマスだった。

けれども多くの商店にとっては、その雪はあまり有難くないものかも知れなかった。傘の上に雪を積もらせ、コートに身を包んだ人びとはそんな街の雰囲気を楽しんではいても、よき客であろうとはしないのだ。

大きな洋菓子店のウィンドーにはずらりとケーキが並べられ、アルバイトらしい女店員ができるだけそれを売りさばこうと、カン高い声で呼びこみを続けている。

歩道の流れはそれでも決して少なくない。

店の前にひとつの小柄な人影が通りかかった。

誰にでもそうするように、女店員はその人影に声をかけた。

影はふと立ち止まる。しばらくその場に佇んでいたが、ゆっくり首だけそちらに振り返った。

女店員の顔色が変わった。思わず後ろに体をひき、別の女店員にぶつかる。

影はしばらく彼女のほうを見つめていたが、それから思いなおしたように顔を背け、すぐに人ごみにまぎれて消えた。

「なあに。ボンヤリして」

ぶつかったもうひとりの店員が声をかける。通りに眼を向けたままの相手の顔を覗きこみ、

「やだ。どうしたのよ」

肩を揺すられて彼女はようやくはっとしたように、

「ううん、何でもないの。変な人がいたから」

「変な人？」

「ええ。私のこと、睨みつけたのよ。その眼ったら、ゾッとするような……」

「もういないの？　夢でも見てたんじゃない」

からかわれるように言われて、やっと彼女は笑顔を取り戻すと、

「そんなんじゃないわよ。フンだ」

そうやり返して再び呼びこみをはじめた。

歩道の陰からのっそりと背の高い影が現われた。その影はどうやら先程の一瞬の出来事をじっと窺っていたらしい。そして前方の人影を見逃さぬよう、ゆっくり同じ方向に歩きだした。

あとの人物が店の前を通り過ぎる。イルミネーションにわずかに映し出されたその人影は、赤いマント、赤い帽子、白い髯《ひげ》を胸まで垂らした、ひとりのサンタクロースだった。

その大柄なサンタクロースが小さな人影のあとをノソノソとつけていくのだ。

小さな影の足取りは遅い。人の流れに見え隠れしながら賑やかな大通りをゆっくり歩いていく。その影から十メートルばかり距離を保って、サンタクロースが尾行を続けている。意識して眺めれば実に奇妙な光景だが、そんなことに気づいている者は誰ひとりとていないだろう。

影は大通りを横に折れ、人影の少ない道を選んだ。そのままいくつかの角を折れ、

高い塀が続く道にはいる。

影は海老茶《えびちゃ》のコートに身を包んでいた。フードを頭から被り、そこに白く雪が降りかかっている。大通りの歩道は踏まれた雪が融けてしまっていたが、そのあたりは降り積もった雪に靴跡がくっきりと残され、街灯の明かりを受けて、道全体がぽおっと青白く輝いていた。

よく見ると、サンタの後ろにもうひとつの人影があった。ひょろりと背の高い影。やはり同じくらいの間隔を置いて、ゆっくりあとを追っている。こちらは傘をさし、くたびれた灰色のコートに身を包んでいた。

三つの影の行進は、しかしそれほど長く続かなかった。先頭の影は淋しい道をたどり、三叉路《さんさろ》になった地点で急に立ち止まったのだ。同時にサンタクロースも、そしてその背後の影も動きを止めた。

追跡に気づいたのだろうか？

しかしそうではないようだった。海老茶のコートを纏った影は、降り落ちる雪もかまわず青黒の空を仰ぎ見る。三叉路の一方には十階以上もありそうな白亜《はくあ》のビルが聳《そび》え立ち、その人物の視線は間違いなくその方向に向けられていた。

しかし、そんなところでビルなど見あげてどうするのだろう。影は化石のようにその姿勢を保ち、雪の降りかかるのにまかせながら、もうそこを動こうとする気配さえない。

それを見守るサンタクロースは一、二度ぶるっと体を揺すらせたかと思うと、帽子と白髯から雪を払い落とした。そして何事か頷くような素振りを見せると、ゆっくりその影のほうに近づいていった。三番目の影はあいかわらず傘をさしたまま電柱の陰に身を隠し、じっとその様子を窺っている。

空を振り仰いだ影のすぐ後ろにサンタクロースがのっそりと近づいた。

「バンザイ」

サンタの白髯がもぐもぐと動く。口籠《くぐも》った声がかけられると、その影は初めてびくりと体をおののかせた。慌てて振り返ったところに、サンタはその両手で、相手の両肩をがっしりと押さえつけた。

「私にまかせなさい」

ゆっくりとした言葉だった。低く、重く、ずーんと腹の底にしみ通るような声だった。

「私に――まかせ――なさい」

アクセントのない、言い聞かせるような響き。小さな影は凍りついたように身動きしない。

「私――に――まかせ――な――さい」

三度言って、サンタの声は急に囁くように小さくなった。ぼそぼそと相手の耳に語りかける言葉は遠く離れた三番目の人影のところまでは届いてこなかった。

朧ろな街灯の明かりに照らされて、その向きあった人影は一分、二分と動きを見せなかった。片方は真赤な服のサンタクロース、片方は海老茶の小さな影。その取りあわせはどこかしら現実のものであってはならないようなひどく歪んだ印象があった。

ふと気づくと、小さな影のほうが次第にゆらゆらと体を揺らしている。サンタの両手は、そっとその肩から離されたようだ。

傘をさした影はその有様をしばらく眺め、不意にほっと溜息をついた。そうして急にキョロキョロ周囲を見まわすと、電柱から離れ、静かに道を横切った。住宅の前の低い生垣が雪をかぶって珊瑚《さんご》のように見える。その横手にぽつんと立った電話ボックスにはいると、ふたつの影から眼を離さぬまま、人影は急いでダイヤルをまわした。

「…あ。牧場君。……そうそう。今、その最中。……そうだよ。……これでね、うまくいけば犯人はいなくなるかも知れないんだ……」

収束

三十八　かすかに紅いしみ

クリスマスが過ぎ、大晦日も過ぎて年が明け、正月気分を残したまま暦は成人の日に近づいていた。その間、智久や典子の耳には一連の事件に関する新たな進展はいっこうにはいってこなかった。

「ねえ、そろそろいいんじゃない。須堂さんの言った通り犯人は存在しなくなったのか、もう結果は出てるんでしょ」

ダイニング・キッチンのテーブルを前にして、例によって特等席を占めた智久は向かいの席に呼びかけた。

「うん。まあ、そうだね。もう結論は出たと言っていいかも」

テーブルの上に両手をひろげ、須堂も応じる。

「直観が早くあたって何よりだったよ。いずれにしても、殺人け最初からひとつだけと決まってたんだけど」

「あら。そうだったの」

典子は大きく眼を見開いてみせて、

「でも、あれがやっぱり殺人にほかならなかったとすれば、犯人が存在しなくなるってのはどういうことなの。――まさか、死んじゃったってわけでは」

二人の疑問はもっともだった。あの日以来、須堂は自分の仮説を語ろうとせず、ただ〝その仮説を確かめ、かつ犯人が存在しなくなるようにするためのある実験を行なう〟という謎めいた言葉を匂わすばかりだったのだ。

一度クリスマス・イヴの夜にその実験を行なっているという電話がはいっただけで、その後結果がどうなったのか全く知らされることもなかった。須堂の様子からして恐らく失敗ではなかったのだろうと推察できたが、そのことは同時に彼の仮説が正しかったことをも意味するのだ。

その後も全く解決の糸口さえつかめないでいる二人には、そのあたりのことをどう評価していいのか分からなかった。

「そういうことじゃなくてね、むしろ、まさに消えてしまったと言ったほうがいい。……ただ、本当に完全に消滅したのか心配だったので、少し時間を置いてみたかったんだ」

「へえ？　消えて――なくなったわけ」

智久は顔を顰《しか》めるように言って、

「ひょっとして……ねえ、病気なの」

「あ。さすがだねえ。その通り」

須堂は短く拍手した。すると典子も身を乗り出して、

「また、頭の病気？」

「そう。本当にこれは直観だよ。……とにかく今度の事件ではいろんな人物が怯えているという情況があるんだけど、脅かしている人物の正体はつかめず、しかもその人物はなぜ脅迫じみた行為を行なっているのか、理由らしい理由がさっぱり分からない。いや、それ以前に、その脅迫行為というもの自体、本当に存在したのかどうか、何だかすべてが作り事のように思えるくらい曖昧模糊とした印象を受けるよね。……いったいこれはどうしてだろう。脅迫者の精神のありように由来しているのは確かなんだろうけど……。そんなことを考えてて、ふと気づいたんだ」

須堂がそこまで言うと、二人は狐につままれたように首をひねって、

「つまり、犯人は狂ってたってこと？」

たったそれだけのことが大仮説だったというのだろうか。釈然としない面持ちで典子が訊き返すと、

「まあね。――でも、非常に珍しいケースだよ。この分裂した情況をひとつに纏めてみればよかったんだ。それに校長のところに送られてきた脅迫状の内容も考えあわせてね。脅かす側と怯える側。――つまり、二重人格なんだ」

「二重人格!?」

二人は顔を見あわせた。智久は昂奮したように腕をあげて、

「というと、そうか、別々じゃないんだ！　脅かしているのも怯えているのも、同じひとりの人間だってこと？」

「正解だよ。ハワイご招待」

須堂は悪戯っぽい笑みを浮かべて、テーブルの表面をつるりと撫でた。先程までの典子の掃除によって、ダイニング・キッチンはおろか、荒れ放題だった畳の間も今は見違えるほどきれいに片づいている。

「二重人格、またはそれ以上の多重人格は、通常、ヒステリーの一種として理解され

ているようだね。そしてヒステリーは広い意味での神経症に含まれるから、二重人格というのは決して精神病ではないんだ。幼児虐待など、幼い頃に受けた大きなストレスが引き金になるケースが多いそうで、ただ、海外ではけっこう症例が多いけど、日本人というのはもともと自我がフワフワしているせいか、本当にごく稀らしい。……まあ、このあたりは天野からの受け売りなんだけどね……。で、今回の事件には、そういった二重人格をあてはめてみるとよさそうなことに気がついたんだ」

須堂が説明すると、智久は急に眼をパチクリさせて、

「じゃあ、あれもそうなの。赤沢真冬も、赤沢真冬名義で贋作を送りつけた人物も、同一人物だってことになるの？」

「……お気の毒だが、そうらしいね」

智久は肩を竦めるように、

「クリスマス・イヴの実験って、そのことを確かめてたんだね。そうかあ。みんなあの校長のひとり芝居だったのか。……自分あての脅迫状を送り、それに怯え、赤沢真冬というペンネームで作品を発表し、もういっぽうで贋作を送りつけ……。それをひとりの人間のなかの別々の人格がやってたってわけ」

しかしそれには須堂は肯《がえん》じなかった。

「うん、やっぱりそう考えるよね。僕も最初はそう考えたんだ。でも、それだと人格の数はふたつじゃ足りなくなる。四つくらいはなくちゃならないよ。……だって校長は私は赤沢真冬ではないとはっきり断言したんだから。それに二重人格だろうが、四重人格だろうが、とにかく校長には将棋歴がない。……ここのところが肝腎なんだ。将棋に手を出したこともない人間が、人格が分裂して、その一方が詰将棋の天才になるなんてこと、あり得ないじゃない。もうひとつの人格のほうが詰将棋の才能を持っていることはあり得ても、習作期間もなく、いきなり前人未到の傑作を次々と創作することは不可能だよ。まして赤沢作品の特色はその難解性なんでしょ。それには高度な棋力をも必要とするし……」

「じゃあ、いったいどういうことになってんの」

智久は降参したように手をあげた。

「そうよ。だいいち将棋歴を持ってるような人物って、今まで浮かびあがった人間のなかにはほとんどいないはずよ。せいぜい……そう、笹本っていう人くらいじゃない」

「あ。待って。笹本……？」

智久は典子の言葉をさし止めた。

「そうだよ、笹本！　あの人なら殺された水野礼子とも面識があったし、詰将棋の創作もできる。笹本作品と赤沢作品の傾向は対照的だけど、それは分裂した人格のせいと考えてもいい。……そうだ。そして矢島校長を盗作問題に引っぱりこんだのは、もともと彼女に何か恨みがあったからで……」

けれどもそう言いながら、赤沢真冬が実は笹本だという自分自身の言葉に智久はどうにも納得できない様子だった。

「笹本ね。……それにはひとつの反論で事足りるんじゃないかな」

須堂は別に慌てるふうもなく、その説を否定する。智久が、え、と訊き返すと、

「校長は笹本氏と会見しているんだから、少なくとも校長のほうはそれまで笹本氏のことを全然知らなかったはずなんだよ。……仮に笹本氏が何らかの理由で一方的に恨みを抱いていたか、それとも盗作問題のなすりつけや脅迫の対象に全く無作為にあの校長を選んだのだとしても、手紙や電話によるそれはともかく、あの校長室に出入りしてまでの脅迫を頻繁に行なうのはどう考えても無理な話だもの」

「そう次々に否定されちゃうと、ますます分からなくなるわ」

典子はくらくらと首を振って、

「それじゃ、その条件に該当する人間って、誰もいなくなっちゃうじゃないの」

「それがそうでもないんだよ」

須堂は面白そうに言って、

「将棋歴のある人物。……そこのところが僕にも分からなかったんだけど、あることに疑いを持ってから、ほとんどの謎はたちまち解けてしまったよ」

「なあに、あることって」

「加納房恵という女の子は本当に死んだのかということだよ」

「え？」

奇妙なことを持ち出されて、智久と典子は呆気に取られた。

「五年前、加納房恵は両親とともにバスの事故で死んだことになっているね。だけどそのときの死者は二十人近く出てるんだ。ひょっとすると、屍体が発見されないまま死亡したと見なされた者もいたかも知れない。そして加納房恵もそのひとりだとしたら……。僕はそんな疑問を抱いたんだ。あとで叔父という人にそのことをもう一度確かめてみたよ。すると案の定、女の子の屍体は発見されないままだったそうだ。……それが五年前。当時中学一年で……というと年齢的に……」

「まさか、あの秋村沙貴!?」

典子はこれ以上ないほど大きく眼を瞠った。

「そのまさかだよ。僕はそのあと、校長にも直接尋ねて確かめたんだ。彼女は五年前、記憶を失って三重県の施設に保護されていた少女を引き取ったというんだよ。それが秋村沙貴なんだ。お分かりかな」

「その沙貴って人が赤沢さんだったわけ？　まあ、加納房恵は女流棋士を目指していたくらいだから頷けないことはないけど。するとあの詰将棋はもともと自分の作品だったものを作りなおしただけなんだね。……へええ」

智久は感心したように首を振ってみせた。

「でも、どうしてその人、校長先生に変な手紙を出したり、盗作問題のこじれを押しつけるようなことをしたの」

「さあ、そこが奇妙なところなんだ。それを説明するためにはまずここ五年間、秋村沙貴の頭のなかで何が起こってきたかを推測しなければならないんだよ。バスの事故で海に放り出され、運よく助かったものの、すべての記憶を失ってしまった沙貴が今までどういった心の歴史をたどったか……。

多分それから一年以内に、沙貴は《秋村沙貴》という人格としての過去を自分で勝手に作ってしまったんだと思うよ。だから彼女には自分が記憶喪失症という意識はないはずなんだ。記憶を喪失した者が勝手に過去をつくりあげる例は多いからね。……

無論それは完璧なかたちではあり得ないから、どこか少しおかしいという自覚はあったかも知れないけど」

典子は胸を絞めつけられるような感覚に襲われた。

わたしの頭はがらんどう
なくした過去を懐かしむ

沙貴が口にした言葉を思い出しながら、その感覚は寒気のように何度も繰り返し彼女を襲った。

「さて、ところが多分一年半くらい前から、沙貴のなかで時どきもうひとつの人格が顔を覗かせるようになったんだ。それは恐らく、完全に一致しないまでも、記憶を失う以前の《加納房恵》の人格に極めて近いものだったんだよ。そして《沙貴》のほうはそのことに全く気がついていなかった。《沙貴》は自分が二重人格だということを知らなかったんだ。ところが、《房恵》のほうはそうじゃなかった。そればかりか、彼女はバス事故以前のことも憶えていたんだよ。……そして恐ろしいことだけど、こちらの人格は狂っていたんだ」

須堂がその言葉を告げると、智久は眼をまるくした。典子は何かに駆り立てられるように腰をあげ、炊事場に立って湯を沸かしはじめた。

「《沙貴》が知らぬまに、《房恵》は詰将棋の創作をはじめた。秋村沙貴の部屋には盤や駒などなかったそうだけど、《房恵》にとっては頭のなかに盤があるんだから、創作できないことはない。……しばらくはそれでもどうということなく時間は過ぎた。いや、むしろ《房恵》の人格は最初から狂っていたんじゃなく、そういうすべてを知っている情況にいることによって、次第におかしくなっていったのかも知れないね。なぜって、自分の存在は既に失われたものでしかなかったんだから。

ともあれ、やがて《房恵》はある妄想を抱くようになったんだ。それは子供じみた、だけどそれだからこそ切実な、ひとつの奇妙な《すりかえ》だったんだよ。『二重人格になっているのは私ではない』。その命題は直ちに、身近なすりかえの対象として《沙貴》の保護者である矢島校長を選ばせたんだ。そうだよ。『二重人格になっているのは校長先生だ』。……かくして《房恵》の妄想は、自分自身を脅迫する校長と自分自身に怯える校長という奇妙な図式を作りあげてしまったんだよ」

須堂の説明に耳を傾ける二人はもう言葉を挿まなかった。

「果たしてこんなすりかえが彼女にとって何になるのか？　でも、一度見つけた代償行為は押し進められなければならない。……《房恵》はその図式に従って、二重人格者としての校長を演出しはじめたんだよ。脅迫じみた手紙を送り、校長室に忍びこんでイタズラをやり、雑誌に送っていた詰将棋もそれに利用しようとした。……もう彼女にとっては『校長が二重人格だ』という命題こそが絶対の事実であり、その事実を成立させることが目的のすべてとなってしまったわけだよ。その方向に《房恵》の精神はねじ曲げられ、どんどん狂気が前面に押し出されてくるんだ。

言っておかなくちゃならないのは、《房恵》にとって第一の豆腐図式は昔の自作の焼き直しだから、あれだけで盗作問題を起こすつもりは全くなかったことだね。そのあとの第二の豆腐図式とペアで、《二人の赤沢真冬》を演出しようとしたに違いないんだ。……第一の豆腐図式におせっかいな笹本氏がクレームをつけたのは、だから《房恵》にとって全く予期しなかったことだろうし、《房恵》の言う盗作は、現実に問題になってしまった盗作とはかなりニュアンスが異なっていたに違いないんだよ。純四桂詰もペアで送られてきたのはそのせいだろうね。だけど《房恵》はこのアクシデントも利用して、ますます自分の妄想を補強していったわけだよ。

こういった情況のもとであの噂は作られたんだ。《沙貴》本人の認識としては、彼女は校長の周囲に漂う不吉な空気を感じて、何らかの反応を窺う意味であの噂を作ったわけだけど、その底には彼女自身の失われた過去のイメージが反映している。……その不吉な影がまさか自分の分身によるものだとは思いもよらなかっただろうけどね」

「ねえ。じゃ、水野礼子を殺したのは……」

典子はようやく口を開いた。

「それも《房恵》なんだよ」

あっさりと答える須堂に、

「でも、どうしてなの。なぜ殺さなくちゃならなかったの」

ひと息に典子は問いつめる。

「それがね。多分、高木敏子を、坂田祐介を、そしてバス事故に見せかけて二十人近くの人びとを殺したのが水野礼子だったからなんだ。これが一連の謎のもうひとつの核心だよ」

「へええ。そうだったの」

智久は思わず頭を小さくのけぞらせた。

「うん。でも、これは《房恵》が語ったことだから、どこまで本当の事実かどうか、今となってはよく分からないんだけどね。……僕の想像も交えて言えば、最初は七年前、多分例の研究のことか何かで話がこじれて高木敏子を殺しちゃったんじゃないかな。そしてそれを何らかの理由で坂田氏に嗅ぎつけられ、五年前、再び彼をも殺してしまった。

加納房恵の叔父に再び電話したとき、坂田祐介の名前を知っているかどうか訊いてみたんだ。すると、詰将棋方面の関係で二、三度会ったことがあるというんだよ。しかも房恵のほうがそれ以上に親しくしていたということだった。……ここまで言えば想像がつくかな。第二の殺人を今度は房恵が目撃したんだよ。だから礼子は加納家全員の命まで狙ったのさ。典型的な連鎖殺人だね。恐らく幻覚剤のようなものを運転手に飲ませたんだろう。結果、二十人近くの人びとが死に、だけど目的の加納房恵は生き残ってしまったんだ。……これで校長への脅迫文に出てくるふたつの屍体という要素も分かるよね。結局、脅迫という行為を媒介して、校長に水野礼子のイメージが重ねあわされてしまったんだよ。

ところが最近になって、《房恵》は水野礼子に何年かぶりで遭遇したんだよ。《房恵》はすぐに復讐を思い立った。……多分じわじわと脅迫を続け、発狂寸前にまで追いつめていったんだろうね。そうして最後は地下鉄に突き落としたというわけだよ。……これは全く僕の想像だけど、水野礼子を突き落とした白い手というのは、繃帯を巻いた手がそう見えたんじゃないかな。校長の隣人である瀬川氏の飼猫を殺したときにでもついた傷で……」

「あれも沙貴――いや、《房恵》の仕業だったわけ?」

智久は肘をついた手に顎を乗せて、

「それも校長の周囲に不吉な空気を漂わせるためのひとつの演出だったのかな」

「そんなところだろうね」と須堂。

湯が沸いて、典子は緑茶を淹れた。茶碗を受け取り、須堂はふうふうとさましながら、

「無論、猫に関して言えば、あれは密室殺人――いや、殺猫事件と言えるほど仰々しいものではなかったからね。沙貴は特に最初の頃、校長のところによく行ってたらしい。するとその隣人とも顔見知りになる可能性は大きい。そうなると合鍵をつくるチャンスくらい、少し頭を働かせれば容易に生み出せるだろうから……。

ともあれ、おおむねこういった仮説を立てた僕は、それを確かめ、同時にできるなら《房恵》を過去に封じこめてしまおうと、天野に協力を願うことにしたんだ。ヒステリーの治療法として催眠療法は極めて重要な武器だし、特に天野は熱心に勉強したらしく、催眠術師としては一流だからね。

僕らはいろいろプランを練ってね。……ことに《房恵》のように常に懐疑の針を尖らせた緊張状態にあり、なおかつ極度に倒錯的な思考回路の者に、通常のアプローチ

で催眠術をかけるのは難しいだろうというので、最終的に僕たちが選んだのは驚愕法を応用した瞬間的な催眠法だったんだ。……相手の注意を一度にこちらに向け、そのタイミングを捉えるわけだけど、そのために天野はサンタクロースの扮装までしてね。沙貴が《房恵》の人格に切り換わり、校長のマンションの近くまでやってきたところを見計らって、背後から彼女を驚かせるような言葉をかける。あとは天野の腕次第。……

さすがにあいつはうまくやったよ。一流の術者を自認するだけのことはある。天野は《房恵》に自分が既に存在しないものであることを諭し、永久にこちらに戻ってこなくていいという承認を取りつけたんだ。……それでも僕は本当に二度と《房恵》の人格が現われてこないのか、少し期間を置いて確認したかったものだから、それで今まで説明を引きのばしてきたんだよ。でも、もういいだろう。天野の治療は完璧だったようだ。……かくして殺人者は存在しなくなったというわけさ」

長いながい悪夢を截《たち》きるように最後の言葉を力強く言いきると、須堂はゆっくりうまそうに茶を啜った。

「なあるほどね。いやあ、須堂さん、エライ！」

智久は賛嘆を惜しまぬ素振りで双手《もろて》をあげた。

「あら！」

そのとき急に典子が叫んだ。須堂と智久がギョッと振り返ると、

「智久、あんた、血が出てるの」

指さしているのは智久の湯呑み茶碗だった。慌てて見ると、いかにも智久が口をつけたところにかすかに紅いしみが滲んでいる。

「あ」

智久は見るまに顔を赤らめ、悪戯を見つけられた子供のように急いでその色をふき取った。

「まさか、それ、口紅？」

「い、いや、違うよ。——あの、ちょっと、唇、噛んじゃって」

しかし敏感な姉は四、五秒、疑わしそうな眼でじっと弟の顔を覗きこみ、

「ここに来る前、何やってたの」

「え、別に、何にもやってないよ」

そう否定する少年の顔はいよいよカッと赤く染まった。

「ふうん。……これはエルボー・スマッシュ、ネック・ツイストから、ランニング・ネックブリーカー・ドロップの連続技に値するわね」

「うー」

困惑の極みといった表情で唸っていたかと思うと、

「……謝礼なんだ……その……ね、祐子さんへの……」

そう口ごもったように呟いて、智久はいきなりテーブルの上に顔をつっぷした。

典子はしばらく腕組みしたまま押し黙り、

「とどめはジャーマン・スープレックス・ホールドね」

そのやりとりを、何のことかさっぱり分からず、須堂はポカンと口をあけて眺めていた。

三十九　次々に火を

――あのとき。

そう思い返す。

――あのとき、気がつくと私は街のなかに立っていた。雪のなかを傘もささず、それればかりか、眼の前には大きなサンタクロースが立っていた。

――不思議と快適な気分で。

——そんなことはよくあったわ。気がつくと、何か別のことをやっていたり。

——あのカマイタチもそう。いつのまにか何かにひっかけられたように、手の甲にひどい傷ができていたわ。

——でも、あのときのサンタクロースがひどく温かく、頼もしげに見えたのはなぜだろう。

沙貴は小さく首を傾げた。月の光が机の上に影を落とし、いつものようにぼおっと青白く輝いている。

——サンタクロースはこう言ったわ。『終わったよ』……そして、こうも言ったわ。『君はもうプレゼントを受け取った。さあ、帰りなさい』……私は間抜けな子供のように答えたわ。『有難う』って。

——プレゼント？　でも、不思議に快適な気分以外、私は何も貰ってはいないのに。

——あれからずっと、何も起こっていない。……何だったのかしら。あのサンタクロース。

しかし沙貴はそれ以上疑問を追い続けるのをやめた。ゆっくり首を横に振ると、かすかに冷ややかな笑みを浮かべる。

窓の外にはぽつんとふたつ並んだ給水塔の影。

笑みは次第に大きくなり、クックックッと忍び笑いになる。

——そう。どうでもいいわ。

最後のそれはようやく聞き取れるかというほどの小さな呟きになった。

机の上に置いてあったマッチ箱を手に取り、ガラスのペン皿の上に二本のマッチを平行に並べる。

　わたしの頭はがらんどう
今度はその上に二本のマッチを横に並べた。

　なくした過去を懐かしむ
さらにその上にマッチを重ねる。ガラス皿の上にどんどんマッチ棒の櫓《やぐら》が築かれていった。

十センチ以上も積みあげてから、沙貴は一本残った最後のマッチをすった。ぽおっと赤い火がつき、依然冷ややかな笑みを浮かべながら、それを櫓のなかに放りこむ。鋭い音を立てて櫓は次々に火を噴いた。ファイヤー・ストームのようにたちまち赤い炎に包まれる。沙貴は抽斗をあけ、そこから男物のサングラスを取り出した。炎の輝きを受けて、サングラスをかけた少女の顔はゆらゆらと赤く影を這い踊らせる。

クックックッという忍び笑いは沙貴の肩を震わせ続け、それが終わらぬ限り、炎もまた永遠に燃え盛るのではないかと思われた。

その光景は、あたかも葬送儀式のようでもあった。

四十　道には

乾ききった裸の田圃が続き、その上を突き刺すように風が吹き渡る。

空を覆う雲は冷たい風に追われてか、わらわらと形を変え続けている。そのくせ、それらは押し重なって、どんよりと濁った色を澱ませていた。

四方に連なる山並みも青白く霞んだように沈黙を守っている。

墓地に至る道にはところどころ水溜まりが凍りついているだけで、既に取り壊されてしまったのか、道祖神の姿はない。

人影もない。

道にはただかいかいんとした冷気が這いまわるばかりだった。

オセロ殺人事件

1

「牧場《まきば》智久《ともひさ》さんですか？」

智久がそう呼びかけられたのは、日本棋院市ヶ谷本院近くの喫茶店で院生仲間の植《うえ》島晧盟《しまひろあき》と雑談を交わしているときだった。顔をあげると目つきの鋭い男二人で、

「はい、僕ですが」

そう答えると、やや年配のほうが警察の者だと名乗ったので、二人はぎょっと眼を見張った。

「棋院を訪ねたら、多分こちらだろうと言われたので。ちょっといいですか」

同席を乞う様子だったので、「どうぞどうぞ」とおのおの四人掛けの奥に席をずらした。

刑事たちはコーヒーを注文しておいて、

「フーさんという人をご存知ですね」

おもむろにそう切り出した。

「ええ」と頷く智久。

「最近、よく会ってますね」

「ええ」

「どういう関係なんですか」

「その前に訊いていいですか。フーさんがどうかしたんですか」

智久は不安げな顔で切り返した。

「亡くなったんだ」

智久は「えっ」と顔色を変えて、

「どうして……？」

「どうも自殺らしい。しかも拳銃でね」

「拳銃自殺？　あのフーさんが？　そんな……」

智久は信じられないという顔で首を横に振った。そんな人物のことはまるで初耳の植島は植島で、眼をパチクリさせるばかりだ。

「とにかく、まわりにも身元を知っている者が誰もいなくてね。ただ、最近よく来ていた君が、碁好きのあいだでは有名な天才少年だと証言する者がいたので、それでこうして尋ねまわってきたわけなんだよ。君はフーさんとどういう関係なのかな」

智久は溜息まじりに「そうですか」と呟いて、

「関係って……まあ、言ってしまえばオセロ仲間です」

「オセロ？」

今度は刑事たちが大きく眉根を吊りあげた。

「ええ。三ヵ月くらい前、フーさんが公園で一人オセロをしているところに通りかかったんですが、その駒を置く手つき指つきがやたらカッコよくて、しばらく立ち止まって見ていたら、『打ってみるかい』と声をかけられたんです。実際打ってみたら凄く強くてびっくりして。それからたびたび家にも行くようになって――」

「家って、あの水門の奥にかね」

植島は刑事たちのますます怪訝そうな口ぶりが気になったが、智久は悪びれる様子もなく「ええ」と返した。

「君は碁打ちの卵なんだろう？　そっちならまだ話が分かるが、オセロとはねえ。それでなくてもまだ十いくつの君と、あの八十を超えてそうな老人の取りあわせだけでも奇妙なのに――あんなところにしょっちゅう来て、しかもオセロを打っていた？本当かね」

「嘘なんか言ってもしようがないです。それに、対局というよりは研究ですね。フーさんとあれこれ研究してると、ついつい時間がたつのも忘れてしまって。気がつくと終電近くになっていたなんてこともたびたびですが」

　刑事たちはますます困惑の色を深めたが、そのくせ年齢に似合わぬきちんとした智久の受け答えに、真偽の程を量りかねているのだろう。そこでやや若いほうの刑事が、

「そういえば、故人の持ち物のなかに将棋盤があったな」

　ふと思い出したように呟いたが、智久がそれに喰いついて、

「ああ、それです！　よく見れば将棋盤じゃないと分かったはずですよ。あの盤は升目の数が８×８で、将棋盤なら９×９ですから」

　年配のほうの「どうなんだ？」という目配せに、若いほうが「さあ」という顔なので、それ以上の反問の材料もなく、

「それはそれとして、フーさんの本名は聞いていないかね」

　刑事たちは本題の質問に移った。

「いいえ。本名は僕も知りません。ただ、生まれは富山県で、陸士を出たという話は聞きました」

「リクシ？」

「陸軍士官学校です。卒業後、大陸のほうに送られたんですが、すぐに敗戦になって

しまったので、戦闘らしい戦闘はほとんど経験していないということでした。その後、若いうちに南米のウルグアイに渡って事業を興し、かなり羽振りがよかった時期もあったそうですが、結局は経営に失敗して全財産をなくし、日本に戻ってきたのが十五年ほど前だったとか」

「ふうむ。海外にいたというのも初耳だね。口が重くて、まわりの者にも素性めいたことはほとんど喋らなかったそうだから、君にはよほど心を許していたのかな。念のために訊くけれども、君はフーさんから拳銃のことを見たり聞いたりしていないかね」

智久は夕立に遭《あ》った犬のようにぶるっと首を振って、

「いいえ。そんなことは全然」

「ほかに身元の手がかりになりそうなことは聞いていないかね」

それには「ちょっと待ってください」と、額に両手の指をあてて考えこんだ。

「そういえば二度目のときでしたか、二人でオセロを並べている最中に、フーさんを訪ねてきた人がいました。『ちょっと待っててくれ』と、その人と外に出て、三十分くらいして一人で戻ってきたんですが、『いや、ちょっと古い知り合いでね』という言い方が、何だか煩《うるさ》がってる感じでした」

「ほう。それはどんな人だった？」

「それほどまじまじと見たわけではないんですが、五十くらいの男の人でした。ずんぐりした体形で、頭が薄くて、細い眼に、分厚くてちっちゃな口。グレーの上っ張りとズボンで、イメージは小売店の店主という風采ですね。胸ポケットのところにオレンジ色の——ええっと、カタカナでワタヌキだったかな——そんな刺繍があったと思います」

「まじまじ見なかった割には、そんなところまでよく憶えてるね」

そこで植島が「こいつ、見たものを写真のように記憶するのが得意なんですよ」と口を挿んだ。

「写真記憶？　へえ、話には聞くが、本当にいるんだねえ」

驚かされてばかりだなという苦笑を浮かべながら首を振り、

「その記憶の通りなら、捜しあてられるかも知れないな。いや、大変参考になったよ。有難う」

そろそろ事情聴取を切りあげる気配だったが、その機を逃さず智久が、

「僕からもお尋ねしていいでしょうか。その拳銃はフーさんが握ったまま残されていたんですか」

そんな質問を投げかけた。

「ああ、そうだが」

「握っていたのは右手で？」

「ああ、そうだが……フーさんは左利きだったのか？」

「そうではないですが――引き金にかかっていたのは人差し指でしたか？」

「指？　さて、どうだったかな」

年配のほうが首を傾げてみせると、若いほうが、

「間違いないですよ。不自然なところはありませんでした」

今度は自信たっぷりに請け負った。

「そうですか。……では、今度のことは自殺ではなく、自殺を偽装した殺人だと思います」

重みをこめた智久の言葉に、刑事たちはぎょっとした顔を見交わした。

「どうしてそんなことが言えるんだね？」

「さっき、フーさんが駒を置く手つきがやたらカッコよかったと言ってたでしょう。あとで分かったんですが、フーさんは右手の人差し指が使えなかったんです。だから親指と中指と薬指で駒をつまんでいたんですが、それが目新しくてカッコよく見えたん

ですね。ウルグアイ時代にいろいろ無茶したのが祟ったんだとか。というわけで満足に駒もつまめないくらいですから、拳銃の引き金を引けるわけがありません」

理路整然としたその説明に、刑事たちの表情はみるみる真剣さを増し、

「そういうことなら早急に確認しないとな」

「鑑識と、監察のほうにも手配する必要がありますね」

素早く言い交わして立ちあがった。

2

「なるほどな。フーさんとやらの《家》がこれか」

川の堤防の内側斜面にぽっかりと大きく口を開いた排水口を眺めながら、植島が軽く肩を竦《すく》めた。黄色い立入禁止のテープが物々しく張られ、奥の暗がりには木材や段ボールで組み立てた居住スペースが見える。もっと奥には古い鉄格子があるらしく、そこまでの奥行きは五メートルほどのようだ。

「要するにフーさんはホームレスだったわけだな」

「そこそこ立派なホームだと思うけどね」

智久はぐるりと河川敷を見まわしながら返した。あちこちに点々とホームレスの手作り住居が窺える。いちばん近いところで二十五メートルくらいか。眼をあげると気持ちよく晴れ渡った青空で、散歩しているカップルやキャッチボールをしている親子の姿もあちこちに見えた。

「お前、いっときオセロにハマってたけど、あれって二年くらい前じゃなかったっけ」

植島の問いかけに、

「うん。ちょっと調べてみると、オセロは囲碁と全く正反対の考え方をするのが面白くてね。囲碁ではなるべく多くの石を取るに越したことはないけど、オセロでは序盤中盤に多くの石を取ると不利になる。また、囲碁では相手の石を囲むように打つほうがいいけど、オセロでは逆に、相手に自分を囲ませるように打つほうがいい。それは結局、相手の着手可能な箇所を極力減らして、相手に不利な箇所を打たせるように追いこむのがオセロの最大のセオリーだからだよ。そんな逆感覚が面白くてさ」

「だけどほんのいっときだっただろ。すぐに熱が冷めたと思ってたのに、それがまた再燃したってのか？　それも、よりによってホームレスの爺さんといっしょにとはね。酔狂というか何というか」

「再燃したのはホントだよ。でも、それはフーさんだったからなんだ。説明が面倒だから刑事さんたちにはオセロで通したけど、正確に言えば、フーさんがやっていたのはオセロじゃなくて源平碁《げんぺいご》なんだから」

植島はめいっぱい眉をひそめて、

「ゲンペー碁？　何だそりゃ。オセロじゃなくて碁の一種なのか？」

「そうじゃないよ。じゃ、詳しく説明するけど、皓《こう》ちゃんはオセロというゲームがいつできたか知ってる？」

「詳しくはないが、比較的最近なんだろ」

「オセロは長谷川《はせがわ》五郎《ごろう》という人が考案し、一九七三年にゲーム会社のツクダオリジナルから発売されたんだ。ルールが簡単で初めての人でもすぐ覚えられ、それでいて奥が深いことから、たちまち大流行した。今でもあらゆるボードゲームのなかで、いちおうルールを知ってるという人がいちばん多いのはオセロじゃないかな」

「覚えるのが簡単という点は、碁からすれば羨ましい限りだな」

「全くね。ちなみに、このゲームをシェークスピアの戯曲から採ってオセロと命名したのは五郎氏の父親であり、英文学者だった長谷川四郎《しろう》氏だそうだよ。黒と白の争いを、黒人の将軍オセロと白人の妻デスデモーナを巡って敵味方がめまぐるしく寝返っていく様に見立てたわけだね。また、緑色の盤面は、戦いの舞台であるイギリスの平原をイメージしてるんだとか」

「ほほう」

「もひとつちなみに、五郎氏が試行錯誤時代に牛乳瓶の紙蓋を駒として使っていたことから、今の公式のオセロ石のサイズも、当時の牛乳瓶の紙蓋とほぼ同じ二十四・五ミリの大きさに決められたんだって」

「へえ」

「ところが、実はオセロとほぼ同じルールのゲームはそれ以前からあったんだ。一八八三年にイギリスのルイス・ウォーターマンが考案したリバーシというゲームがそれだよ。もっとも、ジョン・W・モレットという人が、このゲームは自分が一八七〇年に考案したアネクゼイションのパクリだと主張したりしてるけどね」

「リバーシというのは俺も聞いたことがあるな」

「このリバーシは、明治四十年に松浦政泰《まつうらまさやす》が編んだ『世界遊戯法大全』にも紹介されてて、隅を取れとか、序盤から石を多く返すのはよくないとかいったセオリーまで書かれてるんだよ。盤も8×8でオセロと同じだし、違いといえば初期配置くらいじゃないのかな。オセロの初期配置は図1で、リバーシの初期配置は図2なんだ。だけ

図1

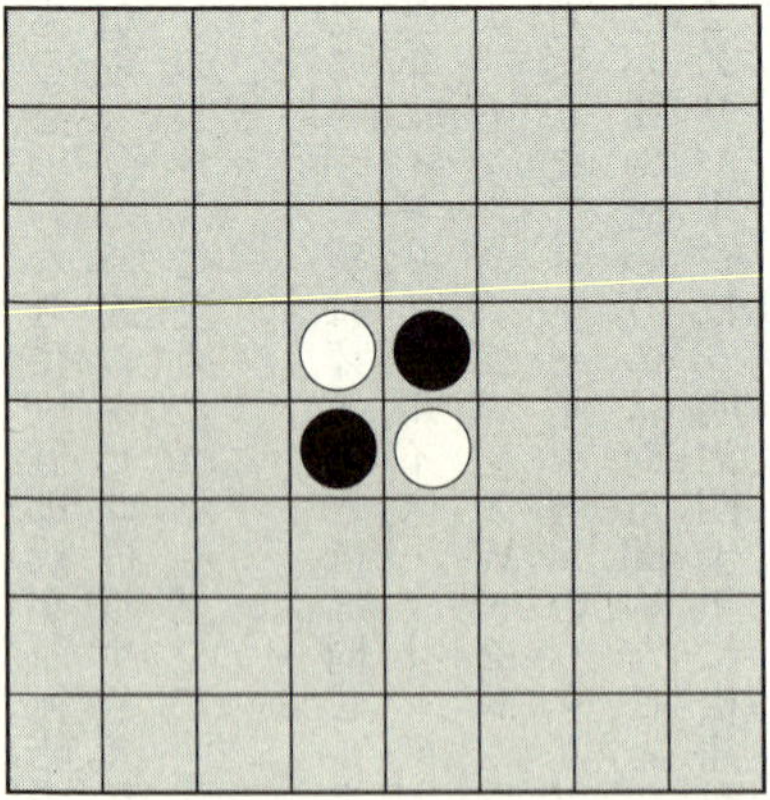

図2

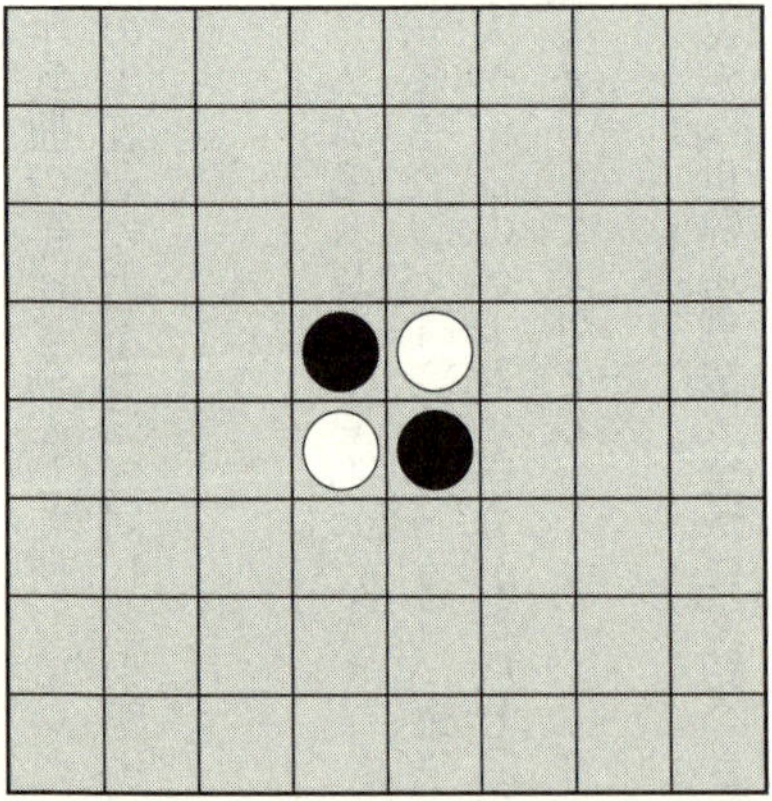

図3

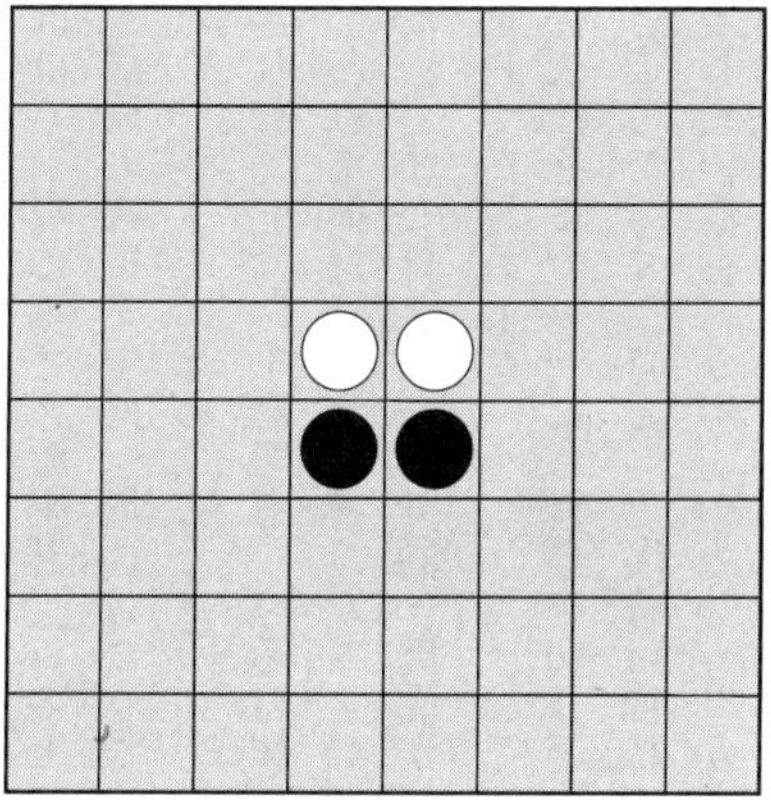

ど、これは全然本質的な違いじゃないものね。

　さて、ここで登場するのが源平碁なんだよ。明治か大正かはよく分からないけど、リバーシをちょこっと改変した源平碁というゲームが発売されて、そこそこ流行したらしいんだ。これもルール自体はほとんど同じなんだけど、大きな違いはやっぱり初期配置で、源平碁は図3のように石を平行に配置するんだよ。これは意外にけっこうな違いで、オセロでは図1から二手目で三通りのルートに分かれ、そこから鼠定石、牛定石、虎定石、兎定石といった定石群が派生していくんだけど、源平碁は図3から一手目で二通りのルートに分かれて、オセロでは生じない全く異なる序盤の道筋がひろがっていくんだから」

弾みがつくと湯水のように流れ出す蘊蓄《うんちく》にはすっかり慣れっこの植島だが、しかしまあ頭のなかでよく整理されているものだと改めて感心しながら、

「ははあ、なるほど。源平碁ではオセロと全く違う定石ができるわけか。もしかすると、最後の最後まで同一局面はできないのか？」

「いや、さすがにそんなことはないと思うよ。早い話、盤面全部が一方の石で埋めつくされた局面は源平碁でもできるはずだからね」

言われて植島は「ああそうか」と頭を掻いた。

「ただ、オセロと源平碁で同一局面ができる最短手数は何手かというのは、数学的にも面白い問題だね」

智久はそこでいったん言葉を切り、

「ところで、オセロという名称は商標でもあるので、ほかのゲーム会社が同じゲームを出したい場合、リバーシという昔からある名称を使うことが多かったんだよ。君がリバーシという名称を知っているのはそのせいだね」

いったん「なるほどな」と納得した植島だったが、

「ちょっと待てよ。そうなると、そもそも長谷川氏がオセロを考案したという話はど

うなるんだ？」

「長谷川氏は、初めは盤も8×9だったり、もっとルールも複雑だったりしたのが、改良を重ねて今のルールに行きついたと言ってるけど、そのいっぽうでリバーシや源平碁も参考にしたという発言もあるようなので、果たしてどこまでオリジナルだったかというのはどうなんだろ。けどまあ、あまりそのへんをつつくのも野暮なのかな。とにかく、長谷川氏が定めたルールや名称が世界的なスタンダードになっているのは確かなんだしね」

　そして智久は気分を変えるように首をぐりんとまわして、

「とにかく、フーさんは小さい頃に源平碁にふれて熱中し、たちまちあたるところ敵なしになって、源平碁の天才少年と新聞に取りあげられたこともあったんだって。当時市販されていた源平碁のセットは、作りはそれなりにしっかりしてたんだけど、全体に小ぶりでちゃちな感じがするというので、士官学校時代に近所の職人さんに頼んで立派な盤と駒を作ってもらったんだよ。ちなみに、オセロでは駒ではなくて石と称《よ》ぶのが正式なんだけど、フーさんのは源平碁だし、木の地に漆塗りなので駒というほうがしっくりくるね。とにかくフーさんはその盤駒をずっと大事にしていて、全財産を失ったときもそれだけは手放さなかったんだ」

図4

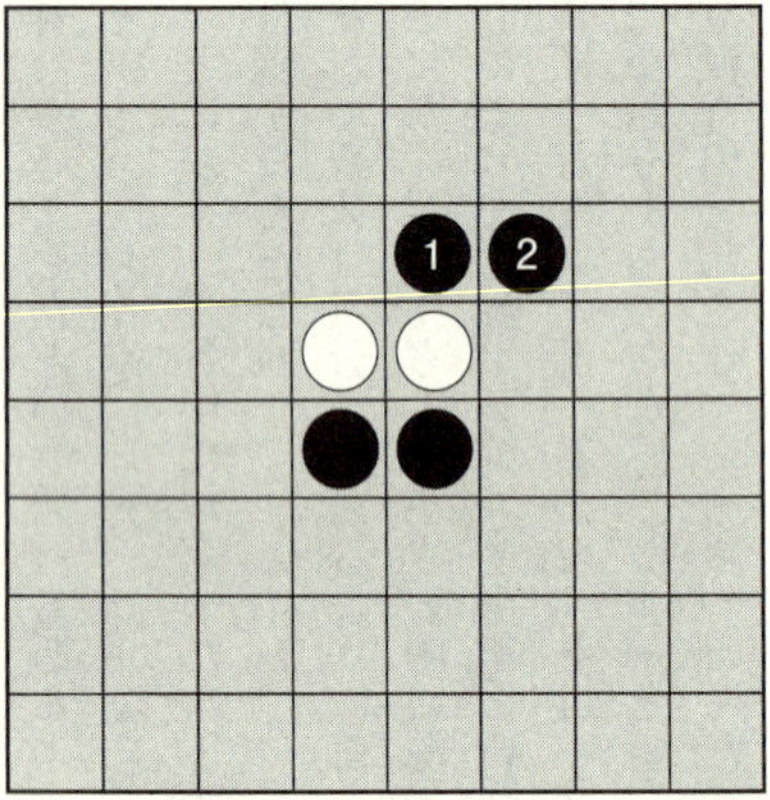

「なるほど。そしてフーさんは時どきそれを公園に持ち出し、ひとりで研究していたわけだな」

「そういうこと。で、フーさんはさすがに源平碁の序盤に詳しくてね。例えば図4のように黒の第一着は左右対称を除いて①と②の二手あるけど、フーさんによれば①のほうが断然よくて、②のほうは勝ち難いそうなんだ。僕もオセロの序盤はそれなりに研究したけど、源平碁の序盤は全く未知の世界だから面白くてさ。それでいろいろ教えを乞いながら二人であれこれ研究してたってわけだよ」

「なるほどな。そういうことなら、こんなところに足繁く通っていたのも納得だ」

そして植島は黒ぐろと口を開いた排水

口のほうに眼を戻しながら、

「できれば俺もその盤と駒を拝見してみたいものだが、まだあそこにあるのかな」

「多分、警察で預かってるんじゃないかな。それより、捜査がどれだけ進展したかが気になるね。そろそろ警察に問いあわせてみようかな」

そんなことを言いあっているところに、

「おーい、牧場君じゃないか！」

二人を見つけて声をかけてきたのは先日の年配のほうの刑事だった。

「ああ、ちょうどよかった。お話を伺いたいと思ってたんです」

「いや、こちらもおかげでいろいろ進展があったので、そろそろ連絡しようと思っていたんだよ」

「それは話が早い」

そして三人は近くにあった雨ざらしのベンチに腰かけた。

まず刑事はフーさんの本名は藤家惣介《ふじいえそうすけ》だったと教えてくれた。智久が目撃した人物を捜しあてたところ、渡貫文平《わたぬきぶんぺい》というその男は藤家惣介の甥で、様子が気になって時どき訪ねていたのだという。

詳しい検視や解剖の結果は智久の指摘を裏づけるものだった。藤家惣介の右手人差し指には高度の神経の炎症が見られ、筋肉も硬化していたので引き金を引く力はなかった可能性が高いという。また、銃弾の入射角もやや後方寄りで、銃創の焦げ跡などから接射でなく、十センチ以上離れて撃たれているのも自殺にしては不自然とされた。

「状況を詳しく訊いていいですか。銃の種類とか、どのあたりでどちら向きに、どんなふうに倒れていたかとか」

「ハイポイントという安価な銃だ。場所は排水口のなかだが、材木や段ボールで組み立てたハウスのなかではなく、そこから少し離れたところで、表に向かって小さな木椅子に座っていたらしく、そのまま後ろに仰向けに倒れていた」

「死亡時刻は？　銃声を聞いた人はいたんですか」

「夜の十時少し前らしい。実際、近くのホームレスが二人、その頃に銃声を聞いている。花火か、自動車がペットボトルでも踏んだ音かと思ったそうだがね」

「拳銃に銃弾はいくつ残っていたんですか」

その質問にはちょっと感心したように、

「弾は二発こめられていたらしい。一発残っていたよ」

「線条痕の照合は？」

「過去の事件で使われたものではなかったね」

「もちろん、フーさん以外の指紋はなかったんでしょうね」

「ああ。きれいなものだった」

それらの回答をひとつひとつ脳内のメモリに収めていくふうの智久だったが、

「それで、容疑者は？」

最も核心の質問に切りこんだ。そこで刑事はゴホンと咳払いして、

「本来なら捜査内容は明かせないんだが、君には今後もいろいろと協力を願うかも知れないからな。まあ、今はとりあえず藤家惣介の人物関係を洗い出している段階だ」

「それに関してはどこまで分かったんですか」

「藤家惣介には兄と妹がいたが、兄は惣介が南米に渡っているあいだに未婚のまま火災で焼死。妹の志津香《しづか》は東京に出て渡貫毅《たけし》と結婚し、文平と佐矢子《さやこ》を儲けたが、二十年前に夫と前後して病死。その五年後に帰国した惣介が志津香の消息を求めて渡貫家を訪ねてきたんだが、それまで妹の死を知らなかった惣介はかなりショックだったらしい。文平や佐矢子は身寄りがないなら同居してもいいとも持ちかけたんだが、惣介はそれを断り、自分にはこれが似合っているとホームレス生活をはじめたそうだ。だが、さすがに年齢も年齢なので、心配でちょくちょく様子を見にきていたという。ち

なみに言っておくと、文平は妻あり子なしで、佐矢子は独身のまま家に残っている状況だ。今のところ、ある程度近い姻戚関係の人間はそれくらいだな。過去の友人知人で今もつきあいのある人間は分かっていない。

いっぽう、ホームレス仲間のほうだが、藤家惣介は人嫌いというほどではないにせよ、あまり人づきあいがよくなかったようで、挨拶以上の会話をするのは川下方向でいちばん近くに住む谷岡《たにおか》伺郎《しろう》くらいだったようだ。事件の夜に銃声を聞いた一人でもあるし、君が囲碁の天才と騒がれている少年と気づいて、我々に教えてくれたのも谷岡だ」

すると智久も「ああ」と頷いて、

「その人に一度呼びかけられたことがありました。あんた、何であの爺さんのところにしょっちゅう来てるんだって。刑事さんに答えたようにオセロですって答えると、俺は碁を打つからあんたのことは知ってるが、まさかオセロをねえと、呆れ顔でした」

「その反応も我々と同じだな」

刑事はふふんと鼻で笑い、

「ところで、谷岡はよほど好奇心が旺盛らしい。ちょくちょく惣介を訪ねてきている渡貫文平にも声をかけているんだよ。文平のほうも藤家惣介の様子を知りたいので、その後は彼から二度ほど谷岡を訪ねてきていたそうだ。しかも、ここに佐矢子も加わってくるから面白い」

「文平の妹の佐矢子が？」

「ああ。彼女の場合は自分から谷岡を訪ねて、藤家惣介の様了をそれとなく観察して、何か変わったことがあったら連絡してほしいと依頼しているんだ」

「監視依頼かよ。へえ」と、声をあげたのは植島だった。

「興味深いことに、佐矢子はその依頼のことを文平に言わないよう、谷岡に口止めしていたというんだよ」

「そいつはますますキナ臭いな」

植島の台詞に刑事は片眉をひそめて、

「どうも君たちの言葉選びには驚かされるね。碁打ちの卵というのはみんなそんなふうに大人びているのかな」

「まあ、大人と接する機会が多いので、多少はそうかも知れないですね。でも、語彙力という点ではこいつは特別。なあ」

植島に肘で肩を突かれて、智久は「そんなこと」と、口を尖らせた。

「とにかく、それぞれいつ頃のことなんですか」

「谷岡と文平の接触が二ヵ月前、佐矢子と谷岡の接触が一ヵ月前だ」

「僕とフーさんが知りあったあとのことなんですね」

智久は頬に手をあてて考えこみ、

「渡貫家の経済状況も調べてみたんですか」

その質問に刑事は苦笑を隠さず、

「参ったね。——ああ、調べてみたよ。実は親の代からのクリーニング店を経営しているんだが、近年は格安のチェーン店に客を奪われて、相当苦しいようだ。実を言うと、五年前に藤家惣介が渡貫家を訪ねたとき、文平や佐矢子が同居を勧めたというのは眉唾だと睨んでいる。そのへんのことは、今となってはどうとでも言えるからね。ちょくちょく様子を見に来ていたのも、果たしてどこまで惣介の身を思いやってのことか」

そこで植島が、

「何か利用できないかという腹づもりがあったってことですか。生活保護を受けさせて、その金をピンハネするとか、保険金殺人とか？」

勢いこんで言うと、刑事は大きく眼を剥いて、

「君も相当のもんだな。まあ、そこまでのことを兄妹間で抜け駆けでやるのは難しいだろうが、少なくとも実家筋か南米時代からの資産がまだ某《なにがし》かあるんじゃないかというくらいの期待は頭にあったんじゃないかな」

「なるほど。もちろん谷岡も立場的に怪しいし、結局、今のところ容疑者はその三人か」

植島がもっともらしく頷いたところで、

「フーさんの荷物はみんな警察が預かってるんですか」

智久が質問の方向を変えた。

「ああ、いちおうね」

「前に話に出た盤と駒もですね」

刑事はぽんと膝を叩き、

「そうそう。確認したところ、確かに将棋盤ではなく、升目が8×8だったよ。実を言うと最後の最後まで半信半疑だったんだが、オセロというのは本当だったんだなと、そのときようやく得心したよ」

けれどもそこでふと眉を曇らせて、

「しかし、不思議なことに盤はあったが、駒のほうが見つからないんだよ」

「えっ!?」と、智久は頬杖から首を浮かせた。

「駒だけがない？　そんな……どうして？」

そしてゆるゆると眉をひそめて、

「そういえば……」

「え？　何だね？」

しかし智久は眉のあたりを薬指の先でトントンと叩きながら、すっかり沈思黙考に没入の構えだ。そしてそれが三十秒ほど続いたのち、智久はふと顔をあげて、

「何と言ってもフーさんといちばん長く接触しているのは谷岡という人なんですから、何かもっと聞き出せることがあるんじゃないでしょうか。そしてできれば僕もそれに立ち会わせて戴きたいんですが」

真剣な顔で提言した。もちろん普通ならそんな願いが受け容れられるはずはなかったが、刑事もこれまでのやりとりを通じて感じるところがあったのだろう、しばらく思案した末に「ふむ」と上体全部を使って頷き、

「では、早速そうしようか」

勢いをつけて立ちあがった。

3

谷岡伺郎は黄色い立入禁止のテープの周囲から物見高く現場を覗きこんでいる野次馬のなかにはいなかった。二十五メートルほど下流のビニールで屋根を張った塒《ねぐら》のなかにもいない。すぐ近くのホームレスに「谷やんはどこかな」と訊くと、

「その上じゃねえかな。お客さんといっしょだ」

そう言って土手の上を指さした。

「お客さん？」

首をひねりながら土手の上にあがると、そこにいたのは二人の男と一人の女だった。一人はひと目でホームレスと分かる男で、それが谷岡だろう。もう一人の男は智久が証言したフーさんを訪ねてきた人物そのままの風貌なので、これが渡貫文平に違いない。となると、残る中年女性がその妹の佐矢子ではないかとすぐに見当がついた。

佐矢子は文平とは対照的に痩せっぽちで、特に首まわりの縦筋が目立つ。落ち窪んだ眼がぎょろぎょろして、いかにも神経質そうだった。

「おお、囲碁の天才君じゃないか」

　コンクリートの堤防の上に寝転んでいた谷岡がいち早く声をかけ、渡貫文平も振り返って刑事の姿にあっという顔をした。

　谷岡の年齢は見極めにくいが、五十年配だろうか。膝まである裾長の上っ張りにソフト帽をひっかけて、なかなかのおしゃれさんだ。その谷岡は落ち着き払った様子だが、渡貫兄妹はドギマギした素振りを隠しきれないでいる。

「これはこれは、関係者一同がお揃いとは。差し支えなければ、どのようなご用件で？」

　刑事の問いに渡貫文平は「いや、まあ、伯父のことで、いろいろと」と、縺《もつ》れがちな舌で返した。

「そうですか。とにかく、ちょうどいい。この牧場智久君を交えて、改めていろいろと話を伺いたいと思いまして。いいですか」

「もちろん、どうぞどうぞ」

　谷岡は涅槃仏《ねはんぶつ》のように横になったまま、あくまで気楽な調子だ。

「では、僕からいいですか。谷岡さんは渡貫文平さんにフーさんのことを訊かれたそうですけど、それに答えて伝えた内容はどんなことだったんですか」

智久の問いに、刑事も答えるように素振りで促すと、谷岡は手で支えた首をひねりつつ、

「どんなことって、まあ、いろいろと喋ったよ」

「谷岡さんが見るところ、渡貫文平さんは特にどんなことに興味を示した印象でしたか」

その質問に文平は細い眼をぎょっと剝いたが、

「興味を示したことねえ。まあ、そもそもフーさんが本当に一文無しなのかというのを、念を押すように訊いてたがね」

谷岡のその返答には口をパクパクさせての慌てようだった。そして刑事と植島も反射的に顔を見あわせるなか、

「それにどう答えたんですか？」

智久は淡々と質問を続けた。

谷岡は「まるでいっぱしの刑事みたいだな」と笑って、

「たまに酔っぱらったとき、フーさんは『自分には大事なお宝がある』とよく言ってたよ。そんなのがあるなら見せてくれよと言ったら、『お前如きの資格のない者は駄目だ』とさ。その資格がどうのという口ぶりから、例えば親の形見だとか、戦友たち

からの寄せ書きとかいった、他人には値打ちがなくとも当人にはほかに引き換えのできないような、そんな種類のものじゃないかと思ったんだがね。まあ、そんなことも話してやったよ」

そこで植島が、

「大事なお宝って――それって盤と駒しかないじゃないか」

ひそひそ声で智久の背中をつっついた。それを聞き咎めた刑事に「どういうことかな」と訊かれ、智久は自分とフーさんが研究していたのが正確にはオセロではなく源平碁だったことや、フーさんが若い頃に作らせたオリジナルの盤駒を今も大事にしていたことをかいつまんで説明した。

それまでの智久の質問にもそうだったが、渡貫兄妹はその大人びた説明ぶりにも、こいつはいったい何者なんだという顔で眼を白黒させていた。

「へえ、ゲンペー碁の盤と駒か。そんなものを誰にも見せずに、後生大事にしまいこんでいたんだな」

谷岡も頬を窄《すぼ》めて感嘆したが、

「たまに公園に持ち出すこともあったようですけど、実際に見たことはなかったんですか」

すかさず智久が切りこんだ。

「公園に？　どこの」

「駅むこうのあの大きな――」

「あんなところまで？　このへんの連中は滅多に行かないエリアだ。きっと俺たちの眼につかないようにしてたんだな」

「そうですか。谷岡さんでもそれくらいだから、誰もフーさんが源平碁の名手だとは知らないし、盤駒を見た人もいなかったんでしょうね」

「だな」

そこで刑事が問題を引き戻すように、

「とにかく、その盤と駒が藤家惣介のお宝だったというわけか。そして駒のほうがなくなっているということは――？」

「ええ。犯人が持ち去ったんでしょう。そしてそれこそが犯行の目的だったと思います」

智久のきっぱりした断言に、一同は大きく眼を見張った。

「そのために殺人まで犯してか？　しかも盤は残して、駒だけを？」

「ええ。駒だけなくなっているというので思いあたったんです。そういえば、あの駒は木製にしてはずっしりと重みがあったことを。黒檀《こくたん》や紫檀《したん》ではなさそうだけどと思っていたんですが、今にして思えば、多分、なかに金属がはいっていたのではないでしょうか。そしてもしもそれが高額なものだとすれば、形とサイズから、レアな古銭やメダルのようなものと考えればしっくりくると」

「なるほど。個人的な価値だけでなく、金銭的な価値も大だった可能性もあるわけだ」

そんななりゆきに、渡貫兄妹はオドオドと眼を見交わしている。谷岡も「驚いたな」と呟いたが、智久はそちらに向きなおって、なおも質問を続けた。

「谷岡さんは渡貫文平さんに僕のことも喋ったんですか？」

「ああ、喋ったよ。別に喋って悪いことはないと思ったからな。人づきあいの悪いので有名なフーさんのところに、最近これこれこういう素性の坊やがよく出入りしてて、訊いたら碁じゃなくてオセロをしてるそうだと」

「それを聞いた文平さんの反応は？」

「そりゃキツネにつままれた顔してたよ。俺だってそうだったんだからな。いや、けど、何だか不安そうにもしてたよ。不安というか、焦ってる様子か。まあ、今のあんたほどじゃないけどな」

水を向けられて文平は「な、な、な」と、満足に言葉も出せないほど慌てふためいた。

「焦ってる様子？」と眉をひそめる刑事の横から植島が、

「さっきの《資格》って点で、その坊やがフーさんのお眼鏡にかなったんじゃないかと思ったんですよ、きっと。だから、グズグズしてるとフーさんのお宝がその坊やに渡ってしまうかもと焦って――」

鬼の首を取ったように声をあげた。

「そうか。それは考えられるな。だから、そのお宝が何なのかを早く確かめる必要に駆られたわけか」

「それに、はっきりとではないにしても、二人がオセロをしているという点から、お宝もそれ絡みのものかとぼんやり見当をつけたんじゃないですか」

「なるほど」

頷きながら刑事にぎろりと眼を向けられて、渡貫兄妹は顔色まで失い、

「そ、そんな――バカなこと。言いがかりですよ。とんでもない！」

「そうよ。勝手にそんな理屈つけられても。あたしは何も知りませんからね！」

口角泡をとばして懸命に否定した。そんないっぽうで谷岡は、

「とにかく、こうなると、犯人はお二人さんのどちらかで決まりだな」

至って呑気な調子だったが、

「いや、あんたもやっぱり被疑者の枠からはずすわけにはいかん。お宝の値打ちが心情的なものだと思ったというのは自己申告に過ぎんし、犯行の機会はそちらの二人よりもはるかに得やすいんだからな」

そう言われて「あちゃあ」と頭を掻いた。

「ともあれ、問題は駒の行方だな。まだ犯人の手元にあるか、もう処分してしまったか——」

「コインやメダルなら、捜査にあたるのは古銭商や質屋ですね。モノは六十四枚あるはずだから、まとめて処分したならすぐ分かるんじゃないですか」と、植島。

「うむ。早速手配しよう」

そこでなぜか智久が「刑事さん、ちょっと」と、容疑者三人から遠ざけるようにして小声で、

「いずれ家宅捜索もするんでしょう。その時期をちょっと待ってもらえませんか。それまでは盗品を処分する動きがないか、三人に監視をつけておいて」

真剣な表情で申し出た。刑事はしばらくその顔をまじまじと見つめていたが、

「何か考えがあるんだな。よし、いいだろう」

こちらも真剣な表情で頷いた。

智久は「有難うございます」と深ぶかと頭を垂れ、

「では、準備があるので僕たちは。詳しいことはあとで」

植島を連れてそそくさとその場を離れた。そして刑事たちの姿がすっかり見えなくなったところで、

「君がよく行く碁会所に碁盤師の人が来てるって言ってたよね」

「ああ、三島《みしま》さんか。それが？」

「連絡先が知りたいんだ。碁会所の電話番号、教えて」

カード入れから名刺を捜し出してそれを伝えると、「じゃあ」と手をあげ、何のことかさっぱり分からないでいる植島を尻目にさっさと駆け出していった。

4

その三日後、

「家宅捜索が昨日終わって、結果を聞きにこれから刑事さんに会うんだ。来る？」

電話で智久に言われて、植島は「行かいでか」と、もうはやじれったく腰をあげた。


落ちあったのは新宿の喫茶店だった。刑事は到着するなり、

「まず、これを返しておくよ。有難う」

そう言って、直径三センチばかりの薄い円盤をテーブルに置いた。植島が手に取ってみると、木製で片面だけが黒く塗られている。

「源平碁の駒か！」

「うん。碁盤師の三島さんに頼みこんで、急遽《きゅうきょ》作ってもらったんだ。おかげで家宅捜索の時期もあまりのばさないですんだみたい。年季がはいってる感じもよく出てて、実物そっくりの出来だよ」

「そりゃまあいいが、これをどうしたって？」

不思議な顔をする植島に、刑事が代わって、

「家宅捜索のとき、盗品が発見できればそれでいいが、できなかった場合は個別にこれを示して、『お前の部屋で見つかった』と威圧するように牧場君に提言されたんだよ。それぞれの反応を見るためにね」

「へえ、これを？　で、どうだったんですか」

「谷岡はさすがに慌てた様子で、『こんなものは見たこともない。きっとあの二人が俺をハメるために、忍びこんで置いていったんだ』と言った。渡貫文平はもっと取り乱して、『知らない。俺は知らない。きっと佐矢子だ。あいつの仕業だ。畜生。畜生。何て汚い奴なんだ』と、もう大変な騒ぎだった。そして佐矢子は初めこそ狼狽《うろた》えたが、『嘘よ。あたしをハメようってんでしょう。その手には乗らないわよ。馬鹿にしないで』と、きっぱり気丈にはねつけたよ」

そこで智久がにっこり笑って、

「上々の反応でしたね」

すると刑事もニヤリと笑みを返し、

「そうなんだ。おかげで被疑者を絞ることができた。そうなりゃこっちのものだ。集中的な再捜査の結果、盗品も発見できて、ついさっき自白にも追いこめたよ」

「ああ、そうなんですか。それはおめでとうございます！」

そのやりとりに呆気に取られていた植島が、

「お、おい。ちょっと待て。いったい何がどうなったって？」

身を乗り出して訴えた。

「あはっ、ごめんごめん。説明しなきゃね。この駒、本物にそっくりだと言ったけど、実は一点、大きく違うところがあるんだ。これは片面が黒く塗られているけど、本物は片面が赤なんだよ」

「赤？　だってオセロは白と黒と相場が――」

植島は言いかけて、はっと眼を見張った。

「そう。これはオセロじゃなくて源平碁だからね。三日前に君に説明したときはつい言い忘れて、そのあとみんなの前で説明したときはわざと伏せておいたんだけど、源平碁の駒は赤と白なんだ。そもそも源平というのは平安末期に争った源氏と平家のことで、源氏が白の旗、平家が赤の旗だったことからのネーミングなんだよ。その前のリバーシは、前にも言った『世界遊戯法大全』によると赤と黒の組み合わせだったらしいんだけど、それを赤白の組み合わせにして源平碁と名づけるなんて、いかにも日本っぽいアレンジだよね」

楽しそうに説明する智久に、

「それはいいけど、本物と色が違うから何だって？」

「肝腎なことは、犯人は駒を盗んだ本人なんだから、駒の色が赤白だと知ってることだよ。それに対して、犯人以外は実物を見たこともないので、オセロということで黒白だと思いこんでいる。だから、この黒白の駒がお前の部屋で見つかったと突きつけられた場合、犯人以外の者は真っ先に真犯人が自分に罪をなすりつけようとして置いたと思うだろう。だけど犯人はその駒が偽物であることがすぐに分かるし、自分以外の容疑者がわざわざ見たこともない駒の偽物まで作って罠を仕掛けたりするはずがないから、すぐにこれは警察によるフェイクだと見抜くに違いないよね」

「あ、そうか！」

植島はぴしゃりと頭を叩いた。

「そうなんだ」と、刑事も機嫌よく頷いて、

「反応から明らかだ。犯人は渡貫佐矢子だった。兄の文平から藤家惣介の最近の状況を聞いて、もし資産があるなら独り占めできないかと思っていたところ、牧場君と親密にしているというのを最近になって聞いて、これはグズグズしていられないと夜中の訪問を決行したらしい。拳銃はネットで入手したものだ。親切めかしたことをあれこれ持ちかけながら、隙を見て初めからあたりをつけていたオセロの用具を調べてみると、駒が二つに分かれてなかに南米のものらしい大きな金貨がはいっているのを見つけた。これ幸いとすぐに殺害に踏み切り、自殺のように偽装したあと、盤には細工はなさそうなので駒だけすべて持ち帰ったというわけだ」

「何とまあ」

「幸い、金貨と駒はまだ処分されていなかった。佐矢子が勤める不動産屋の物件の倉庫から見つかったよ。詳しい鑑定はまだだが、ペルーの金貨で、一枚二十万円は下らないらしい」

「それが六十四枚で、最低千二百八十万円か。へえ」

植島はそう嘆息したあと、はっとして、

「でも、それって結局、文平に相続されることになるんですか」

「ウルグアイに親族がいないかも調べなければならんだろうが、可能性はあるね。それにしても、相続絡みの事件はいつも後味が悪いよ。藤家惣介も、どうせなら牧場君に譲るように遺言でも書いておけばよかっただろうに」

智久は慌てて手を振って、

「そんなのはいいですよ。ただ――できればあの盤と駒だけは欲しかったな」

そこだけはしんみりした口調で言った。

「形見だからな。個人的価値というやつだ」

刑事はそこでしばらく間を置き、力をこめて「よし」と頷くと、

「もし渡貫文平に相続されることになったら、私からそれくらいのことはしろときつ

ーく睨みをきかせておくよ」

にんまりと凄味のある笑みを浮かべてみせた。

文庫版あとがき

『囲碁殺人事件』『将棋殺人事件』『トランプ殺人事件』と続く、この〈ゲームシリーズ〉という趣向は、かつて僕のエージェントを担当してくれていた磯田秀人氏の発案だった。当時、キティミュージックからCBS・ソニー出版に出向していた氏が、このナマケモノの男に何を書かせればいいかと思案し、好きなゲームを題材にすればやる気も起こるかと考えたのだろう。案の定、僕も気軽にそのアイデアに乗った——というのが、そもそもの内幕である。

傍目《はため》にもそんな発想がすぐ浮かぶくらい、確かに僕はかなりのゲーム好きだと思う。ただ、囲碁は現在アマ六段格を自任しているのだが、将棋のほうは当時も今もアマ一級程度で、全くたいした棋力ではない。多分、チェス、オセロ、連珠、コントラクトブリッジに関しても似たような実力だろうし、麻雀に至っては相当なヘボと自覚している。実際、打ちこんだ度合いも、囲碁とほかのゲームでは圧倒的に差があるのだが、何よりそれだけ打ちこめたというところからして、僕にとっては囲碁との相性が格段によかったということだろう。

ただし、パズルとしての詰将棋は小さいときから大好きだった。これには、小学校三、四年の頃にたまたま買ってもらった『短期日に強くなる将棋』（八段　梶一郎著　日本文芸社）という一冊の本の影響が大きい。いちおう入門書という体裁をとってはいたが、半分近いページが詰将棋に割かれており、簡単な練習問題からはじまって、最古の詰将棋、堀半七のエレベーター詰、『死刑の宣告』、様ざまな曲詰、看寿の『煙』、果ては各種大道詰将棋まで一望できる異色の本だった。これにより、単なるヨミの訓練問題ではない、パズル芸術としての詰将棋の世界にふれた僕は、すぐに見よう見まねで豆腐図式を作ったりしたくらいだから、もうひと押し、何かのきっかけさえあれば、そのまま詰将棋作家を目指していたのではないかと思うほどだ。

のちに「近代将棋」（二〇〇八年休刊）誌によって再び詰将棋の世界にふれ、駒場和男氏や七条兼三氏の作品――というより、作家としての風貌にぞっこん参っていた僕は、『将棋殺人事件』の題材に、迷わず指将棋ではなく詰将棋を選んだ。また、もうひとつのモチーフとして、やはり当時関心が深かった都市伝説を選んだのは、我ながら奇妙な取り合わせだったと思う。さらに、一見繋がりのないシーンを細切れに羅列する手法も相俟《あいま》って、この作品は僕が手がけたなかでも、最も朦朧《もうろう》とした印象の仕上がりになったのではないだろうか。

さて、この『将棋殺人事件』も、当初の昭和○年などといった記述はすべて削除した。ただ、詰将棋にまつわる様ざまな記述は昭和五十五、六年までの情況に基づいているため、現在の情況からすればいろいろ書き改めなければならないのだが、これに関しても『囲碁殺人事件』同様、そのまま残すことにした。

ひとつだけここで補足しておきたいのは、長手数の記録に関してだ。作中では詰将棋の最長手数作品は奥薗幸雄の『新扇詰』八百七十三手、二位が伊藤看寿の『寿』六百十一手となっているが、その後、山本昭一氏が『メタ新世界』九百四十一手を発表し、次いで橋本孝治氏の『ミクロコスモス』が千五百二十五手と大幅に記録を塗り替えて、現在はこれが最長手数作品として屹立《きつりつ》している。『新扇詰』は四位、『寿』は十二位というのが、いちおう公式の順位であるらしい。

そしてここからはひとつ前の版である創元推理文庫でのゲラ戻し前のドキュメント。

執筆当初、どうせなら自作の詰将棋も載せてやれと考え、『豆腐図式』三点と『純四桂詰』一点を素人なりに苦心してデッチあげた。ところが早いうちに読者の方から

『純四桂詰』の図に余詰があることを指摘されてしまったのだ。けれどもそれを修正するとなると、僕の能力ではかなりの時間を要するのが眼に見えていたため、以後の版でもズルズルとそのままにしてしまっていた。そして創元社での文庫化にあたり、さすがに何とかしようと考え、まるまる一ヵ月かかって修正図を作ったのだが、土壇場に来て、その図にもやはり余詰があることが分かった。そしてそれを指摘した人物こそ、創元推理文庫版の解説を引き受けていただいた、ミステリ評論家であり、英米文学研究者であり、当代五指にはいる詰将棋作家でもある若島正氏だったのである。

時間的な点からも、これ以上は僕の能力を超えているため、「修正のお手伝いをしましょうか」という氏の有難い申し出に甘えるしかなかった。いや、僕にとって若島正という名前はほとんど神話伝説中の存在だったので、そのような人からそのような声をかけていただくというのは、いきなり映画の登場人物に肩を叩かれたような何ともいえない不思議な感覚だった。

そして氏からすぐに修正図をいただき、一件落着と胸を撫《な》でおろしていたのだが、それから十日ほど過ぎたギリギリ土壇場の時期に来て、前の図は納得いかないということで、さらに超高難度技法を盛りこんだ図を再提出いただいたのだ。前の図も角合が組みこまれた水準以上の佳品だったのだが、新たな図は初形も内容も格段に素晴らしい仕あがりで、これはもう歴史的な達成と言って差し支えないだろう。改めて氏の技量——そして作家としての業に感じ入ると同時に、こんなショボい龍に翡翠《ひすい》の眼がはいっていいのだろうかと恐縮せざるを得ない次第だった。

というわけで、結果として修正という域を超え、新たに若島氏の手による『純四桂詰』を提供いただいたのは、僕にとっての僥倖《ぎょうこう》であるのみならず、読者にとっても大きなプレゼントであるだろう。詰将棋好きの方は是非挑戦していただきたいと思う。

（純四桂詰の解答　1五飛、1三桂合、同飛成、同玉、2五桂、2二玉、2三歩、1一玉、1四飛、1二角、同飛成、同玉、2四桂、2三玉、3二角、2二玉、3四桂、1一玉、3三角成、同桂、2一角成、同玉、3三桂不成、1一玉、2三桂まで二十五手詰）

解説

巽《たつみ》　昌章《まさあき》（推理小説評論家）

「答えがチェスである謎の場合、ただ一つの禁句は何でしょう？」

わたしはしばらく考えてから答えた。「その言葉はチェスです」

（ホルヘ・ルイス・ボルヘス「八岐《やまた》の園」篠田一士訳）


これは、ある謎めいた小説をめぐって交わされる架空の会話の一節です。当たり前のことを述べているようだけれども、読書にのめり込んだ覚えのある人なら、ここからぞくぞくするような空想を紡《つむ》ぐこともできるはずです。一冊の長編小説が、たったひとつの禁句を隠し通すために組み立てられているとしたら、禁句の存在に気づいた読者にとって、小説の仕掛けはどんな目くるめく姿を開示するでしょうか。逆に、禁句の発見自体が、その小説が仕掛けた錯覚かもしれないとしたらどうでしょうか……。

『将棋殺人事件』を読み返していて、ふと、先ほどのボルヘスの一節を思い浮かべたのでした。この連想に大事な意味があるという直観は譲れません。何かが隠れている、というつかみどころのない不安が、この本の魅力の源だからです。推理小説である以上、謎めいた事件が起き、ひとびとが秘密を抱えているのは当たり前とはいえ、ここでは、まるで、すべてのページが何かを隠し、一行一行が「禁句」を口ごもっているかのように見えます。謎解き小説としての結構を備えつつ、同時に、もしかしたらこれは全く別の物語ではないのかとさえ思わせる、ざわざわした不安感が一冊のうちに満ちていて、ちゃんと謎が解かれた後にもなお、よそで経験したことのない異様な後味が残るのです。

といっても、『将棋殺人事件』はとっつきにくい小説ではありません。天才少年牧《まき》場《ば》智久《ともひさ》を主人公にしたシリーズの二作目として、この本は、前作『囲碁殺人事件』よりさらに明るくはじけた調子で書かれているのです。よきパートナーである大脳生理学者須堂《すどう》、何かといえば智久にプロレス技をかけたがる姉の典子《のりこ》、さらに、智久ファンクラブの少女たちが活躍し、精神科医の天野《あまの》まで加わって、にぎやかな探偵物語が進んでゆきます。しかし、その明るさを楽しんでいるうち、読み手はいつしか未知の領域に踏み込むことになるでしょう。

六本木界隈に「恐怖の問題」と呼ばれる奇妙な怪談が流布され、これと符節を合わせるかのように、土砂崩れの現場から屍体が発見されました。この都市伝説めいた出来事に興味を抱いた智久たちが探索をはじめるのと並行して、こんどは詰将棋の問題をめぐる盗作疑惑がもちあがります。江戸時代から続く詰将棋への挑戦の歴史が披露され、人間業とも思えない傑作、怪作の数々に目を奪われていると、今度は、ストーカーめいた被害を受けている人物の話がひっそり差し挟まれる。こうしてなかなか謎の焦点は絞られず、かえって、随所に意味不明の情景や不気味な一節がらりばめられ、一見明るい智久たちの世界にも、じわじわと狂気の影がさしてきます。こんな茫《ぼう》漠《ばく》とした出来事を統一する意思がどこかにひそんでいるとすれば、それは、この世をぐにゃりと歪《ゆが》ませるような妄想ではないのか？　そうした不安が徐々に高まってゆくあたりが、大きな読みどころとなっています。

では、『将棋殺人事件』が隠しているものの正体とは、この世界が狂気をはらんでいるという認識なのか。たしかに、狂気や妄想は竹本作品につきものですが、それだけならば、彼の独壇場ともいえません。新本格以降の推理小説は、論理的な謎解きの筋道がどこかで狂気と触れ合い、互いに境界を侵犯しあうような作品を生み出し続けてきたからです。さかのぼれば、島田荘司だって狂気に浸潤《しんじゅん》された世界の謎解きを追い求めてきた作家ではありませんか。島田は『網走《あばしり》発遥《はる》かなり』あたりから、平凡な日常風景が突如として幻覚に侵され、崩壊してゆくかのようなヴィジョンを追い求めるようになり、『眩暈《めまい》』、『アトポス』にいたってその傾向はいっそうあらわになりました。脳科学や都市伝説への強い関心も竹本と共通しています。

だが、島田と竹本が、まったく異なった作品世界を作り上げているのも、まぎれもない事実です。どちらが優れているという話ではなく、ふたりの間には、塩煎餅《せんべい》とマシュマロが違うような、比較しようという気も起きないほどの距離がある。おそらく、島田は、妄想や狂気に侵された世界を描きながらも、ぎりぎりのところで「理性」や「事実」を信じているはずです。だから、彼の推理小説はいかに異形のものになろうとも、骨太な謎解きを手放さず、脳科学のような説明原理の上に確かな謎解きをうちたてようとします。これに対して、竹本は、妄想や狂気すらページの上の言葉の戯れへと解体してしまいかねない危うさを体現しており、『将棋殺人事件』が最後にあらわにするのも、そうした危うさです。彼にとっては、世界を歪ませるほどの狂気さえ、小説の仕掛けがもたらすいっときの錯覚なのかもしれないのです。

そうすると、『将棋殺人事件』が最後まで隠しているもの、「ただ一つの禁句」にあたる空白の正体は何なのでしょうか。そんなものが本当にあるのか、という疑問は、この際忘れておきます。読後長く尾を引く謎めいた空虚感、この小説が簡単に言葉にできない何かを秘めていたという肌触りは、たしかにあるからです。

ところで、この小説、タイトルは『将棋』でも、実際に作中で重要な役割を果たすのは、詰将棋にほかなりません。奇妙な事件の一翼をになうだけでなく、人知の限界に挑むかのような作例の数々によって、小説にこの世ばなれした雰囲気を与えることに一役買っているのが詰将棋なのです。将棋を名乗りながら実は詰将棋、ここに何か意味があるのでしょうか。たしかに両者の間にはひとつの違いが横たわっているはずです。そして、その違いは、この小説の秘密にも通じるものだと私は思います。

私の考えを示す前に、問題を一つ出します――推理小説は、将棋に似ているか、それとも詰将棋に似ているか？

推理小説が将棋のようで将棋でないということは容易に判断できるはずです。犯人と探偵の戦い、あるいは、作者と読者の知恵比べを指すたとえに「将棋」が使われることはあるけれども、推理小説は、差し手が自分の判断で交互に駒を進めるという仕組みを決定的に欠いています。将棋のような戦いや知恵比べがなされているといっても、それが小説に書かれた出来事への比喩にすぎないことは自明でしょう。

かたや、詰将棋は、あらかじめ作られた問題に解き手が挑戦するパズルですから、こちらの方が推理小説に近い。しかし、詰将棋にとって、指し手の存在はゲームのための仮定にすぎず、指し手の風貌が描写されたり、何のために戦っているのかが語られたりすることはありえないのに、推理小説は、たとえばチェスタトンやボルヘスのように抽象性の高い作風のものでさえ、登場人物の存在を無視することができません。私たちは、どうしても登場人物によりそってその世界を眺め、彼らに感情移入し、その冒険に一喜一憂し、ときには一緒になって花の香りや風の囁《ささや》きに陶然とする。感情移入しないまでも、ページの中の世界を擬似的な空間として受け止め、作中人物の行動を通じてストーリーを認識するという作用を免れることは実際上困難に違いありません。

それはまた、余詰めの有無という点で大きな違いを生む特性でもあります。厳密性、余詰めの排除という点で、推理小説は詰将棋の敵ではないのです。推理小説はその形態上、解かれるべき「問題」以外の記述を大量に含んでしまうからです。智久の無邪気な振る舞い、須堂のすっとぼけた風貌、少女たちの華やかさ、木々の寒ざむしい姿、空を覆う雲。次々と作中を去来するこれらのイメージは、手がかりかもしれないし、そうでないかもしれない。これらがすべて手がかりだとしたら、『将棋殺人事件』は今あるのとは別の「真相」を示すことになるでしょう。ことほどさように、推理小説はノイズに満ち満ちた存在であり、隠れた余詰めの可能性がページのあちこちでざわめいているようなものです。

要するに、推理小説とは、将棋のふりをした詰将棋のふりをした小説なのです。ヴァン・ダインの昔から、推理小説はパズルか否かという議論がなされてきましたが、その答えは然りでも否でもありません。推理小説は両者の矛盾を生きるジャンルであって、大事なのは、あくまで「ふりをした」という繋《つな》がり方です。だから、そこには二重の落差が生じます。探偵と犯人の戦いのように見えて、実は、すでに決まっている図式を辿っているにすぎないという落差、一見パズルのようでいてあまりに多くのノイズに満ち、余詰めの可能性が行間にひしめいているという落差。推理小説という存在は、こうした落差を宿命的にかかえています。しかし、ジャンルとしての可能性も、この落差とどう向き合うかにかかっているのです。

ふだん、落差は目に見えません。夢中になって物語の筋を追っている読者にとっては、探偵も容疑者も生き生きと躍動していることでしょう。意外な解決に感嘆するときには、それを唯一無二の論理的帰結だと思ってしまうこともあるでしょう。そこまで素直な読者でないとしても、同じことです。もともと、落差というものはページのどこにも積極的には書かれていないのですから。

『将棋殺人事件』が秘める「禁句」の正体は、この落差なのでした。いや、推理小説というジャンル自体が知らぬ顔をしてきた落差を、絶妙なやり方で技巧的な「禁句」に仕立て上げ、そこに読者の注意を向けさせているのです。この小説で明かされる真相は、いわば、将棋だと思って戦っていたら実は詰将棋で、盤の向こうにはただ空虚が座っていたといった印象を残すように仕組まれており、そこに、竹本ならではの筆触で、無限のノイズの存在、ひそかな余詰めの可能性が暗示されて、異様な余韻を生み出してしまう。しかも、その瞬間、ことは推理小説というジャンルの落差を離れ、私たちの生きる世界も同じような禁句を隠蔽《いんぺい》しているのではないかという不安に転じます。世界という将棋盤の向こうには、誰かが本当に座っているのだろうか。私の把握しているこの世の姿には、余詰めはないのだろうか。

もともと、竹本健治は、語りえないものを語ろうとする作家、目に見えない何かを幻視させる作家として畏敬されてきました。囲碁、将棋といったゲームは、そのルールや勝敗の道筋を目に見える形で示すことができ、推理小説もまた、事件の「論理的解決」をひとつの構図として読者の目に見えるかのように提示します。しかし、この特異な作家は、そうした見えるものを語りながら、何か別の次元に読者の目を向けさせてしまう、そんな力を秘めているのです。

本書は、２００４年5月に創元推理文庫から刊行された『将棋殺人事件』に、書き下ろし短編「オセロ殺人事件」を加えたものです。

|著者|竹本健治　1954年兵庫県相生市生まれ。東洋大学文学部哲学科在学中にデビュー作『匣《はこ》の中の失楽』を伝説の探偵小説誌「幻影城」に連載、'78年に幻影城より刊行されるや否や、「アンチミステリの傑作」とミステリファンから絶賛される。以来、ミステリ、SF、ホラーと幅広いジャンルの作品を発表。天才囲碁棋士・牧場智久が活躍するシリーズは、'80～'81年刊行のゲーム3部作（『囲碁殺人事件』『将棋殺人事件』『トランプ殺人事件』）を皮切りに、『このミステリーがすごい！ 2017年版 国内編』第1位に選ばれた『涙香迷宮』まで続く代表作となっている。

将棋殺人事件《しょうぎさつじんじけん》

竹本健治《たけもとけんじ》

講談社文庫

定価はカバーに
表示してあります

2017年3月15日第1刷発行

発行者──鈴木　哲
発行所──株式会社　講談社
東京都文京区音羽2-12-21　〒112-8001
電話　出版　(03) 5395-3510
　　　販売　(03) 5395-5817
　　　業務　(03) 5395-3615

Printed in Japan

デザイン─菊地信義
本文データ制作─講談社デジタル製作
印刷───慶昌堂印刷株式会社
製本───株式会社国宝社

ISBN978-4-06-293616-3

講談社文庫刊行の辞

二十一世紀の到来を目睫に望みながら、われわれはいま、人類史上かつて例を見ない巨大な転換期をむかえようとしている。

世界も、日本も、激動の予兆に対する期待とおののきを内に蔵して、未知の時代に歩み入ろうとしている。このときにあたり、創業の人野間清治の「ナショナル・エデュケイター」への志を現代に甦らせようと意図して、われわれはここに古今の文芸作品はいうまでもなく、ひろく人文・社会・自然の諸科学から東西の名著を網羅する、新しい綜合文庫の発刊を決意した。

激動の転換期はまた断絶の時代である。われわれは戦後二十五年間の出版文化のありかたへの深い反省をこめて、この断絶の時代にあえて人間的な持続を求めようとする。いたずらに浮薄な商業主義のあだ花を追い求めることなく、長期にわたって良書に生命をあたえようとつとめるところにしか、今後の出版文化の真の繁栄はあり得ないと信じるからである。

同時にわれわれはこの綜合文庫の刊行を通じて、人文・社会・自然の諸科学が、結局人間の学にほかならないことを立証しようと願っている。かつて知識とは、「汝自身を知る」ことにつきていた。現代社会の瑣末な情報の氾濫のなかから、力強い知識の源泉を掘り起し、技術文明のただなかに、生きた人間の姿を復活させること。それこそわれわれの切なる希求である。

われわれは権威に盲従せず、俗流に媚びることなく、渾然一体となって日本の「草の根」をかたちづくる若く新しい世代の人々に、心をこめてこの新しい綜合文庫をおくり届けたい。それは知識の泉であるとともに感受性のふるさとであり、もっとも有機的に組織され、社会に開かれた万人のための大学をめざしている。大方の支援と協力を衷心より切望してやまない。

一九七一年七月

野間省一